森にあかりが灯るとき

藤岡陽子

PHP

森にあかりが灯るとき　目次

装丁：albireo
装画：わじまや さほ

森にあかりが灯るとき

プロローグ　二十二年前（二〇〇二年）

証言台の前に立つと、施設長に助言された通り、福見節子《ふくみせつこ》は大きく息を吸い込んだ。

「利用者の家族を見ると正気を失うから、傍聴席はできるだけ見ないように」

施設長からはそうも言われていたので、視線はまっすぐ節子が勤める特別養護老人ホームの代理人である坂田《さかた》みどり弁護士に向ける。

「良心に従って真実を述べ、何事も隠さず、偽りを述べないことを誓います……」

事務官に促《うなが》され、署名捺印した宣誓書を読み上げた。声は震えていたが、詰まることなく最後まで口にする。民事裁判を傍聴《ぼうちょう》する一般人はほとんどいないと聞いていたのに、介護に関わる裁判が珍しいのか、それとも「明日はわが身」の同業者が勉強のために集まったのか、傍聴席の半分くらいが埋まっているのが目の端《はし》に映った。

被告として証言台の前に立つ節子の罪は、施設の利用者だった当時八十三歳の長江《ながえ》マツさんから十数分間、目を離したことだ。

長江さんを居室のトイレの便座に座らせていた時に同僚から緊急のコールがあり、「すぐに戻りますから、このまま待っていてください」とその場を離れた。長江さんは普段から自力で立ち歩くことができない人だったので、そのまま座っていてくれるだろうと思い、節子は居室を出てヘルプに入った。

その間、わずか十数分——。

節子が再び居室に戻ってきた時、長江さんは紙パンツを膝《ひざ》辺りにずり下ろした格好で、転倒していた。その姿を目にした節子は、彼女が自分で立ってベッドに戻ろうとしたのだと、すぐにわかった。

転んだ時に骨を折ったのかもしれない……。

抱き起こそうとすると顔を歪《ゆが》めて痛がるので、節子はすぐに看護師に報告をして救急車を呼んだ。転倒した人をむやみに動かしてはいけないと、先輩の介護士に教えられていた。

長江さんはそのまま病院に搬送され、脳出血を起こしていることがわかった。

その後は寝たきりになり、それからは認知症が急速に進んだと施設長から聞いた。

聞いた、というのはその後、長江さんは施設には戻らずに介護療養病院に入院したからだ。入院後は呼吸器管が弱り、気管切開をして人工呼吸器を付け、食事を受け付けなくなったため胃ろうも造設したという。胃ろうとは腹部に穴を開け、胃に直接栄養分を流し込む経管栄養のことで、この医療措置を受けた半年後に長江さんは亡くなったという。死因は感染症が原因の肺炎だったそうだ。

——母親の死は、ホームでの転倒が原因だ。

今回の裁判は長江さんの長男が起こしたと聞いたが、彼は「母親の死の発端はホームでの転倒にある」として責任を追及すると主張している。

責任……。

そのひと言が、節子の両肩に重くのしかかる。長江マツさんは本当にそれまで、自力で立ち上がったり、ましてや歩いたりしない人だったのだ。その思い込みが事故を招いたと言われれば、否定はできない。でも……でも、あの時の節子には他の対処方法が思いつかなかった。

「事故当日、ホームでの介護体制はどのようなものでしたか?」

合図のように軽く頷いた後、坂田がゆっくりとした口調で訊《たず》ねてきた。質問内容は事前に教えられているので、焦《あせ》らず答えることだけを心がける。

「あの日は、他の四人の介護士とともに、日勤帯で働いていました」

「長江マツさんをトイレに誘導した際の状況を教えてください」

「はい……。昼食の後、食堂にいた長江さんに『トイレに行きましょうか』と声をかけました。それから居室のトイレに連れていきました。トイレに入ると便座に座ってもらい、パンツ型のオムツを膝まで下ろしました」

主尋問が始まると、節子はあらかじめ暗記してきた回答を問われるままに答えていった。回答の文章は節子に聞き取りをしながら坂田が作成したもので、主尋問は台本を読むように進んでいく。

「それからどうしましたか」

「『じゃあ私は外に出てますね』と声をかけ、トイレを出て、ドアの前で待っていました。そうしたらズボンのポケットに入れていたピッチが鳴って、電話をとりました。『すぐに来てほしい』という同僚からのSOSでした」

「それであなたはその場を離れましたか?」

「はい。『すぐに戻りますから、このまま待っていていてください』と長江さんに告げ、居室を出ました」

「『このまま待っていてください』とあなたが告げた時、長江さんはどう答えられましたか」

「明確な発語はありませんでしたが、『うー』という呻《うめ》き声がトイレの中から聞こえました」

「長江さんとはそれまでにもそのようなやりとりはありましたか？　意思の疎通《そつう》はできていましたか？」

「はい、できていました。『うー』という呻き声は、長江さんにとっての『はい』という意味でした」

傍聴席から飛んでくる視線は、針の鋭さと氷柱《つらら》の冷たさで節子の全身を刺してきた。長江マツさんの息子に会うのは二か月ぶりだが、きっと憎悪に満ちた表情をしているのだろう。ホームの職員も何人か来てくれていると施設長は言っていたが、彼らを探す余裕はない。

「居室で倒れていた長江さんを、私は助け起こそうとしました。でも長江さんが顔を歪めて痛がるので、看護師に連絡した後、救急車を呼んだんです……」

長江さんの息子とは、ホームの事務長や施設長が和解に向けての話し合いを進めてきた。施設は賠償《ばいしょう》責任保険というものに加入していて、そこから慰謝料を支払うと伝えたというが、慰謝料の額が不誠実だと退けられ裁判になったのだ。

「では被告側の反対尋問に入ります」

主尋問を滞りなく終えてほっとしているところに、相手側の男性弁護士が声を張った。はっとして顔を上げると、三十二歳の節子の父親ほどの年齢の男性が、厳《いか》めしい顔つきでこちらを見ている。反対尋問ではなにを訊《き》かれるかわからないため、言葉を選んで慎重に答えるよう坂田に注意されている。でもどの言葉を選んでいいのか、なにを口にしてはいけないのか、正直よくわからない。

「トイレ介助の途中でも、他の職員から呼ばれたらその場を離れる。そういうことは日常的によくあるのですか」

「……時々あります。呼び出しには緊急性が高いこともありますし……」

「緊急性が高い？　長江さんの介助は後回しにしてもいいと、あなたは判断したのですね」

「後回しというか……その場で少し待ってもらうつもりでした」

「でも長江さんは待たずに転倒した。あなたが目を離したからですよね」

「……はい。でも『このまま待っていてください』と伝えました」

「同僚から呼び出された理由はなんですか？」

「ある利用者さんが施設を出ていこうとされていて、それを止めるために人手が必要だったからです。その利用者さんは認知症がある方で、元スタントマンの体格のいい男性だったので数人で押さえなければいけなくて……」

「それなら止めるのにけっこうな時間がかかったんじゃないですか？」

「十分くらいで止められました」

「十分くらい？　十分はけっこう長いですよ。その間長江さんは下半身を晒《さら》し、便座に座ってあなたを待っておられた」

「そうですね……。待ってくださっていると思ってました」

「本来ならば長江さんのトイレ介助を終えてから、ヘルプに行くべきではありませんか？」

「はい……。でもまさか自分で立ち上がって歩き出すなんて……。これまでは一度も自力で歩くことはありませんでした」

「自力で立って歩いたのは、長江さんのせいですか？」

「いえ……違います」

「あなたの思い込み。いわばミスですね？」

「はい……私のミスです」

弁護士が口にすることは正論ばかりで反論する余地もなく、節子はただうな垂れるばかりだった。

どうしようもなかった……。

そう言ってもけっして理解してもらえない。でも本当にどうしようもなかったのだ。

あの日は日勤の介護士が女性ばかりで、筋力のある男性利用者を止めるには数人の手が必要だった。その男性は以前も一度施設を抜け出し、河原《かわら》で発見され、管理の杜撰《ずさん》さを家族から責め立てられたこともあったから。

正論が通用しない介護の現場があることを、目の前にいるこの弁護士は知らないのだろう。

たぶん長江さんの息子も……。

いつしか視界が真っ暗になっていた。

体がやけにぐらぐらするなと思ったら、両手に顔を埋《うず》めていた。

「どうしましたか？　気分でも悪いんですか？」

首を横に振り、でも顔を上げることができない……。

三十歳で介護業界に入り、二年間、懸命に働いてきた。

人手不足が恒常化する中で、毎日精一杯頑張ってきた。食事介助も入浴介助もトイレ介助も、楽な仕事なんてひとつもない、それでもなんとか踏ん張ってきた。同僚がＳＯＳを出したら手を貸すのは当然だと考えていたし、自分も手助けしてもらいながら、ここまで、必死で……。

顔を上げ、節子は傍聴席にいるはずの長江さんの息子を探した。

そうだ。あの人に一度、訊いてみたいことがあったのだ。

あなたは自分の妻を、自宅で介護できますか？

自分自身なにもできなくなったら、自分の妻や子どもに介護をさせますか？

ここまで介護職員を責め立てるのなら、もう二度と、自分の家族やあなた自身が施設に入ることはないですよね――。

第一章

七夕の夜

太尊《たいそん》の顔が携帯の画面いっぱいに映し出されたので慌てて電源を切り、ディスプレイを下向きにしてテーブルの上に置いた。観なければいいのに、時間が空くとすぐに『ラビちゃんねる』を検索している。一日五回以上は再生しているので、もはやファンの域だ。

星矢《せいや》にとって、今夜は夜勤デビューの大事な日だった。正確に言えば夜勤はすでに経験しているが、これまでは先輩介護士の堀江《ほりえ》と一緒だったので独《ひと》り立ちは今日が初めてだ。

勤務する「森あかり」はユニット型の特別養護老人ホームで、定員は八十人。四階建ての建物の各階に二十室ずつ利用者の部屋がある。ユニット型は従来型と呼ばれる四人部屋とは違い、部屋がすべて個室になっていて、十室で1ユニットが構成される。

夜勤は2ユニット、二十室を介護士ひとりで受け持つことになっているが、それが多いのか少ないのか、今年の四月に入職したばかりの自分にはわからない。

午前二時ジャスト。そろそろ行くか……。

休憩時間が終わり、休憩室を出て巡回に向かう。夜勤の巡回は二時間おきと決まっていて、呼吸状態を観察したり、必要な人には寝返りの介助などをする。ズボンのポケットに入れていたペン型の懐中電灯で廊下を照らすと、共用スペースの出入口に立て掛けられた七夕《たなばた》の笹《ささ》が浮かび上がり、蓄光紙《ちっこう》を切って作った星の飾りがピカリと光った。

そっか、今日は七夕かぁ。そういえば昼間のレクリエーションの時間に『たなばたさま』を歌う声が聞こえてきたな。そんなことをぼんやり考えながら、長い廊下をそろりそろりと歩いていく。

初めて夜勤に入った日、堀江に「おまえ、足音うるさい」と叱られた。実際に星矢の足音は大きい。足音だけではなく、「すべての動作が大きい」と堀江以外の介護士にも指摘されたことがある。身振り手振りが大きいのは芸人時代に必死に目立とうとしてきた後遺症かもしれず、直さないとなとは思っている。

あれ……なんだ？

廊下の先で人の影が動いた気がして、ペン型の懐中電灯を持つ右手を前に伸ばした。だが光は短く、人影までは届かない。星矢は担当する2ユニットの中で、徘徊《はいかい》する人がいたかどうか頭の中に思い浮かべる。

「誰か、そこにいますか」

懐中電灯で廊下を照らしたまま、星矢は人影に向かって声をかけた。すると人影はいったんぴたりと止まり、そしてまた素早い動きで廊下の突き当たりまで走っていった。

なんだ、いまの……。

目を細め、首を傾《かし》げながら、人影が消えた廊下の端《はし》まで歩いていく。だがもはや気配はなく痕跡もない。星矢の声に気づき、階段を使って別のフロアに行ったのだろう。

まっ、いっか、別のフロアの職員だろう、とさほど気にせずに、星矢は二〇一号室の浜本邦《はまもとくに》康《やす》さんの部屋へと入っていく。二十室も担当していると、もたついていたらすぐに時間が経ってしまう。

え、なに、この臭《にお》い……。

浜本さんの部屋に入ると、つんとした悪臭が漂《ただよ》ってきた。施設には常に粘り気のある独特の臭気が漂っているが、ここまできつくはない。

「浜本さん？」

ベッドに懐中電灯の光を向けると、目を閉じた浜本さんの顔があった。顔を照らして表情を見ると、眉間《みけん》に皺《しわ》をぎゅっと寄せ、苦しそうな表情をしている。浜本さんは認知症が進んできて、最近は会話もできなくなっているが、

「浜本さん？」

息をしているか確かめるため、身を屈《かが》めて口元に耳を寄せた。すると突然ゴボ、という水っぽい音がして、浜本さんの口からなにかが噴《ふ》き出てきた。

「うわっ」

よける間もなく吐瀉物《としゃぶつ》が、星矢の頰《ほお》、ポロシャツの襟《えり》や胸元を濡らす。

こういう時はどうするんだっけ、とパニックになった。夜勤中に利用者が異変を起こしたら……。そうだ、報告だ。報告？　誰に？　堀江が「なんかあったらオンコールの当番の看護師に連絡を入れろよ」と言っていたのを思い出す。

一階にある事務所まで走り、当番の看護師を確認した。勤務表にあったのは、古瀬好美《ふるせよしみ》という名前だった。星矢は事務所の「連絡先一覧表」から古瀬の電話番号を見つけ、すぐさま電話をかける。

「おいおい古瀬、なにしてんだよぉ、寝てる場合じゃないって……。早く出てよぉ」

だが何度かけても電話は繋がらず、コールを重ねた後、留守電の録音が流れる。しかたがないので「連絡先一覧表」の一番上に書いてあった医師、葉山彩子《はやまあやこ》の携帯に電話を入れた。葉山は星矢と同じで今年の四月から赴任した医師だが、これまで一度も話したことがない。

「夜分にすみません、介護士の溝内《みぞうち》です。午前二時の巡回で、利用者の浜本邦康さんが嘔吐《おうと》しました」

電話はすぐに繋がったものの、そこからが長かった。眠っているところを起こしたのだろう、数秒の沈黙が続く。

『……聞き取れなかった。もう一度言って』

機嫌の悪そうな声に一瞬怯《ひる》んだが、

「二〇一号室の浜本さんが嘔吐してます。今日当番の古瀬さんに電話をかけたんですが繋がらなくて、それで葉山先生に連絡をしました」

怒りの矛先《ほこさき》が古瀬に向かうよう、しかたなく連絡していることをアピールする。

『嘔吐以外なにか変わったことは？　バイタルは？』

「え、バイタル？」

『体温、血圧、脈拍』

「あ……。すんません、いまから測ります」

息を詰めて返答を待ったが、なにも言われないまま電話が切れる。

やらかした、と慌てながらも事務所に置かれている自動血圧計を持って、浜本さんの居室に走って戻った。居室に置いていてある体温計で体温を測った後、枯《か》れ木のように細い腕に自動血圧計のマンシェットを巻きつけていく。血圧測定はこれまでにも何度かやったことがあるし、脈拍の測り方も入職してすぐに教えてもらった。

測定したバイタルの値を携帯のメモ機能に打ち込んで事務所に戻ると、驚くことに葉山がいた。電話をかけてまだ十五分ほどしか経っていないのに、いつの間に来たのだろう。まさか施設で寝泊まりをしているのかと、起き抜けの顔を凝視する。

「どこ？」

「へ？」

「だから、利用者の部屋」

「あ、二階です。二階の二〇一号室です」

アイボリーのVネックのTシャツに黒い細身のパンツ、その上に白衣を羽織《はお》った葉山が、さほど急ぐふうでもなく廊下を歩いていく。

「で、バイタルは？」

浜本さんの部屋に入り電気を点《つ》けると、葉山が胸に聴診器を当てながら訊《き》いてきた。シーツは吐瀉物で汚れていたが、さほど気にしていない。

「体温36度5分、血圧158の92。脈拍は92です」

星矢は携帯を取り出し、メモに記録したものを読み上げた。

「意識は？」

「え……」

「意識はある？」

「どう……だろう。寝ておられたので声はかけてません。起こしたら悪いと思って……」

もごもごと言い訳を口にする星矢に、葉山はそれ以上なにも訊いてこなくなった。葉山が直接、「頭が痛いですか」「呼吸は苦しいですか」と浜本さんに声をかける。

「あの先生、救急車は……」

慌てすぎて、うっかりしていた。夜間の救急マニュアルでは、患者が急変した場合は救急車を呼ばなくてはいけないのだった。まず看護師に連絡し、それから救急車。医師への連絡は通常であれば看護師がすることになっている。

「必要ないでしょう」

「へ？」

「救急車は呼ばなくていいです」

部屋の灯《あか》りを落とすと葉山が早足で部屋を出ていく。電気が消えた居室に、静寂《せいじゃく》が戻る。

「でも急変の時は救急車を呼ぶことに……」

なっているのに、と星矢は呟く。医師が「必要ない」と言った時はどうすればいいか、マニュアルには載っていなかった。

ほとんど休むことなく夜勤を終え、朝の申し送りを済ませて、更衣室で帰り支度《じたく》をしていると、「福見《ふくみ》さんが事務所に寄ってくれって」と部屋のドアが開き、堀江が顔を覗《のぞ》かせた。

「いまからですか？」

「そっ。いまから」

素っ気《そけ》なく口にし、堀江がドアを閉める。

森あかりは二交代制なので、夜勤帯だと夕方五時半入りし、朝の九時半までの勤務になる。初めの頃はこの十六時間労働が辛くてしかたなかったが、慣れるとむしろ夜勤のほうが静かでいいとすら思えてくる。昼間に比べると業務が少ないし、利用者が就寝した後はコール対応と定時に行う安否確認くらいで、あとは座っていられることが多い。ただ昨晩のように利用者に異変が起こった時には一人で対応しなくてはいけないので、けっこうな重圧だ。

事務所に顔を出すと、深刻な表情でパソコンに向き合っていた福見が星矢に気づき立ち上がった。

「おつかれさま。夜勤明けに悪いけど、ちょっとだけ一緒に来てくれる？」

福見が事務所を出てそのまま廊下を歩き出したので、黙って後ろについていく。

「溝内くん、入って」

浜本さんの部屋の前まで来ると、福見が星矢を振り返った。なんとなく嫌な予感がしたが促されるままに部屋の中に入ると、葉山がベッドに横たわる浜本さんを見下ろしていた。

「葉山先生、溝内くんを連れてきました」

呼び出したのはこの人か、と星矢は上目遣《うわめづか》いで葉山を見る。年齢は二十九歳の自分と同じか、上だとしてもせいぜい一、二歳だろう。まだ三十前後なのに、医師というだけであからさまに特別扱いを受けている葉山が、星矢は最初から好きになれなかった。

「状況を説明してください」

「へっ？」

「昨夜、あなたが私に電話をかけてくるまでの状況を説明してください」

「あ、え……と、だから……」

午前二時の巡回で浜本さんの部屋に入ると、異臭がした。懐中電灯で顔を照らしたら嘔吐していることがわかったので、看護師の古瀬に連絡した。でも繋がらず、次に葉山に電話をかけた。

言葉で説明するとあっけない事の顚末《てんまつ》で、あれほど慌ただしかった夜勤がほんの数行で終わってしまう。昨夜はあの後、吐瀉物にまみれたシーツを交換し、浜本さんの体を温タオルで拭《ふ》いてから新しいパジャマに着替えさせ、さらに洗濯機を使って汚れたパジャマを洗ったのだ。自分があの一件でどれほど疲弊《ひへい》したか、この人にはわからないだろう。

「あなた、昨日の夜に巡回した時、鼻カニューレのチューブが切断されてるのに気がつかなかった？」

葉山がベッドで眠っている浜本さんの顔を指差す。

「え……チューブが切断？」

葉山が示す箇所を見ると、両方の鼻の穴に細いチューブが差し込まれているのが見えた。そういえば呼吸状態が良くないとかで、浜本さんは何日か前から酸素を投与されている。いま見たらなんともなっていないので、新しいものに付け替えたということだろうか。

星矢は目を細めて記憶をたどり、「気づきませんでした」と正直に答える。

「溝内くん、ほんと？　本当に気づかなかったの？」

福見に念を押され、浜本さんの顔を凝視する。昨夜は大量のゲロにびびってしまい、実はそこまで見ていなかった。

「すみません……。慌ててたし、嘔吐の後始末がけっこう大変で……」

「じゃあ音は？　酸素が漏れてる音にも気づかなかった？」

福見が手に持っていた薄い緑色のチューブを、星矢の目の前に差し出してくる。いま浜本さんが使っているのとは別のものだが、よく見ると一本のチューブが真っ二つに切られている。

「これは……」

「これが、切断されていたチューブです。浜本さんは慢性閉塞性肺疾患という持病があって、呼吸状態を改善するために気管切開の手術を受ける予定なの。そんな人が呼吸器のチューブを切断されたら、それはもう命にかかわるわけですよ。こんなことがあっていいわけがないでしょう？」

気管切開とは喉《のど》から気管までを切開し、気道を確保する処置なのだと、福見が苛立《いらだ》ちを交えながら説明する。切開した穴が塞《ふさ》がらないよう気管カニューレを挿入するので、浜本さんは手術後、二十四時間体制で医療ケアをしている病院に転院するという。

「福見さん、この部屋にカメラは付いてないんですか」

葉山が硬い声を出す。

「居室には付けていません。プライバシーもあるので」

福見が眉《まゆ》をひそめて首を横に振る。

「ご家族には報告しましたか？」

「それは……まだです。昨夜の状況を溝内くんに確認してからと思いまして」

福見が顔を強張《こわば》らせ、浜本さんと葉山を交互に見つめる。

「とりあえず、警察には届けておきましょう」

「警察？　そんな、先生、ちょっと待ってください。溝内くん以外の職員にも訊いてみますから」

二人のやりとりを眺めながら、もしかすると自分が疑われているのかと背筋が冷たくなった。おれが、浜本さんの呼吸器を？　なんだそれ、という怒りと、もし本当に疑われていたらどうしようという弱気が、同時に湧《わ》き上がる。眠気と疲労でこめかみが締めつけられるように痛い。


正面玄関から外に出ると、七月の陽射《ひざ》しで目が痛かった。地上に顔を出した時のモグラもこんな感じなのかな……。星矢は職員専用の駐輪場まで歩きながら、どうでもいいことを考える。

朝の申し送りでは昨夜の一件が話題に上り、堀江をはじめとした介護士たちから非難を浴びた。理由は浜本さんを病院に搬送しなかったことに対してで、でも星矢は「葉山先生の指示に従った」と事情を伝えた。自分は救急車を呼ぼうと思ったけれど、葉山に「必要ない」と言われたから。だが堀江から「脳の疾患だったらどうするんだ」と叱責《しっせき》され、看護師の古瀬は、「連絡したけれど、当番の看護師に繋がらなかった」と星矢が他の職員の前で口にしたことに腹を立てたのか、ミーティングの間ずっと不機嫌そうに下を向いていた。

「やってらんね……」

ぼそりと呟き、駐輪場の狭いスペースに無理やり押し込んでいた原付バイクを力任せに引っ張る。自分は教えられた通りに動いたはずだ。利用者の異変に気づいたので当番の看護師に連絡を入れ、繋がらなかったから葉山に電話をかけた。救急車を呼ばなかったのは、葉山の判断だ。なにひとつ落ち度はないのに、どうしてか星矢が失態を犯したような空気になっている。

バイクに跨《また》がり、エンジンをかける。施設の敷地内ではエンジンはかけずにバイクを押して歩かなくてはいけないのだが、規則を守る気力もなく、グリップを握《にぎ》る手に力を込めて急発進した。両目の奥が痛いくらいに眠いくせに、自宅の方向ではなくJRの駅に向かったのは、未奈美《みなみ》の家に行こうと思ったからだ。夜勤明けの今日と明日は休みなので、未奈美の部屋で過ごしたい。

埼玉から東京へと向かう電車は、通勤の時間帯からずれているせいか思ったより空いていた。電車に乗り込むと、星矢はリュックを胸の前で抱えるようにして腰を下ろし、チノパンのポケットから携帯を取り出す。イヤホンを耳に突っ込むとすぐにラビちゃんねるを検索する。未奈美のアパートがある駅までは途中で一度乗り換えをして、一時間はかかる。

介護士として森あかりで働き始めるまで、星矢はお笑い芸人を目指していた。

都内の事務所に所属し、『ラビットパニック』というコンビを組んで活動していた。とはいえ食べていけるほどの稼《かせ》ぎはなく、オーディションを受けてもよくて二次通過どまりで、三十歳を前に見切りをつけた。だが相方の島田《しまだ》太尊は芸人として生きる道を諦めることなく、主な活動の場をYouTubeに移し、ほとんど毎日配信を続けている。

車両を見回し乗客がほとんどいないことを確認してから、星矢はリュックから白いレジ袋を取り出した。さっき駅前のコンビニで買ったおにぎりが二つ入っている。

明太子おにぎりを一口齧《かじ》った後、リュックに手を入れ、しのばせていたマヨネーズのチューブを取り出す。もう一度上目遣いで周囲を窺《うかが》った後、星矢はおにぎりにマヨネーズをかけた。明太子と白いご飯にクリーム色が重なる。

「マヨネーズかけたら、なんでもうまなるんや」

星矢にそう教えてくれたのは、太尊だった。太尊はゆで卵にも、納豆にも、ポテトチップスのようなスナック菓子にも、とりあえずなんにでもマヨネーズをかける。「少量食べただけで、手っ取り早くカロリーを摂れる」というのが持論で、それはまさに真実だった。

太尊に初めて会ったのは、いまからちょうど二十年前、九歳の時だ。それまで大阪に住んでいた太尊一家が埼玉に引っ越してきて、それが二人の出会いになった。

自分と太尊には共通点があって、それは二人とも父親がどうしようもない人間ということだった。

太尊の父親は無職のアル中。星矢の父親は小学校に入学した年に母親と離婚し、不倫相手と再婚していた。星矢も太尊も父親のことが大嫌いで、気がつくといつも二人で行動するようになっていた。

星矢の母親は、父親と別れてからはずっと地元の葬儀屋で契約社員として働いていた。契約社員なのに正社員並みに残業があり、夜遅くまで帰ってこない日もあった。太尊の母親は無職だったがなぜか家にいないことが多く、だから二人とも夕飯はたいていカップ麺かスーパーで調達する弁当で、割引シールが貼られる時間帯を狙って連れ立って店に買い出しに行った。

あともうひとつ、自分と太尊には超ばかばかしい共通点がある。それは二人の名前の由縁《ゆえん》で、太尊も星矢も、父親が好きだった少年漫画の主人公を真似《まね》たものだ。キラキラネームもたいがいだが、漫画のキャラをそのまま名前にされた人生も、けっこうな闇だ。

乗り換えをして、未奈美が暮らす町の駅で降りる。電車に乗る前に『いまから行っていいかな』とＬＩＮＥしたが既読にならず、もう一度、『いま駅に着いた』と送っておく。

駅前にはコンビニと、元は酒屋だったらしい店舗に少しだけ食料品が並べた店があるだけだった。

コンビニで発泡酒を二缶と未奈美が好きそうな生クリームたっぷりのスイーツを買って、慣れた道を足早に歩いていく。メッセージは既読にならないけれど、今日は休みのはずなので眠っているのかもしれない。

未奈美は都内の雑貨店でアルバイトをしている。美容系の専門学校を出て、星矢と出会う以前はエステティシャンをしていたらしいが、同僚との客の取り合いに疲れて辞めてしまったのだと聞いた。その時のトラウマがあるとかで、二十八歳になったいまも正社員では働きたくないと言っている。

シャッターを下ろしたままの店が並ぶ商店街を抜け、保育園の前を通り、住宅街へと入っていくと、未奈美が暮らす二階建ての木造アパートが見えてきた。駅から徒歩で二十分以上かかるのと、築三十五年という古さもあって、家賃は五万円だと聞いている。「本当はもっと駅に近いほうがいいし、外観もお洒落《しゃれ》な建物がいいんだけど」と未奈美は不満そうだが、アルバイトの給料ではここが限界らしい。星矢にしても埼玉の実家に戻るまでは、風呂の無い月三万円のアパートに住んでいたので、そこに比べると格段にましだった。

外階段を上り、二階の一番手前の部屋の前で立ち止まる。ポケットから携帯を取り出し、もう一度だけ未奈美から連絡がきていないか確認したが、一時間以上前に送ったメッセージに既読はまだついていない。

合鍵を持ってはいたが、とりあえず呼び出しブザーを押した。ドアの向こうから「はーい」と声が聞こえてくる。なんだ、いるじゃん。ほっとすると同時に、じゃあどうしておれのメッセージを無視したのだと疑問が湧く。家にいる間はほぼずっと携帯を手にしているくせに。

「……星矢?」

チェーンがかけられたままドアが開き、そのわずかな隙間から未奈美の顔が覗いた。目が合った瞬間、未奈美の頬が微妙に歪《ゆが》む。

「一時間ほど前にLINEしたんだけど」

腹を立てていたはずなのに、気弱な口調になっていた。つき合い始めてそろそろ二年になるが、こうして顔を合わせるたびにときめく自分がいる。

「えーごめん、気づかなかった」

言いながら未奈美がチェーンを外し、ドアを半分ほど開ける。いままで寝ていたのかパジャマ代わりのTシャツと、見たことのないピンク色のタオル地のハーフパンツを穿《は》いていた。

三和土《たたき》でスニーカーを脱ごうとして、顔が強張った。明らかに男物のサンダルが、つま先を部屋側に向けたハの字の形で置いてある。

「ああそれ、太尊くんのだよ。いまね、うちにいるの」

面倒くさそうに言うと、未奈美が体を反転させて部屋に戻っていく。

「うぃーっす。星矢」

八畳の部屋の隅っこでは、耳にイヤホンを差し込んだ太尊が壁にもたれて携帯をいじっていた。

「あ、うぃーす……」

「久しぶりやな、元気してた？」

「うん、まあ」

「最後に会《お》うたん昨年の夏やから、まさかの一年ぶりや。こんなに会わへんことって、これまでなかったよな」

「だよな」

と返しながら、部屋の中を見回した。特に変わったところもなく、太尊がいることだけがいつもと違う。違和感に喉がひりつく。

「元気やったけ？」

「うん、まあ元気だよ。……太尊は？　変わりない？」

「おお、相変わらずや。それよか星矢、部屋におれがおったからびっくりしたやろ？　実はおれと未奈美ちゃん、つきおうてるねん」

相変わらずのノリに顔がひきつった。なにか笑えることを言い返そうとしたが、言葉が出ない。

「ちょっとやめてよ、太尊くん。冗談だよ、冗談。私ね、熱が出たんだよ。今日の朝四時くらいに三十九度くらいまで上がって、だんだん呼吸が苦しくなってきたからこれはやばいと思っていろんな人に『助けて』って連絡したの。それで来てくれたのが太尊くんだけだったの。みんな仕事があったりで、電話はかけてきてくれたんだけどね」

冷蔵庫が空っぽだったので、太尊に食料とスポーツ飲料と解熱剤を買ってきてくれるように頼んだ。そうしたら一時間もしないうちに駆けつけてくれたのだと、未奈美がベッド下に置いてある段ボール箱を指差す。段ボール箱には青い文字でスポーツ飲料の名称が印字されている。

「ねえ、そんな顔しないでよ。星矢に連絡しなかったのは、昨日は夜勤だって聞いてたからだよー。それに、もし私が感染症に罹《かか》ってたらやばいでしょ？　星矢の職場って高齢者施設だから」

「検査受けたの？」

「え？」

「だから、感染症の検査だよ。陽性？　陰性？」

介護士という職業柄、星矢は感染症予防のワクチンを接種している。それでも百パーセント罹らないという保証はない。以前は体調にかかわらず週に一度検査をすることが義務づけられていたが、最近は緩和されていた。だからといって職員がウイルスを持ち込むわけにはいかない。

「検査なんて受けてないよ」

「受けてない？　なんで」

「だって三十九度近い熱があったんだよ、どうやって病院まで行くの？」

太尊が持ってきてくれた解熱剤が効いて、いまは三十七度台まで下がったけれど、と未奈美が不機嫌な顔で星矢から目を逸《そ》らす。

「おいおい、病人相手に喧嘩《けんか》すんな。未奈美ちゃん、ほんまにフラフラやって、おれが来てなかったら死んでたで」

死ぬなんて言葉を軽々しく使う太尊に、軽く苛立つ。こっちは毎日のように今日、明日に亡くなるかもしれない人間相手に働いているというのに。

「おまえ昨日、夜勤やったん？」

黙り込んだ未奈美を横目で見つつ、太尊が明るい声を出す。未奈美はベッドに横たわり、タオルケットを頭の上にまでひっぱり上げていた。タオルケットがほっそりとした体のラインに沿って盛り上がっている。

「まあ……。入職して初めてのひとり夜勤」

「お、デビュー戦か。どうやった？」

「どうって言われても……。あんまりうまくは……いかなかったかな。利用者がゲロ吐いて、その対応がよくなかったみたいで、上の人間からけっこうきつく注意されたよ」

朝のミーティングの重苦しい雰囲気を、星矢は思い出す。そうだった。気が滅入《めい》っていたから未奈美に会いたくなってここまで来たのだ。

「そうなんや。今度また怒られたら、ネタぶっ込んで笑わしたったらええやん」

「そんなことしたら火に油だよ」

「そらそうや。黙っとけ。せやけど新人やし誰もがそんなもんやろ？　最初からうまくできたら、おもろないやん」

太尊につられて小さく笑い、ベッドの下に置いてあった段ボール箱を冷蔵庫まで運んでいく。子どもの頃からどうしてか、太尊と話をしていると気持ちが楽になる。自分では抱えきれない重苦しいことがなんでもないように思えてくる。

昨夜起こった出来事――利用者が使っていた酸素療法の装置が外されチューブが切られていたこと、星矢がその犯人ではないかと疑われていること――そんなもやもやも話してみようかと思ったけれど、外部に漏らすのもよくないと思い黙っておく。

「それより、おまえはどうなんだよ。YouTube のほうはうまくいってんの?」

いま思いついたように軽く口にする。一日五回以上は観ているし、チャンネル登録者数だってしっかり把握《はあく》しているくせに、気にしていないふうを装った。

「おれ? 全然あかん。広告収入を稼ぐには千人以上の登録者数が必要やねんけど、まだ五百人ちょいやねん。再生時間も伸びてないし、どの世界も甘ないわ。バイトでなんとか食ってるけど」

全然あかん、という言葉に心底ほっとしながら、

「でも続けるんだろ?」

とそっけなく訊いた。

「まあな、おれにできることなんて、他になんもないしな」

太尊と二人でお笑い芸人を目指し、ラビットパニックというコンビを組んだのは六年前、二十三歳になる年だった。星矢が福祉系の大学を卒業する一か月前に、「一緒にお笑いやらへん

か」と太尊から声をかけられたのがきっかけだ。

卒業後は有料老人ホームに就職することが決まっていた星矢は、だが迷うことなく二つ返事で「いいよ」と答えた。老人ホームで働くより、太尊と一緒になにかするほうが楽しそうだと思ったからだ。大学を卒業してからはアルバイトをして、貯まった金で年間四十万円もの学費が必要な都内のお笑い養成所に入所した。養成期間を終えた後はそのまま事務所に所属し、オーディションを受ける日々を送ってきたのだ。

だがいまから一年前の夏、太尊が星矢に「YouTuberに転身しよう」と言ってきた。このまま同じことをしていても売れそうにないから、自分たちのコントをYouTubeにアップして、そこを主な活動の場にしようと提案された。

「YouTuberは……なんか違う」

なかなかチャンスがこないことに焦《あせ》っていたのは、自分も同じだった。釣り場を転々と移す釣り人のように芸風も変えてみたが、ダメだった。でもだからといって、スマホの小さなカメラに向かってコントをするのも違う。星矢は舞台やテレビに出たかったのだ。誘われて始めたお笑いだったのに、六年という時間を費やすうちに自分なりの成功の型を作っていた。

「YouTubeやってるうちに、ファンがつくやろ？ そしたらテレビにも呼んでもらえるかもしれんやん。YouTubeとテレビ、どっちが先でもええんと違うん？ まずはおれらの存在を知ってもらうことやで」

「それはそうだけど……。でもおれはYouTuberにはなりたくない」

太尊から解散を持ち出されたのは、そんな会話を交わした半月後のことだった。後から思ったのだが、あの時、太尊は賭《か》けていたに違いない。星矢が話に乗ってこなかったら解散しよう。初めから、そう決めていたように思う。

解散が決まった日の夜、ラビットパニックのラビとパニとして、最後の打ち合わせをした。打ち合わせと言ってもたいした話をするわけでもなく、これまで二人で作ったネタは、許可なく使わないという取り決めをしただけだ。ただ「ラビ」という自分の呼び名はこれからも使わせてほしいと言われ、別にいいよ、と答えた。その時は本当にどうでもよかった。

でも実際に太尊がラビちゃんねるを開設すると、自分だけが切り離されたようななんとも言えない不快な気持ちになった。嫌なら観なければいいだけのことだが、気がつけばディスプレイに指を置いている自分がいる。「ラビットパニック」時代のネタを使っていないか検閲するだけ。誰が見ているわけでもないのに、そんな言い訳を呟きながら、ラビちゃんねるへのアクセスを繰り返した。

ラビパニを解散して以来会っていないとはいえ、自分は毎日欠かさずラビちゃんねるをチェックしているので、正直、太尊と久しぶりに会ったという感じはない。前髪を眉の上でまっすぐに切り揃《そろ》えた新しいヘアスタイルも、すでに見慣れたものだ。

スポーツ飲料の名称が印字された段ボール箱を狭いキッチンに運び込むと、そのうちの二本を手に取った。未奈美のために冷やしておこうと、冷蔵庫の扉を開ける。そして扉の内側、牛乳などの飲み物を立てる場所にペットボトルを置こうとした、その時だった。冷蔵庫の冷気とは違う別のものが星矢の胸を冷たくした。心が凍りつき、思考が停止する。

これは――どういうことだろう。

扉を開けっ放しにしたまま呆然《ぼうぜん》としていると、すぐ近くに太尊が立っていて、

「ほな、おれ帰るわ」

と背中を叩《たた》いてきた。太尊は赤色のキャップを被《かぶ》っていて、それはラビちゃんねるでトレードマークとして身に着けているものだ。

「あ……サンキュ」

ぎこちなかったが、それでもなんとか笑顔を返すと、

「朝方は未奈美ちゃん、ほんまに辛そうやったんや。放ってはおけへんかっ……」

と言いかけた太尊が眉をひそめ、「どうしたん、そんな怖い顔して」と星矢の顔を覗き込んでくる。

「なんでもないよ。……ちょっと眠いだけで」

星矢は慌てて首を振り、顔を伏せる。妙な間が二人の間に流れ、太尊がなにか切り出すのではないかと構えていたが、結局そのまま沈黙が続いた。

「ほな星矢、またな」

「ああ、また」

玄関のドアが開く音を聞きながら小さく息を吐き、冷蔵庫の扉を閉める。

部屋に戻ると、未奈美はまだ同じ姿勢でベッドに横たわっていた。星矢は床の上にあぐらをかいてコンビニで買った発泡酒を二缶、小さなローテーブルの上に置く。一本飲み干すとまたすぐに二本目が欲しくなり、十分も経たないうちに二本とも空《から》になった。寝不足と疲労でふらふらだったところにアルコールを流し込んだせいか、いっきに酔《よ》いが回る。でも張りつめた神

経は解《ほど》けてくれず眠くはならない。

「ごめんな、未奈美」

タオルケットを被っているので顔は見えないが、たぶん未奈美は起きている。

「おれのこと気遣って連絡しなかったんだとしたら、ほんと……ごめん。たしかに昨日の夜は電話もらってても、たぶんおれ、なんもできなかった」

一人で二十人の利用者を看ているのだと、星矢は話した。

夜中はコール対応と安否確認がメインなので、なにもない穏やかな夜もあるのだが、昨日は荒れた。利用者の様子がおかしくて、でも当番の看護師に電話をかけたら留守電になってて、結局医師を呼び出したのだと昨夜の流れを一つ一つ丁寧に説明する。話しているうちに緊張と興奮が蘇《よみがえ》ってきて、気がつけば声が大きくなっていた。

「あ……ごめん」

さっきから謝ってばかりいるなと思いながら、でもなにに対する謝罪なのかがわからない。

「未奈美?」

具合が悪いのかと膝立《ひざだ》ちになり、這《は》うようにしてベッドに近づく。タオルケットをゆっくりと剝《は》ぐと、未奈美は両手で顔を覆《おお》っていた。

「未奈美……どうした?」

「あのさ、最近の星矢の話題、ちょっとしんどい。施設での出来事って……私にとったら遠い世界っていうか」

泣いているのかと思ったが、未奈美の声は普段と変わらなかった。だとしたら顔を見られたくないから手で覆っているだけか。

「そう……かな。遠い世界って言ってもおれらの暮らしと地続きにある場所だよ。未奈美にもじいちゃんやばあちゃん、いるじゃん？」

「そういうとこだよ！　そういう語り、ほんとうんざり。高齢者は社会全体で大切にしなきゃいけない？　でもさ、その人たちってみんないい人なの？　敬うべき人なの？　私になにかしてくれたわけ？」

「え……おれ、そんなこと言った？」

「言ってないかもしれないけど！　でもここ最近の星矢って、自分は人のためになる仕事をしています、正社員として地道に頑張ってますって感じで、それがなんかむかつくの」

私だって不安なのだ、と未奈美は体を起こし、星矢を睨《にら》んできた。いつまでもいまのように楽しくて責任のない、時給千二百円のバイト暮らしを続けることはできない。やがて行き詰まる。そんなこと、とっくに気づいている。でも現実を受け入れた瞬間から、自分の周りから楽しいことが消えてしまいそうな気がする。幸せの魔法がとけてしまう。だからいまは好きなこと、新しくて可愛いものに目を向けて、現実に溺《おぼ》れないように息継《いきつ》ぎしているのだ。

「星矢、介護士として働くようになってからやけに現実的で、こっちが聞きたくないことばっか口にするんだよ。だから一緒にいるといまの自分の位置がわかるっていうか、息苦しいの。私たち、もう別れよ」

いま思いついたことではないのだろう。未奈美はすらすらと別れの言葉を切り出した。

「ごめん、もう仕事の話はしない。もっと未奈美の気分が上がるような……」

「そういうことじゃなくてっ」

未奈美がベッドの縁《ふち》に腰掛け、両足を床に下ろす。

「私……」

携帯が鳴った。未奈美がベッドのヘッドボードに手を伸ばし、即座につかむ。

「おれは……。おれは、未奈美と結婚したいと思ってる。だから正社員になるために、いまの仕事に就いたんだ」

いつか告げようと思ってはいたが、まさかこんなタイミングで、しかも苦し紛《まぎ》れにプロポーズをするとは思わなかった。

「無理」

未奈美は携帯のディスプレイをちらりと見てから、電源をオフにした。

「無理な理由を……聞かせてくれないかな」

未奈美の顔から目を逸らし、北欧《ほくおう》の雑貨で飾りつけられた部屋を眺《なが》めながら、この子のどこを好きになったのだろうと考える。結婚したいと思うくらいだから、きっと他の女の人にはないものを持っているはずだった。そうだ、自分は未奈美のいつも楽しそうなところが好きなのだ。可愛いもの、映えるものを探してSNSにアップし、その投稿に「いいね」がたくさんついたとはしゃいだりして。そんなの能天気なだけではないかと非難されそうだが、少し違う。楽しいことが大好きで、いつも嬉しそうに笑顔を浮かべている姿にこっちまで癒《いや》される。

「未奈美はいまの暮らしを続けてていいから。好きなことや楽しいものに囲まれて過ごしてていいよ。現実はおれが引き受けるし」

星矢の母親は楽しむことをしない人だった。日々の生活を回すのに手一杯で、衣食住に必要のないものに目を向ける余裕などなかったのだろう。最低限のものしか買わなかったし、部屋を飾ることなど一度もなかった。趣味や娯楽に興味を持たず、休日は次の勤務に備えて家で体を休める。そんな日常を送っていたから一緒にいて心が華《はな》やぐこともなく、太尊と出会うまでは声を上げて笑うようなこともなかった。自分は太尊に出会って初めて、おかしみのない日常に笑いを起こすことができるようになったのだ。正式にコンビを組んだのは二十二歳の時だったが、ラビパニは太尊と出会った九歳の時に、すでに結成されていたのだと思う。

「他に好きな人ができた、とか？」

星矢は、未奈美の顔に視線を戻した。目元が微《かす》かに引きつったように見えたが、やっぱりなにも答えない。

冷蔵庫を開けた時、扉の裏にあるボトルポケットにマヨネーズが入っていた。おそらく日本でいちばんくらいに有名なメーカーの、赤いキャップのチューブ……。

マヨネーズなんて珍しくもない。いま星矢のリュックにも入っている。でも、未奈美はマヨネーズを使わない。カロリーが高いからとけっして口にしない。

おれと未奈美ちゃん、つきおうてるねん——。

さほど気にも留めず、つっ込むことなく流したが、あの言葉は事実かもしれないと思った。

事務所で休日分の介護記録を読んでいると、「溝内くん、面談室に来てもらっていいですか？」と福見に呼び止められた。五分後に朝のミーティングが始まることを告げると、他のスタッフには伝えてあるから大丈夫だと言ってくる。

「そこに座って」

面談室はテーブルと椅子しかない殺風景な小部屋だった。福見が浜本邦康さんのファイルを小脇に挟んでいたので、二日前の出来事について話を訊かれるのだろうとすぐに察する。もういいかげんにしてくれよ、とうんざりとした思いが湧き上がる。

「一昨日《おととい》の夜勤のことなんだけど、もう一度順を追って話してもらえる?」

福見がノートを開いて、ペンを握った。順を追って、と言われても、それほど複雑な話ではない。浜本さんが嘔吐していたが、葉山の判断で病院には搬送しなかった。ただそれだけのことだ。鼻カニューレのチューブが切断されていたのも、見ていない。本当に気づかなかったのだ。

「浜本さん、その後なにか問題がありましたか」

今朝早めに来て確認した介護記録には、『特に異常なし』と記載されていた。嘔吐もあの時の一度だけで、その後はいつも通り過ごしていたようだ。

「問題があるというわけじゃないんだけど、葉山先生の対処が適していたのかどうかっていう声が上がってるの」

「対処? 病院に搬送しなかったことですか」

「そこも含めてです」

葉山彩子は常勤の配置医である。特養に常勤の医師がいるのは稀《まれ》なことらしく、多くの施設は二週間に一度ほど訪れる非常勤の配置医が、利用者の健康管理をしているのだと福見が説明してくる。

「それでここからが重要なんだけど、配置医は医療行為を行っても保険診療としての請求ができないの。つまり葉山先生が薬を処方するとなると、施設にある汎用薬を使わなくてはいけなくなる。はっきり言うと、施設が自腹を切って薬を出してるってわけ。だから通常は二条《にじょう》総合病院から来てもらっている非常勤の三国《みくに》先生に、処置や薬の処方をお願いすることになってるんです。三国先生も配置医ではあるけれど、別の医療機関に所属していれば保険診療ができるからね」

施設には葉山彩子と三国守《まもる》という二人の医師が携わっていることは知っていたが、その役割の違いを聞くのは初めてだった。一般人には複雑でよくわからない役割分担があるらしい。

「つまり、ぼくが葉山先生に連絡したのが間違いだったってことですか」

葉山ではなく、三国に電話をかけるのが正解だったということだろうか。

「間違いとは言ってませんよ。非常勤の三国先生をオンコールで呼び出すことはできないからね」

だったら、おれはどうすればよかったのか。星矢は福見の顔を見つめ、その真意を探る。

「これは、ここだけの話にしてもらいたいんですけど」

わざとらしいためを作った後、福見が声を潜《ひそ》める。

「私が疑問に思っているのは、葉山先生の対処なんです。あの先生の処置には理解できないことがいろいろあって、たとえば利用者の体調についてあれこれ相談しても、だいたいはなんの処置もしないんです。うちの施設では家族から看取りに関する『同意書』をもらっている利用者以外は、急変時は病院に搬送すると決まっているんです。浜本さんのご家族は看取りに同意はされていません。だから、葉山先生が救急車を呼ばなかったのは判断ミスじゃないかという声が上がっていて……」

「判断ミス？」

思わず大きな声を出したと同時に、部屋の出入口のドアが開いた。目を向けると半袖の白い襟付きのシャツに紺色のパンツを合わせた葉山が立っていた。

「ああ……、葉山先生。おはようございます」

福見が椅子から立ち上がり、愛想笑いを浮かべる。

「お話があります。いまいいですか？」

葉山はまっすぐに福見のそばへと歩いていく。

「もちろんです。どうぞどうぞ、こちらへお座りください」

星矢が座っている場所から一メートルほど距離を取ったところに、福見が椅子を置いた。マスクをしているので葉山の表情は読み取れないが、たとえ外したところでこの人は笑顔など見せない気がする。

「いま二条総合病院の三国先生から、浜本さんのことで連絡がありました。なにかご相談されたようですね」

淡々と、だが葉山の声に微かな苛立ちが滲《にじ》んでいる。

「ええ……念のために検査をしておこうかと思いまして」

「検査？　なんの検査ですか」

「嘔吐したので、検査をしたほうがいいかと思って」

「嘔吐は一度きりです。その後は変わりありませんよ。バイタルは問題ありませんし、検査入院が必要だとは思いません」

「ええ、でも浜本さんはこのところ認知症が進んでいて、苦しくても言葉にすることができなくなっています。八月には気管切開の手術も控《ひか》えていて、だから……」

口ごもる福見を前に、

「どうぞはっきり仰ってください」

葉山が先を促《うなが》す。

「念のために、入院したほうが安全ではないかという声がスタッフから上がってるんです」

「私の判断だけでは信用できない。そういうことですか」

「いえそうではなくて、もう少し病院を頼っても……」

「なるほど。病院に送れば誰にも責められませんからね。ですがその裏に、自分たちの業務が楽になるという職員の打算が含まれていませんか」

さすがにこの葉山の言葉には、福見も顔をしかめた。

「打算なんてそんな……」

「検査が必要な時は、私もそうした指示を出します。それよりも私には浜本さんの鼻カニューレのチューブが切断されていたことのほうが問題だと思いますよ。幸いにも体調に影響は出ていませんが、発見が遅れていたらどうなっていたかわかりません。これは事故ではなく、事件です」

葉山が話している途中で、福見のポケットから軽妙な電子音が流れてきた。施設内で使って

いるピッチの着信音で、福見が慌てた様子で席を立ち、

「ちょっと失礼します」

と廊下に出ていく。福見が部屋からいなくなると、葉山もすぐに立ち上がり、なにも言わずに部屋を出ていった。部屋に取り残された星矢は、結局なんのために自分がここに呼び出されたのか忘れてしまっている。

「失礼しました。ちょっと緊急の連絡があって……」

慌てた様子で部屋に戻ってきた福見が、「葉山先生は？」と星矢を見て眉をひそめた。

「出ていきました」

「いつ？」

「福見さんが部屋を出たのと、ほとんど同時にです」

福見が両肩を落とし、小さく息をつく。

「浜本さんの一件って、そんなに大ごとになってるんですか？　救急車を呼ばなかったことが？」

あの夜のことを言われると、自分が責められているようで憂鬱《ゆううつ》な気分になる。星矢は言われた通りにしただけなのに、元凶はおまえだと言われているような……。

「浜本さんのっていうより、あの一件で溜《た》まりに溜まっていた葉山先生への不信感をスタッフのみんながいっせいに口にし始めたというか……」

今年の四月に赴任してきてから三か月間、葉山は独断で動いている。本来ならば配置医としての経験が長い三国の指示を仰《あお》ぐのが普通なのに、まるで連携を取ろうとしない。困ったもの

だと、福見が独《ひと》り言のように小さく呟く。

「自分の考えで動きたいタイプなんじゃないんですか」

葉山のことをそれほど知っているわけではないが、他人と協力するのが好きではないように思う。そもそもあの若さで特養の常勤医をしている時点で、かなり変わり者なんじゃないだろうか。

「あのね溝内くん。常勤医だからといって、自分の考えだけでは動けないの。さっきも話したけれど、いまの医療制度では、特養の配置医は保険診療ができないことになってるからね」

保険を利用するためには、施設ではない別の医療機関を受診しなくてはいけない。三国が施設の入所者に対して保険診療ができているのは、二条総合病院というもうひとつの所属先があるからだと福見が強調する。

「だったら施設に二人も医者がいる意味ありますか。ていうか、葉山先生は必要なんですか」

「施設に常勤医がいる意味はあるの。三国先生は二週間に一度しか来られないし、結局は看護師から利用者の状況を聞いて、薬や検査のオーダーを出すだけだから」

利用者を毎日診《み》てくれる医師がいるのは、大きな意味があると福見は口にした。

「葉山先生、脳神経内科の専門医だっていうから期待してたんだけど……」

「脳神経内科？　すんません、おれ、よくわかんないです」

「脳神経内科といえば、パーキンソン病やアルツハイマー病といった高齢者に多い病気を診る科なの。葉山先生は難病の研究にも携わっておられたみたいで、ネットで名前を検索すると過去の業績にヒットするから、溝内くんも興味があるなら調べてみてください」

本来ならば特養に配置医を二人も置くなど、予算的には無理な話だ。だが森あかりを運営する社会福祉法人が補助金を受け、配置医二人体制が実現した。これまでも常勤医を配置すると常勤医配置加算というものがついたが、その微々《びび》たる額では医師をひとり専属で雇用することなどとても無理だった。常勤医のいる特養は珍しいのだと福見が話す。

「そうなんですか」と頷きつつも、よくわからない話だな、と適当に流す。ホームで治療ができないのであれば、葉山が常勤する必要はあるのだろうか。

「葉山先生の考えていることがわからなくて、ほんと困ってるの。意思疎通ができないっていうか」

話の途中でピッチが再び鳴り、「失礼。行きますね」と福見が部屋から出ていった。

結局、星矢にはいまいち腑《ふ》に落ちない話だった。葉山がいくら給料をもらっているのかは知らないが、配置医を一人体制にして浮いた金をスタッフに還元してくれたなら、みんなもっとやる気が出るのに。

部屋を出て、事務所に向かう。朝の時間帯は特に忙しく、利用者の排泄《はいせつ》介助をしてから、朝食を摂らせるための準備をしなくてはいけない。歩ける人は声をかけるだけでいいが、衣服の着脱が自分でできない人には手を貸さなくてはいけないし、車椅子の人には移乗介助がある。

事務所に戻ると、ミーティングはとっくに終わっていた。

「溝内、排泄の介助に行くぞー」

堀江が声をかけてきたので、「はい」とその後についていく。高齢になると尿意や便意を感じなくなるようで、こうして決まった時間に順次トイレに連れていく。自力で歩ける人を介助するのは楽だが、車椅子の人をトイレまで連れていって、便座に座らせるのはかなりの力仕事だった。受け持ちの利用者全員をトイレに連れていくという流れ作業が、ここから一時間以上続く。

「工藤《くどう》さん、おはようございます。今日もいい天気ですねー。さ、トイレ行きましょうか」

工藤隆《たかし》さんという八十代の利用者の部屋に入っていくと、ぷんと排泄物の臭いがした。眠っている間にオムツに出してしまったのかもしれない。もともと認知症があるが、日に日に悪化しているようでこのところほとんど発語がない。

「とりあえずベッドから起きましょうか。よっこい、せっと……」

工藤さんを抱えて起こしながら、「まずは臭いに耐えられるかどうかだ」という言葉を思い出す。介護の仕事を続けていけるか、いけないか。第一関門は排泄物の臭いに耐えられるかどうかだと、入職して間もない頃、堀江に言われた。無理な人は一週間もたないで辞めるらしい。

工藤さんの手を引いてトイレまで連れていくと、オムツを下げて、そのまま便座に腰掛けさせた。夜勤帯の介護士が漏れを気にして尿漏れパッドを重ねていたが、それがかえって体との間に隙間を作っていたようだ。排泄物がオムツから漏れ出し、パジャマのズボンを汚していた。

「ここで待っていてくださいね」

汚れた肌を清拭《せいしき》するための蒸《む》しタオルを持ってくるのを忘れたので、そのままの体勢で待っていてくれるよう工藤さんに告げる。汚れたオムツは丸めてビニール袋に突っ込み、個室の床に置いておいた。

一階の物品室に置いてある保温器の中から蒸しタオルを十本まとめて取り出すと、ビニール袋に入れて廊下を走って戻る。夏なので寒くはないだろうが、さすがに尻を出したままでは心許ないだろう。

「工藤さん、お待たせしてすみま……」

部屋に戻ると、なぜか福見が工藤さんを立たせて尻を拭いていた。星矢が持っているのと同じ、黄色の蒸しタオルを手に尻の割れ目を拭《ぬぐ》っている。無言のまま黙って手を動かしている福見に、「すんません、おれやります」と近づくと、汚物のついたタオルを胸元にぐっと押しつけられた。なにも言わないものの、福見の機嫌がかなり悪いことはわかる。

「工藤さん、交代しました。あとちょっと我慢してくださいね」

左腕で尻を抱えて支えながら、福見の拭き残しを丁寧に拭っていく。

ぶっ、と大きな音がすると同時に、顔面に風圧を感じた。やられた、と口の中で呟くと、涙が出そうになる。もう一度ぶっ、がきたので、今度は首を傾《かたむ》けうまくかわした。それでも一瞬泣きたくなる。

清拭を終え、着替えが入っている箪笥《たんす》から新しいパジャマを出して着替えさせると、ようやく工藤さんの部屋を出ることができた。工藤さんひとりに三十分近く時間をかけてしまった。2ユニット二十人のトイレ介助を堀江と二人でしなくてはいけないのに、こんなことではいつ終わるかわからない。

「ちょっと、溝内くん」

ほとんど駆け足で隣の居室にトイレ介助に入ろうとしたところで、低い声で呼び止められた。

「はい？」

振り向くと、廊下の真ん中で福見が両目を吊《つ》り上げてこっちを見ている。

「いまのはなに？」

「え……いまのって？」

「工藤さんの排泄介助のことです。あなた、どうして工藤さんをひとりにして離れたのっ」

福見がいつになく険しい表情をしているので、自分はここまで強く叱責されることをしたのか、と言葉を失った。

「……清拭用の蒸しタオルを、取りに行ってたんです」

数秒の沈黙の後、やっとそれだけを返すと、

「排泄介助するのに、なんで蒸しタオルを準備してこないのっ」

間髪《かんはつ》入《い》れずに怒りの続きが降ってきた。

「すんません、忘れてました」

「どうして忘れるのっ」

星矢がなにを言っても怒りが増長されるだけだと悟り、そこでもう答えるのをやめた。さすがに気づいた。星矢のことを信用していないのだ。この前の夜勤以降そう判断されたのか、それより前にすでに評価が下っていたのかはわからないが、これ以上言い訳しても無駄だということはわかる。

堀江と二人で2ユニット二十人の排泄介助を終えると、二時間以上が経っていた。

堀江は星矢が福見に怒鳴《どな》られているのを見ていたようで、「気にすんなー」と言ってくれた

が、心も体も重だるい。このまま全部放り出し、家に帰りたい気分になっていた。

排泄介助を済ませた後は、朝食の準備をしに食堂へと向かう。朝の食事介助が終わったらベッドのシーツ交換、部屋の掃除、ゴミ捨ての業務が待っている。

「溝内くん、遅いっ。早くみなさんに声かけして」

早足で食堂に入ると配膳はすでに終わっていて、部屋にいる利用者たちをテーブルの前に誘導する業務が始まっていた。椅子に座らせ、エプロンを着けるまでが食事の準備だ。誰がどの席につくかもだいたい決まっていて、うっかり間違えると「そこは私の席だから」と利用者同士の喧嘩に発展することもある。

自分の足で歩ける利用者には部屋まで行って「食事ですよ」と声をかけ、車椅子の人はベッドから移乗させ、食堂まで連れてこなくてはいけない。今日のメニューはなんだろうとテーブルに視線を向けると、温野菜のサラダと冷やしうどんだった。サラダ用なのか数種類のドレッシングの瓶《びん》とマヨネーズが用意されている。

担当している二十人の部屋に順次声かけに回り、最後に桐谷佐智子《きりたにさちこ》さんの部屋へ入っていく。

桐谷さんは他の利用者に比べると自立度の高い人で、食事の時も介助なしに食べてくれる。右足に麻痺《まひ》があるが杖をついてならゆっくりと歩けるし、普通に会話ができる数少ない利用者なので、彼女の部屋を訪ねる時は気持ちが軽い。

「桐谷さーん、朝食の準備ができましたよ」

軽くノックをしてから部屋を覗くと、桐谷さんはベッドに腰掛けうな垂れていた。いつもしゃんとしているので具合でも悪いのかと思い、「大丈夫ですか」と歩み寄り、骨が浮き出た背中に手を当てる。元気に見えていても八十五歳という年齢なので、いつなにがあってもおかしくはない。

呼びかけにも反応がないので、

「桐谷さん、大丈夫ですか」

と耳元で大きめの声を出すと、ようやく頭が微かに動いた。いまの問いかけへの答えなのか、二拍ほど遅れてからこくりと頷く。

「あのね、溝内くん」

「はい」

「この携帯、音が鳴らないようにしてもらえる？」

星矢はベッドに置いてあった携帯に目を向ける。

「でも音を消しちゃったら、かかってきてもわかりませんよ。ご家族からの連絡とか」

「いいのいいの。消してちょうだい」

いつも明るい桐谷さんが暗い目をしているのを見て、星矢は不思議に思った。施設にいる利用者たちの多くは、家族の話をするのが好きだ。「息子は歯医者をしているから、入れ歯は全部セラミックの特注なんだ」「これは娘が送ってくれた今治《いまばり》の高級タオルでねぇ」「孫が東京でいちばん偏差値の高い中学に合格したって。ほれ、これが入学式の写真」と家族の話をしている時は、利用者の表情に束《つか》の間《ま》、活力が戻る。桐谷さんも例外ではない。家族と過ごしてきたこれまでの時間を、とても大切にしている。でも目の前にいる桐谷さんは、肩を落として口をすぼめ、生気が抜けきったように見える。

「ご家族となにかあったんですか」

いま施設では感染症が再流行しているので一時的な面会に制限があり、会話をするにしてもタブレットでのやりとりだけだった。もしかするとその面会でなにかあったのかもしれない。

「いいえなにも。大丈夫よ、心配かけてごめんなさい」

桐谷さんが首を横に振り、簞笥の上にあるガラスの瓶に手を伸ばした。甘いものが大好きな桐谷さんは、いつもこの瓶いっぱいに飴《あめ》を入れている。

「はい、どうぞ。溝内くんはレモン味が好きだったわよね？」

桐谷さんが瓶から飴を取り出し、渡してくれる。

「あ、はい。ありがとうございます」

利用者から物をもらうのはルール違反だが、飴玉ひとつくらいなら咎《とが》められないだろう。口に含むと甘酸《あまず》っぱいレモンの味が体を緩《ゆる》ませる。

桐谷さんは、星矢がこの施設で働き始めた初日に担当した人だった。介助が下手で謝ってばかりの星矢に、「下手でもいいのよ」と笑いかけてくれた人だ。「私たちは上手いとか下手とか、よくわからないもの。でも丁寧にやってもらっていることはわかるの」と優しく教えてくれた人だ。だから自分は下手なりに、丁寧さを心がけていままでやってきた。

「助かったわ」

携帯をマナーモードに設定すると、桐谷さんが仏像でも拝むかのように顔の前で両手を合わせた。その姿があまりに切実で、なにか事情があることはわかる。

「ああすっきりした。溝内くんのおかげで、急にお腹がすいてきたわ」

　お辞儀をしたまま手のひらを擦《こす》り合わせる桐谷さんを見ていると、重だるかった体に少しだけ力が戻る。

「よし。じゃあ、朝ご飯食べに行きますか？」

「そうね、行きましょ。はいこれ、もうひとつ違う味のをあげるわ」

　桐谷さんからもらったグレープ味の飴をズボンのポケットに入れると、星矢は桐谷さんの左手に杖を持たせ、食堂までゆっくりと誘導していった。


　桐谷さんを連れて食堂に戻るとすでに、朝食は始まっていた。施設ではこうして食堂で食事を摂る時も、「いただきます」と全員で声を合わせるようなことはない。全員が揃うのを待てない人もいるし、食事はひとりで摂りたいからと部屋から出てこない人もいる。集団生活のように見えても、介護者と利用者の関わりはあくまで個人と個人。それが思ったより難しい。

「取手《とりで》さん、お待たせしました」

　星矢はいつも介助についている取手亮壱《りょういち》さんの隣に、丸椅子を寄せた。取手さんはＡＬＳ――筋萎縮性側索硬化症《きんいしゅくせいそくさくこうかしょう》という難病の男性で、この施設では唯一の五十代だ。特養の入居資格は要介護三以上で六十五歳以上なのだが、2号被保険者といって厚労省が定めた老化に起因する十六種類の特定疾病を患《わずら》う要介護三以上の人ならば四十歳以上から入居できる。星矢はこの施設に来て初めてＡＬＳという病名を知ったのだが、全身の筋肉が徐々に衰《おとろ》えていく病気なのだという。

「遅くなってすんません。お腹すきましたね」

喋れないというわけでもないので、むっつり口を閉じているのは機嫌が悪いのだろう。まだ若いからか取手さんは食欲旺盛《おうせい》で、誰よりも食事時間を楽しみにしている。ただ嚥下《えんげ》の力が衰え始めているため、食事をする時は介護士の見守りが必要だった。

「今朝のメニューはご飯、焼き魚、納豆、野菜のソテー、味噌汁《みそしる》ですね。味噌汁の具はあおさと豆腐です。美味《おい》しそうですね、どうぞ召し上がってください」

明るく口にしながら取手さんの表情を窺う。機嫌は直っていないようで、口の両端を下げたままにこりともしない。滑《すべ》り止めがついた、スプーンですくいやすくなった器。手で持ちやすくしたコップ。小さな力でご飯やおかずを挟めるクリップタイプの箸《はし》。取手さんのテーブルには、彼専用の食器が並ぶ。自分たちはできる限りの配慮をしているというのに、取手さんはこれまでにも何度か、些細《ささい》なことで気分を損ねた。

「取手さん？　どうしましたか？　お腹減ってないですか？」

星矢には、他人に自分の不機嫌を見せつけてくる人の気持ちがわからない。自分がひとりでいる時に不満げな顔をするのは、もちろん構わない。誰にだって気分が乗らない時はある。すべての利用者に愛想よく受け答えしてくれとは言わない。でも、食事の介助をしている相手に対して、どうしてこうも感じ悪くできるのかが理解できなかった。

「じゃあ、ぼくが口に運びましょう。まず野菜のソテーからいきますか。野菜から食べると血糖値の上昇を抑えられるといいますもんね」

先が自由に曲げられるようになっている介助用のスプーンにニンジンを載せ、取手さんの口元に運ぶ。ALSを患う患者は手足の筋力だけではなく喉や舌を動かす筋肉、最終的には呼吸に必要な筋肉の働きも失うのだという。だがいまの取手さんはまだ咀嚼《そしゃく》することはできる。

「おおっと」

スプーンに口を寄せたものの、取手さんがぷいと顔を背《そむ》けた。思わぬ動きで手の甲が耳に当たり、スプーンに載せたニンジンがぽとりと落ちる。

「すみません、ニンジン嫌いでしたか？」

この人は病気になる前も、こんなふうに生きてきたのだろうか。

星矢自身は物心がついてから、人にご飯を食べさせてもらった記憶がない。小学校に上がってからは食事の準備や後片付けですら自分でやっていた。いわゆる孤食《こしょく》というやつだが、それでもテレビを観ながら機嫌よく食べていた。誰かに八つ当たりをするという発想すらなかったのだ。

「じゃあ次は取手さんの好きなものにしましょう」

自分の声のトーンが下がったことに気づいたが、どうすることもできない。顔を上げ、なにかアドバイスがもらえないかと堀江の姿を探した。堀江は隣の女性利用者にお茶を飲ませながら、笑顔で話しかけている。

介護士のお手本のようなその笑みを見て、なんとか気持ちを立て直した。取手さんはお客さんなのだ。自分はお客さんの世話をして金を稼いでいる。少々嫌なことがあっても我慢しないと。ここは舞台だ。

「取手さんはなにが食べたいです？　お味噌汁ですか？」

トレイの上にあった味噌汁のお椀《わん》を持ち上げた時、突然車椅子が動いた。取手さんが指先で電動車椅子のスイッチを操作し、テーブルに車椅子をぶつけながら方向転換する。お椀を持っていたほうの星矢の手が取手さんの肩に当たり、味噌汁が膝の上にこぼれた。

「熱いっ」

取手さんが歯を剝《む》いて、睨みつけてくる。その目を見返しながら、取手さんの声を今日初めて聞いたなとその顔を見つめる。病気の影響なのか、取手さんはいつも呂律《ろれつ》が回っていないような話し方をする。だから酔っ払いに絡《から》まれているような気分になる。

「おいおまえ、ちゃんとしろよっ」

「……すんません」

「ぼうっとしてないで早く拭けっ」

「あ、はい……」

「このノロマっ、早くしろよっ」

「はい、いますぐ」

食堂のテーブルに置いてある台ふきを取ろうと手を伸ばしたところで、

「あなたうるさいのよ！　なんでこの子が怒鳴られないといけないの」

しゃがれた声が、頰をかすめる矢のように飛んできた。声の方に目を向けると、斜め向かい側に座って食事をしていた桐谷さんが取手さんを指差し、睨みつけている。

「この子はなにもしてないでしょう？　あなたが勝手に動いたのよ。あたしはこの目で見てたんだから」

桐谷さんが椅子に浅く腰掛け、ひじ掛けに両腕をのせてふんぞり返っている。さっき部屋で見た気落ちした姿とはうって変わった、いつもの桐谷さんだ。

「死にぞこないのババアは黙ってろっ」

「そっちこそ黙りなさい。あなた、自分の立場をわかってないの？　自分ひとりではなにもできないくせに偉そうにして。お世話してくださる方に、もっと感謝しなさい。そんなだから若い奥さんに見捨てられたんだってこと、いいかげん気づきなさいね」

桐谷さんの痛烈な一言に、取手さんの顔が歪んだ。取手さんに十二歳年下の妻がいることは、ホームでは有名な話だ。取手さん自身が広めたらしい。

「はいはい。二人ともそこまでにしてくださいよー。桐谷さんもちょっと言い過ぎです。みなさん、穏やかに朝食をいただきましょう」

堀江が間延《まの》びした声をわざと出して、二人の諍《いさか》いを止めに入る。

「堀江さんも悪いよ。あなたが溝内くんを庇《かば》ってやらないとだめでしょう？　あなたが助けないから、あたしが言ってやったのよ。先輩だったら後輩を守ってあげないと」

「ぼくのせいですか？　こりゃまいったなぁ」

「そりゃそうでしょう。後輩があんなふうに言われたら、身を挺《てい》して助けてあげるのが先輩の役目なの。あたしは一部始終を見てたけど、この子はなにも悪くないわ。よくやってた。我慢強く、丁寧に、一生懸命にやってたの」

鳩尾《みぞおち》辺りに渦巻《うずま》いていた悔しさの炎が、桐谷さんの言葉で鎮火《ちんか》され、

「すんません、ぼくの不注意です。取手さん、ズボンを穿《は》き替えましょう」

星矢はなんとか取手さんに頭を下げることができた。だが取手さんは無表情のまま指先でスイッチを操り電動車椅子を動かすと、そのまま部屋に戻っていった。

いますぐシャワーを浴びたい。

本気で泣きそうになりながら、星矢は更衣室で半袖のポロシャツを脱いだ。

ちょうど三十分ほど前、そろそろ勤務時間も終わりだと油断しているところに、「二一五号室の工藤さんが部屋でつまずき、ポータブルトイレをひっくり返した」という連絡がきた。工藤さんは堀江の受け持ちだったのでスルーしようと思っていたら、古瀬に「早く後片付けに入って」と命じられ、後片付けをひとりですることになったのだ。

「きっついなぁ……」

ポロシャツを脱いだところで髪や指先まで、全身にしみついた排泄物の臭いが完全にとれることはないだろう。首や脇に制汗スプレーをふりまき、着替え用に持ってきていたヘインズのTシャツを頭から被ったところに大きな音を立ててドアが開いた。

「おつかれさまです」

星矢と同じ五時半上がりの堀江が、試合に敗れたボクサーのようにうな垂れ部屋に入ってくる。

「すんません、先に上がってしまって」

「気にすんな。時間がきたら上がっていいよ」

「堀江さんは？　なんか用事あったんですか」

「桐谷さんの家族が突然来たから対応してた」

「ああ、娘さんですか？　桐谷夏江《なつえ》さん？」

桐谷さんが面会に来る娘のことを「夏江」と呼んでいたのを思い出す。

「いや、息子。息子のほう」

事務所で介護記録を書いていたら、ワイシャツにスラックス姿の男がやって来たのだと堀江が苦々しい表情を浮かべる。最初は福見が対応していたのだが、そのうち男の声が大きく怒気《どき》を孕《はら》んだものに変わったので自分も出ていった、けっこうなモンスターだった、と堀江は更衣室に響くほどの呻《うめ》き声を出す。腹に溜めていたものが溢《あふ》れ出たのだろう。

「クレームですか？」

自分たち介護士は毎日懸命にきつい業務をこなしている。それなのにあれが足りない、ここがダメだ、と文句を言ってくる利用者の家族は一定数いる。そんなに不満なら自分でやったらどうですか。そう言いたくなることも一度や二度ではない。介護士は人に感謝される仕事だとばかり思っていたが、実はクレームも多くて、それはこの施設で働いてから初めて知った。

「いや、クレームよりたちが悪くてな。桐谷さんをいったん自宅に連れて帰るって言いに来たんだ」

「自宅に？　どうして？　娘さんも了承済みなんですか」

「福見さんも、いまのおまえと同じこと言ってたよ。娘さんの同意がないと難しいって。でもその息子ってのが聞く耳持たないんだ。話し合う必要はない、家で妻が母親を迎える準備をしているからの一点張りだ」

そんな簡単に言うけれど自宅で面倒看《み》られんのかよ、と星矢は鼻白《はなじろ》む。二か月ほど前にも、「ホームの対応が気に入らない」といって自分の父親を退所させた家族がいたが一週間もたずに戻ってきた。介護を、離れた場所から見ているのと、自分の手で担《にな》うのとでは厳しさは全然違う。自分で介護をしたことがない人ほど、介護者への要求は高い。

「で、どうしたんですか？　桐谷さん、自宅に戻ったんですか？」

「いや、葉山先生が出てきた」

「サイコ氏が？」

サイコ氏というのは、最近ついた葉山彩子の陰のニックネームだ。彩子という名を別の読み方をしてサイコ。サイコパスのサイコ。悪意強めのあだ名だった。

「サイコ氏が『実の息子さんならいいでしょう。退所の手続きをして、連れて帰ってください』って言い出して」

「それでどうなったんですか」

「退所の手続きって言われたとたん、息子の反応が鈍《にぶ》くなったんだ。そしたらサイコ氏がたたみかけるように『こちらは退所者が一人出れば、また新しい方を入所させるだけ。それだけのことです』っていつも通り……いや、いつにも増して淡々と応対したんだよ。惚《ほ》れ惚《ぼ》れするくらい冷静だったわ」

息子は結局、そのまま引き下がったのだと堀江が苦々しく笑った。

「連れて帰るなんて言っても、がっつり面倒看る覚悟なんてないんだ。介護の現実を知らない人間のほうが、いともたやすく『連れて帰る』って言うんだ。退所だときっぱり言われてびびったんだろうよ」

サイコ氏、今日はいい仕事した。グッジョブ。医者はやっぱ強いわ、と堀江が満足そうに頷く。本来なら職員が利用者の家族にきつい口調で言い返すなど、もってのほかだ。福見になにを言われるかわからない。職員にとって利用者やその家族は顧客であり、逆らえない存在だから。

「そうですか。そんなことがあったとは……。ああそうだ、堀江さん。さっき工藤さんが部屋でつまずいて、ポータブルトイレひっくり返して、おれが後片付けを……」

「ああ、らしいな。災難だったな」

ほんの数秒、礼を言われるのを待ってしまった。だが堀江はロッカーを開けて中からバッグを取り出すと、そのまま着替えもせずに更衣室を出ていった。

更衣室を出て廊下を歩いていると、

「溝内くん、ちょっといいですか」

と声をかけられた。顔を見なくても誰かだかわかる。星矢は足を止め、わざとゆっくり振り返った。

空気が蒸した面談室に、福見の後について入る。それにしても暑いねぇ、と言いながら福見がリモコンを手にエアコンのスイッチを入れる。

「座ってください」

こういうことは勤務時間内にしてほしい。早く解放してくれと、心底憂鬱《ゆううつ》になる。

「今日の朝食の時に、取手さんと桐谷さんが揉《も》めたんだって？」

なんだその話か、とうんざりしつつ、「はい」と頷く。取手さんが直接、福見に言いに行ったのだろう。わざわざ面倒になることを堀江や他の職員が報告したとは思えない。

「溝内くん、取手さんの状態は知ってるよね？　あの人はまだ五十六歳なの。人生のいろいろなことをやり遂《と》げてこのホームに来た高齢者の方々とは違うってことは、わかる？」

そこから福見はALS患者がいかに困難な状況にあるのかを説明し始めた。筋肉そのものに異常があるわけではない。運動ニューロンという筋肉を動かす神経が障害を受けて、「筋肉を動かせ」という脳からの命令が伝わらなくなる病気なのだ。手足は自由に動かなくなるものの脳は正常だし、視力や聴力、体の感覚も保たれているので、だからこそ本人にとっては辛いのだと懇々《こんこん》と教えられる。

「取手さんね、前に私にこんなことを言ったことがあるの。『排泄の介助をされていると死にたくなる』ってね。その気持ち、溝内くんにわかる？」

わかる？　と問われて、頷くことも首を横に振ることもできなかった。

「利用者さんのそういう気持ち、全部含めて介護をしてほしいの。取手さん、桐谷さんにやり込められたんだって？　桐谷さんがきつい言葉を取手さんに投げつけているのを、溝内くんはなにも言わずに眺めてただけだって？　どうして？　どうして取手さんを庇うことができなかったの？」

どうして……？　どうして、だろう……。

桐谷さんが取手さんに投げつけた言葉で、自分は救われた。もう全部放り投げて、あの場を去りたい気持ちになったけれど、桐谷さんが「この子はなにも悪くないわ。よくやってた。我慢強く、丁寧に、一生懸命にやってたの」と言ってくれたから、爆発しそうな憤《いきどお》りを抑えることができたのだ。

「私は溝内くんに期待してるの。いい介護士になってほしいと思ってる。いまこのホームのいちばんの成長株だから、もっともっといろんなこと吸収してほしいって」

いつしか下を向いていた顔を起こし、星矢は福見の目をまっすぐに見つめていた。

「おれも死にたくなってます」

なにも考えず、勝手に言葉が口から飛び出す。

「おれも、利用者の排泄介助をしてる時、死にたくなってます」

自分はどうしていつも怒られるのだろう。介護の仕事を始めてからは叱られることが増えた。理由はわかっている。相手の意に沿わないことをしてしまえば、それでもう自分のやったことは間違いだからだ。こんな仕事、他にあるだろうか。

「排泄物や吐瀉物、そういうのにまみれながら時には利用者に暴言を吐かれて……。これが一生続くなら死んだほうがましかなと思ったりしてます。福見さんの考えるいい介護士って、なんも文句言わずにどんなことも我慢する介護士ってことですか？」

引っ越しセンター、コンビニ、牛丼屋、居酒屋……。これまで色々な場所でアルバイトを転々としてきたけれど、死にたくなったのは初めてだ、と福見に告げた。これだけ身を粉《こ》にして働いて、それでも足りない、ダメだと言われる理不尽さをどこにぶつければいいのか、と。

「その気持ち、わかりますよ。まだ二十代の溝内くんにしたら、介護の仕事はきついかもしれないね。でもみんながみんな楽したがったら、日本はどうなる？　この国の高齢者はどうなる？

「だから結局、頑張れる人は頑張らなきゃいけないの。私は溝内くんなら頑張れると思ってる」

まったく響いてこない福見の励《はげ》ましに小さく頷き、

「おれ、辞めます」

星矢はゆっくりと椅子から立ち上がった。「退職させてください」と頭を下げる。ネタが全くウけなかった日の舞台挨拶のように、なんの気持ちも入っていない首の前屈。

「ちょ、ちょっと溝内くん。話が飛躍しすぎでしょ。私はあなたにもっと……」

「もっと、なんですか？　おれもうこれ以上なんもできそうにないです。……浜本さんの鼻カニューレのチューブを切断したのも、もしかするとおれかもしれません。記憶はまったくありませんけど、おれ、やったかもです。どう思ってもらってもいいです。おれもう頑張れません。頑張りません」

言いながら、浜本さんのチューブに手をかける自分を想像した。ハサミでパチン、とチューブを切る音が聞こえる。頭の中でチューブを切断する自分の姿を思い浮かべると、本当に自分がやったような心地になってきた。

「失礼します」

なにもかも、どうでもいい。

仕事も、未来も、もうどうでもいい。

おれはなにもできないんだ。

もう終わればいい。

こんな人生、もう終わってしまえばいい。

リュックを肩にかけて面談室を出ると、頭の中に陰惨《いんさん》な光景が弾《はじ》けた。ハサミを手に持ち、無表情の自分が目だけを爛々《らんらん》と光らせて浜本さんの部屋に入っていく。チューブを切断するパチンという音が耳の奥に残っている気がした。ああおれだ、あれはおれがやったことに違いない。

星矢は逃げるように早足で、建物の外に出た。

職員用の駐輪場の前でリュックの底を乱暴な手つきでまさぐり、原付バイクの鍵を探していたら、リンゴのようなものが足元に転がってきたのが見えた。いままで気づかなかったが地面に緩やかな勾配《こうばい》があるのか、小ぶりのリンゴがころころと転がってくる。

膝を曲げ、手を伸ばしてリンゴを拾い上げると、道路側から五十代くらいの見覚えのある女性が近づいてきた。

「すみません」

女性が星矢に向かって会釈《えしゃく》してくる。

「こんにちは、桐谷です。いつもお世話になっております」

女性は桐谷さんの長女、夏江さんだった。週に一度は面会に訪れ、時々は家庭菜園で作った野菜を職員に差し入れしてくれる。

「あ、どうも。あの、これ……」

夏江さんにリンゴを渡してから小さく頭を下げ、そのままままたバイクのハンドルに手をかける。夏江さんが両手に提《さ》げている大きな紙袋には、おそらく差し入れが入っているのだろう。桐谷さんの部屋にいつも甘いお菓子や飴があるのは、こうしていつも差し入れられるからだ。

「どうぞこれ、持って帰ってください。スモモなんです」

夏江さんが紙袋の中から果物を取り出し、バイクのカゴに入れていく。一つ、二つ、三つ、四つ、五つも。明るい赤色で埋まっていくカゴを、星矢はじっと見ていた。

「いつも母をお世話してくださって、ありがとうございます。今日は兄がこちらのみなさまにご迷惑をおかけしたみたいで、本当に申し訳ありませんでした。いま仕事帰りなんですけど、お詫《わ》びに寄らせていただきました」

桐谷さんの息子が施設に来たことを、福見が伝えたのだろう。それですぐに駆けつけてきたのかと合点がいく。

「いえ、ぼくは別になにも……。あ、スモモありがとうございます。いただきます」

リンゴじゃなくてスモモだったのか。そういえばリンゴにしては小さいよな、と明るい色に目を向ける。周りの空気まで明るく染まりそうなくらいに瑞々《みずみず》しい。

それじゃあ、と前を向こうとしたその時、また、

「あなたが溝内さんですか？」

と背後から声をかけられた。

「はい……そうですが」

と振り返ると、「やっぱり」と弾む声が返ってくる。

「母がいつも話しています。とても親切でおもしろい男性の介護士さんがいるんだって。お名前も聞いてました。力持ちで、でも丁寧に介助してくれるからありがたいって」

体は衰えたが頭はしっかりしていて、それが母の不幸だと思っていたと夏江さんが微笑《ほほえ》んだ。なんでもわかっている母を施設に預けることに抵抗があった、と。でも母はいまの暮らし

を、施設での生活を楽しんでいる。誰かと喋りたくなったら介護士さんがいるし、レクリエーションで好きな手芸をしたり歌を歌ったり、家でひとりでいるよりにぎやかでいいのよ、と言っているのだと夏江さんが話す。

「それは……よかったです」

「はい。私も施設のおかげで仕事を続けられていますす」

八十四歳の夏に入所したので、施設で暮らし始めてちょうど一年が経った。八十五歳になった母から「楽しい」という言葉を聞けることの幸せに感謝している、ありがとうございます、と夏江さんがもう一度同じことを繰り返し、腰を折った。

「引き留めてごめんなさい。私、行きますね」

「あ、はい……。どうも」

星矢はバイクの前で立ち尽くしていたが。両方の目の奥がじんと痛くて動けなかったのだ。不意打ちのように告げられた感謝の言葉に涙が出そうになっていた。「死にたくなる」と同じ振れ幅で胸がしめつけられる。誰かに感謝の言葉を告げられるなんて何年ぶりのことだろう。足元にぽたん、と大粒の滴《しずく》が落ちた。涙ではなく額《ひたい》からつたってきた汗の滴だ。

アスファルトに落ちたその滴は、地熱でゆっくりと消えていく。

スモモが放つ甘く清涼な香りを嗅《か》ぎながら、落ちた水滴が乾ききるのを、星矢はそのままじっと眺めていた。

第二章

お母さんが笑ってる

枕元に置いている携帯が鳴り、古瀬好美《ふるせよしみ》は薄い意識の中で手を伸ばした。もう五時半……。

半目を開けてアラームを止める。これほど大きなアラーム音が鳴っているのに、両隣で眠る息子たちはぴくりとも動かない。リビングから続く四畳半の和室に、ピピ、ピピ、とけたたましい電子音が鳴り続けていた。

好美にとって、朝のこの時間は戦いの始まりだった。目覚めるとすぐに夜のうちに洗っておいた洗濯機の中の衣類を干し、それから朝食作りにとりかかる。パンと目玉焼き程度の簡単なものを作った後は、夕食の下ごしらえ。今夜は焼きそばにするつもりなので、キャベツと人参をカットして、もやしを洗っておく。

「恒介《こうすけ》、哲太《てった》、起きて」

六時半になったのを確認すると、好美は息子たちを起こしに行った。六歳の恒介と五歳の哲太は職場から車で二十分ほど離れた保育園に通っているので、好美の出勤は二人を送り届けてからになる。

「てっちゃん、おきない。まだねむいもん……」

寝起きの悪い哲太が、寝返りを打って頬《ほお》を枕に押しつける。

「だめだって。ほら早く起きてってば。お兄ちゃんも、起きなさいっ」

哲太を抱き起こしながら、隣で熟睡している恒介の体も揺らす。二人を起こすのに十分以上かかるのは毎朝のことだが、今日はいつもより苛立《いらだ》ってしまう。

昨晩、夫の弘也《ひろや》が帰ってきたのは夜中の十二時を回ってからだった。玄関のドアが開く音を聞いた時に時刻を確認したので、間違いない。夫は家に戻るとすぐに、シャワーを浴びることもなくかつては夫婦で使っていた寝室へと入っていった。

「哲太、早く食べなさい。お兄ちゃん、哲《て》っちゃんにパン持たせてあげて」

化粧をするため洗面台の前に立ち、その間も声で指示を与え続ける。職場ではマスクを外さないのでメイクをするのは顔の上半分だけ。世の中の全員がマスクを外したとしても、自分だけはこの習慣をなくさずにいようと決めている。

これほど騒がしいのに、弘也は寝室から出てこない。好美が子どもたちを連れて家を出た後に、夫はようやく目を覚ますのだ。

五分もかけずにメイクを済ませ、黒ゴムで髪を束ねると好美は寝室のドアの前に立った。ノブに手をかけ、音がしないようドアを開き、中を覗《のぞ》く。弘也がいびきをかいて寝入っているのを確認してから足音を消してダブルベッドに近づき、ベッドのヘッドボードに置いてある携帯に手を伸ばす。

夫の携帯の暗証番号はいとも単純、彼の生年月日だった。昭和六十二年十一月二十日生まれなので621120。

え……なんで？

どうしてだろう、番号を押しても解除されない。ためしに恒介の誕生日を入れてみたが同じくだめで、哲太のでもやっぱり無理だった。

まさかね、と思いつつ、好美は自分の誕生日を入れてみた。携帯がブルルと震え、そんなわけないだろうと、嘲笑《あざわら》うように弾き返される。

「お母さんっ」

背後から声がして、その場で飛び上がりそうになった。すぐに夫の携帯を元の位置に戻し、恒介が立つドアのほうへと歩いていく。

「どうしたの？」

慌てて寝室を出ると、後ろ手にドアを閉める。

「哲太がゲーてしてる」

「え、ほんとに？」

「パンがのどにつまったみたい」

慌ててリビングに戻ると、哲太が口を大きく開け白目を剝《む》いていた。急いで背後から抱きかかえ、頭が下になるよう逆さまにし、思いきり背中を叩いた。すると口の中から唾液《だえき》まみれの白い塊《かたまり》が吐き出される。

「哲っちゃん、大丈夫？」

ごぼごぼと息苦しそうに咳《せ》き込む哲太の背中を擦《さす》って落ち着かせているうちに、いつしか七時二十分を回っていた。七時半に家を出なくてはいけないので朝食は切り上げ、まだ泣きじゃくっている哲太を抱きかかえた。

「恒介、早く歯磨きしてパンツに穿《は》き替えて。トイレは済ませた？」

六歳になっても恒介は夜間のオムツが取れず、本当なら起きてすぐにトイレに行かせたいのだが毎朝このタイミングになる。

「まだ行ってない。でもいま行くー」

「早くしてっ。もう出発するよっ」

トイレに入った恒介に向かってドア越しに叫び、二人分の保育園バッグを肩にかけ、哲太を抱いたまま玄関に向かう。七時半に家を出てなくては、八時に保育園に着くことができない。保育園への到着が八時を回ると、八時半からの勤務に間に合わなくなる。

「恒介、早く早くっ。あんたねー、トイレにどんだけ時間かかってんの。もう七時半過ぎたじゃないっ」

のろのろと玄関まで歩いてきた恒介に向かって叫ぶ。三和土《たたき》では哲太が運動靴を履《は》こうとしているが踵《かかと》がうまく入らず、好美は細い足首をつかんでぐいと押し込んだ。

「おかあさん、いたい……」

力を込めすぎたのか哲太が痛そうに顔をしかめたが、もう片方の足も靴に押し込む。ちょうどそのタイミングで恒介が自分で靴を履き終えた。

「おとうさん、いってきまーす」

好美がドアを開けると同時に恒介と哲太が、声を合わせる。「お父さんに挨拶《あいさつ》をしてから家を出ようね」と教えたのは好美だったが、もはや自分が「いってきます」と口にすることはない。

どうして毎日、私だけがこんなにしんどいのだろう。

まだ一日が始まったばかりだというのに、心も体もすでに疲れ切っていた。

職員専用の駐車場に軽自動車を停めてから早足で出入口を抜け、事務所に向かっていると、面談室のドアの向こうから話し声が聞こえてきた。こんな朝早くに訪ねてくる人がいるのかと耳を澄ませると、福見《ふくみ》と溝内《みぞうち》の声が耳に入ってくる。

「溝内くん、昨日のことだけど……」

自分は溝内くんを責めていたわけではない。あなたには期待している。あんな些細《ささい》なことで退職を決めるなんて飛躍しすぎではないか？　簡潔にまとめると、「仕事を辞めるな」と福見が溝内を引き留めている。

「でも自分、この仕事に向いてないんで」

「向いてるも向いてないも、まだ働き出して三か月でしょう？」

こうしたやりとりを、これまで何度耳にしただろうか。一週間もたずに来なくなる人もいるくらいだから、三か月で辞めたとしても珍しくはない。

「そう言わずに考え直してくれないかな」

福見が軽い感じで懇願《こんがん》しているのを、好美はうんざりした気持ちで聞いていた。軽い口調で言ったところで重い仕事が楽になるわけでもない。

「いえ、辞めます。もう決めましたから」

だが溝内はきっぱりと言い返し、福見が一瞬黙り込んだのがわかる。介護業界は出入りが烈《はげ》しいので、好美はなんとも思わない。溝内が辞めたら、しばらくして新しい誰かが入ってくるだけだ。最近は人手不足で補充まで時間がかかることもあるけれど、看護職の自分にはさほど影響はない。

「わかった……。でも次の人が見つかるまではいてくれるよね？」

「次の人が見つかるまでって、いつですか」

「それはまだ……未定だけど」

「じゃあ八月末までで。退職の申し入れをしてから一か月は、働く義務があるって聞いたことあるんで」

二人の会話がそこで途切れ、足音がドアに向かって近づいてきたので、好美はそろそろとその場から離れた。

朝のミーティングが終わると、スタッフはそれぞれの持ち場に散っていく。ふと福見の顔を見るとどこか不機嫌そうで、おそらく溝内の退職が原因なのだろう。こうした施設では、ある日突然来なくなる従業員がいてもそうは驚かない。特に若い介護士は理想と現実のギャップに耐えられないのか、好美が森あかりで働いてきた四年の間にも何人辞職したか数えきれない。なんの前触れもなく来なくなる人、連絡すらつかない人もいたりして、それを考えれば八月末まで働くと言った溝内はまだまし、いや、誠実なほうだ。

自分のデスクに座ると、回覧板が置いてあるのに気づく。この施設では、早急ではない連絡事項はこうして回覧板を回すのだが、正直見ていない職員も多いだろう。忙しい時は好美にしても適当に隣の机に回すのだが、今回はぞっとするような内容だったので思わずじっくり読んでしまう。

回覧の内容は、特別養護老人ホームで起きた利用者の窒息《ちっそく》事故に対して、千四百万円の賠《ばい》償《しょう》が命じられた、というものだった。

利用者には認知症があり、事故が起こる前にも食べ物を自分の口にかき込む行為を何度か繰り返していた。つまりその利用者が食べ物を喉《のど》に詰まらせる可能性を、施設側は予見できた。予見できたのに事故が起きたので「施設側に責任がある」というのが裁判所側の言い分らしい。

回覧版にはネットの記事を印刷したものとは別に、福見の字で書かれた「スタッフのみなさま　本日も細心の注意を払って、利用者さまの安全を守ってください」というコメントが挟まれていた。

「細心の注意って言われてもねぇ……」

今朝、哲太が喉にパンを詰まらせた一件を思い出しながら呟《つぶや》く。細心の注意といっても、マンツーマンでケアをしているわけではないのだ。以前病院で働いていた頃、危険な行為をする患者をベッドに固定していたことがある。そうすれば、少なくとも患者の安全は守られるから。でもそれが患者の人権に関わる行為であると問題になり、それならばと薬を使うようになった。薬を使うと患者はおとなしくなったけれど、好美にはそのほうがよほど怖ろしかった。

裁判で負けた施設は今後どうなるのか、亡くなった利用者を担当していた介護士はさぞ苦しい思いをしているだろうなとぼんやり考えていると、「古瀬さんっ」と後ろから声をかけられた。振り向くと介護士の坂巻《さかまき》が眉《まゆ》を八の字にして立っている。その険しい表情で、利用者に何か起こったのだとわかる。

「倉木《くらき》ツルさんが倒れたんだけどっ」

倉木さんという名を聞いて、ひやりとした。朝の申し送りで、夜勤帯の介護士から「体調が悪そう」という報告を受けていたのに、まだ様子を見に行っていなかった。完全に忘れていた。

坂巻の後について廊下を走る。共用スペースを横切る時に、テレビを観ていた利用者たちがこっちを見てきたが挨拶をしている余裕はない。

「倉木さんには堀江《ほりえ》さんについてもらってて……」

朝食の時間がきたので、居室まで倉木さんを呼びに行った。するとベッドに姿がなく、自力で食堂に行ったのだとばかり思っていたのだと坂巻が経過を説明する。

「でも食堂にいなくて。それで探してたら、居室で倒れてたの」

「最初呼びに行った時は居室にいなかったのに、後でまた覗いたら倒れてた？　どういうことです？」

「たぶん部屋のトイレに入ってたんだよね。私、それに全然気づかなくてさ」

「坂巻さんが居室を覗いた時はトイレに入っていて、戻ってきた時はトイレから出てたってことですか？」

「そうそう、そういうこと」

倉木さんは八十五歳の女性で、自立度は高めなのだが家族がおらず、独居は難しいという理由で入所してきた。緊急時の連絡先は倉木さんの甥《おい》になっていたと思うが、面会に来たことは一度もない。他人に干渉されるのを好まないようで、職員たちも過干渉にならないよう気を遣いながら接してきた人だ。

部屋に入ると、倉木さんがベッドの上でぐったりとしていた。すぐそばに堀江がついている。彼が倒れている倉木さんを抱え起こしてベッドまで運んだという。

「名前を呼ぶと目を開けようとするんで、意識はあると思う」

堀江の言葉に頷きながら振り返り、「事務所から血圧計持ってきてもらえますか」と坂巻を振り向く。

「倉木さん、どこか痛いですか」

腕を持って脈をとると、一分間の脈数は100を超えていた。正常値は60から80なので、明らかに頻脈《ひんみやく》だ。好美の問いかけに、倉木さんがわずかに唇を動かす。痛いとも痛くないとも とれる表情だ。

「堀江さん、葉山《はやま》先生には連絡しました?」

「さっき電話したけど、繋がらなくて」

葉山の出勤時間は日によって違い、日勤スタッフ同様に朝八時半から施設にいることもあれば、午後になって出てくることもある。

「部屋にはいなかった? 電話に気づいてないだけかも」

「そうだな。いま確認してくるわ」

堀江が部屋を出ていくと、しんと静まり返った場所に倉木さんと二人で取り残された。大ごとになったら、朝一番に様子を見に行かなかった自分の責任が問われるだろうか。

「倉木さん、お熱測らせてくださいね」

肉が薄いせいで空洞のようになった腋窩《えきか》に体温計を当てながら、好美は小さくため息をつく。今日は朝から仕事に対して気持ちが入っていなかった。いや、今日だけじゃない。疲れが溜まっているせいで、心を入れずに勤務している日がこのところ増えている。

体温計を自分の手で薄い肉に密着させている間、物音ひとつしない部屋の中を好美は見回した。小ぶりの箪笥《たんす》の上には私物が置かれていて、倉木さんの「推し」の女優の写真がずらりと並んでいる。写真立てに入れられたブロマイドは二十代の頃から現在の五十代のものまで揃《そろ》い、中には倉木さんとのツーショット写真もある。ファンミーティングのような会に参加したと思われる目一杯お洒落《しやれ》した倉木さんが、煌《きら》びやかなドレスを身に着けた女優の隣で微笑《ほほえ》んでいた。

生涯独身を通してきた倉木さんにとって、この女優の活躍は生きがいだったのだろう。いつだったか倉木さんが、「自分の人生はけっして寂《さび》しいものではなかった」と話していたことがある。人がどう思おうと、これまでずっと楽しかったのだ、と。それはきっと心華《はな》やぐ大好きな人がいたからだと好美は思う。

「古瀬さん、血圧計ですっ」

五十代のいまもきれいだけれど、昔は神々しいほど美しいな、と若かりし頃の女優の写真を眺《なが》めていたところに勢いのある声がドアのほうから聞こえてくる。声の大きさにぎょっとして目をやると、荒い息をした溝内が血圧計を渡してくる。

「どうして溝内くんが?」

「坂巻さんに頼まれたんで。坂巻さん、利用者さんに呼ばれてそっち行っちゃって」

「そう」

好美が倉木さんの上腕部にマンシェットを巻き付けていると、

「バイタルは?」

いつもの無表情で葉山が部屋に入ってきた。なんだ、出勤してたのか。電話が繋がらなかったのは部屋で居眠りでもしていたからか、と意地の悪いつっこみが頭を過《よぎ》る。

「脈拍114。体温37度2分。血圧は、いまから測るところです」

好美は倉木さんの脇に押し当てていた体温計を抜きつつ、答えた。

「37度2分？　微熱ですね」

「いいえ、倉木さんは平熱が高いので、いつもこれくらいです。脈はちょっと速いですけど」

「倉木さんの既往歴《きおうれき》は脳腫瘍《のうしゆよう》でしたね？　腫瘍は昨年一月に見つかって、でも位置的に難しいということで手術適用にならなかった。倉木さんご自身も年齢を考慮して、積極的な治療は望んでおられない。いまのところ容態は安定しているものの血液検査によるとヘモグロビンの値が徐々に下がり、先月の採血結果は正常値を五グラム下回った」

葉山が倉木さんの胸に聴診器を当てながら確認してくる。彼女が既往歴を把握《はあく》していることや先月の採血結果まで頭に入っていることに、少し驚いた。三国《みくに》先生なんてうちで三年以上配置医をしているのに、利用者の顔と名前すら一致しない。

「そうです。貧血傾向は六十代からあるそうです」

葉山の横顔に向かって、好美は倉木さんに関する情報を伝えていった。ふらつきの原因は貧血かもしれないし、脳腫瘍の症状が出たのかもしれない。どちらにしても今日はこのまま入院になるだろう。

「倉木さん、私の声が聞こえますか。聞こえたら右手を上げてください」

葉山が両膝《ひざ》を折ってしゃがみ込み、倉木さんの耳元で話しかけた。すると倉木さんは微《かす》かに頷き、両手の先をぴくぴく動かす。

「聞こえてますね。じゃ、このままベッドで安静にしていましょうか」

葉山の言葉に、好美は顔をしかめた。ベッドで安静とはどういうことか。

「安静って……病院に連れていくまで、ってことですか」

好美は非難まじりに訊《き》き返す。このままベッドに寝かせていてもなにもできない。

「病院には行く必要はないでしょう」

「え？　だったら検査とか治療はどうするんですか？」

どうして病院に連れていかないのか。こんな時は病院に入院させて検査するのが通常なのに。

「入院はしません。ベッドで休んでもらいましょう。倉木さんもそれほど苦しそうではないですし」

言われてみると、ベッド上の倉木さんは苦痛を感じているふうでもなく眠っているように見えた。でも実際は貧血が悪化しているかもしれず、処置もせずに放置すれば呼吸不全を起こしてしまうかもしれない。

「採血はします。ヘモグロビン値を確認したいですし」

聴診器で倉木さんの胸の音を聞いていた葉山が、採血の準備をするよう言ってくる。

「ここで採血するより病院に運んだほうが早いんじゃないですか。輸血だって必要かもしれないし、それに呼吸不全を起こしていたら酸素の投与も……」

「古瀬さんの意見は聞いてません」

葉山の強い口調に、好美はそれ以上の言葉を飲み込んだ。

医師と看護師。もちろん互いの学歴や職域には違いがあり、努力や経験で埋めることはできないと理解している。それでも、医師に面と向かって「意見は聞いてません」と言われるのは初めてだった。私だってこれまで何人も同じような症状の患者を看《み》ているのに……。

悔しくて無言になっているところに、「採血の準備をしてください」と葉山が再度、指示を出してくる。

「採血する時は三国先生に承認してもらわないといけないんです。うちから保険の請求はできないんで」

「だったらそうしてください」

好美がむっとしていることにも気づかず、あるいは気づかないふりをしたまま葉山が踵《きびす》を返して部屋を出ていった。その後ろ姿を見ながら、これ以上こちらが何を言っても聞く耳は持たないとわかる。

葉山が赴任してきた四月から、およそ三か月間一緒に働いてきた。いまでも距離は縮まらず、意思の疎通《そつう》ができているとは言い難いが、話の途中で背を向けるその仕草の意味は覚えた。これ以上の対話は必要ない、という彼女の意思表示だ。

「あの、おれ、倉木さんについてますんで、古瀬さん、採血の用意を……」

マスクに隠された唇を固く結び、苛立ちに耐えていると、恐る恐るという感じで溝内が言ってくる。

「ああ……そうだね。三国先生に報告してくる。あと指示伝票を葉山先生に出してもらってくる」

配置医には個室があてがわれていて、勤務時間内の葉山はたいていその場所にいる。看護師はもちろん施設長の福見ですら個室などないのに、葉山は着任当初から特別扱いだ。

「採血の指示いただけますか」

葉山の部屋は電気が点《つ》いておらず、カーテンも閉まったままだった。部屋の出入口から中を覗き込むと、パソコンの画面に赤や青の折れ線グラフが映し出されている。明らかに施設の仕事とは無関係だと思われるカラフルな折れ線グラフを凝視《ぎょうし》していると、

「いま出します」

と葉山が手早くマウスを動かしてパソコンの画像を消した。

採血の項目が記された指示伝票が出るのを待ちながら、こうした施設の常勤の配置医はどれくらいの年収があるのだろうと考えていた。自分も医師くらい稼《かせ》げれば、迷うことなくすぐ離婚に踏み切れるのに……。看護師の知り合いの中には離婚経験者もいて、シングルマザーで働いている人も多い。だけどそれは、実家の手助けがあってのことだ。自分のように頼れる場所のない人間は耐えるしかない。恒介と哲太が大学生になるまでは、弘也と別れることはできないだろう。

「古瀬さん、どうかしましたか?」

「あ、はい。はい、聞こえてます、ありがとうございます」

いけない。ぼうっとしていた。最近こういうことが続いている。葉山から指示伝票を受け取ると、足早に倉木さんの居室に戻った。

倉木さんの採血を済ませると、点眼や湿疹部分に薬を塗るなどの巡回処置に入った。

病院に比べると施設で行う処置は簡単なものが多く、病棟で働いていた時より仕事が楽になったことは実感している。終業は五時半だし、基本的に残業はない。夜中にオンコールでの呼び出しはあるものの、夜勤はない。いまは息子たちが小さいので派遣だが、希望すれば正職員として雇ってもらえると聞いている。それに老人施設はどこも慢性的に看護師不足なので、勤務の希望を聞き入れてもらいやすいのも魅力だった。でもさっきのように、自分の意見を医師に無視されるとさすがに気分が悪い。体調が悪化したら病院に搬送するのが、この施設のマニュアルなのに。

「古瀬さん、いまちょっといい?」

物品を載せたワゴンを押しながら廊下を歩いていると、後ろから声をかけられた。振り返ると福見が作り笑いを浮かべて立っている。この人の笑顔はどこかサーカスのピエロのようで、笑っているのに泣いているようにも見える。

「いま巡回処置の最中なんですけど」

「そう時間は取らせないから」

しかたなくワゴンを押して彼女の後ろについていくと、福見は廊下の端《はし》にある面談室へと入っていった。

「仕事中にごめんなさいね。すぐ済むから、どうぞ座って」

椅子に座るよう勧めると、福見もテーブルを挟んだ真正面に腰を下ろした。

「なんでしょうか」

面談室に呼び出されることなどめったにないので、好美は硬い声を出した。なにか注意を受けるようなことをしただろうか、と今日のこれまでの動きを確認する。ああそうか、倉木さんのことだ。病院に連れていかなかったことについて、なにか訊かれるのかもしれない。

「実は、浜本邦康《はまもとくにやす》さんのことなんだけど」

「浜本さん……ですか」

意外な名前に、数秒間の間が空《あ》く。

「七月七日の夜のことなんだけど、浜本さんが装着していた鼻カニューレのチューブが切断されてたのは知ってるでしょ?」

「はい……」

「古瀬さん、あの日の夕方、浜本さんのところに巡回処置に入ってたよね? その時はチューブはちゃんと繋がってた? チューブが切れていたら、空気が漏れる音がしたと思うんだけど」

「音は……してなかったです。特に異常はなかったと思います……たぶん」

福見の目を見つめたまま、首を傾《かし》げた。たぶん、という言い方しかできないのは、処置は足の爪《つめ》に当てたガーゼの交換だったので、その部分しか見ていないからだ。白癬菌《はくせんきん》に対して処方された薬を爪の中に塗ってそれで終わり。本来なら全身くまなく観察しなくてはいけないのだろうが、八十人の利用者を看護師ひとりで看ているのだ。そこまで丁寧にできるはずもない。

「そう」

「どうしてそんなことを訊くんですか?」

「浜本さん、事故があった日の夕食を摂ってなかったらしいの。それで古瀬さんが処置に入ってから夜まで、ずっと寝てたみたいで……」

「ああ……」

そういうことか。

「そう。だから古瀬さんが巡回した時にチューブに異常が見られなかったってことは、やっぱり夜勤帯に切断されたと考えるのが普通よね」

「つまり、福見さんは溝内くんを疑ってるんですね」

話をしているうちに、福見が犯人捜しをしているのだとわかった。

そして福見の頭の中でいま、黒色の矢印は溝内に向いている。

でも動機がないではないか——。

溝内が浜本さんに危害を加える理由が見当たらない。ああ、でもこうした行為に明確な動機などないのかもしれない。これまでにも職員が利用者に危害を加える事件など、数えきれないほど起きているし……。でも、溝内がそんなことをする人だとは思えなかった。彼のなにを知っているわけではないけれど、他人に危害を与えるような人ではないと感じる。

「疑ってるっていうか……。ただ私はチューブが切断されていたことに溝内くんが気づかないのは、やっぱり変だと思うのね。こういうことがもしまた繰り返されて、外に悪い噂が漏れたりしたら大変だから」

そういえば警察に届けようとしない福見に対して、葉山が強い口調で非難していた。その後、福見は警察に連絡をしたようだったが、証拠が不十分な状態では対応できないと言われたそうだ。

「これは私の考えだけでなんの根拠もないんですけど、溝内くんはやってないと思います。あの人、浜本さんの介助をしている時いつも話しかけてるんですよ。『今日の調子はどうですか』とか、『外めっちゃ晴れてますね』とか。浜本さんからはなんの返事もないんですけど、それでもずっと喋り続けてるんです」

ある日、好美が浜本さんの足の処置に入った時のことだ。溝内が、洋箪笥の上に置いてあった卓上カレンダーを手に持ったまま立ち尽くしていたことがあった。「なにしてるの？」と好美が訊くと、カレンダーをめくろうかどうか考えていた、と溝内が返してきた。認知症が進んでから、浜本さんはカレンダーをめくるのをやめてしまった。だからこの部屋は時が止まっている。浜本さんの時間がこのまま止まっていたほうがいいのか、それとも進んだほうがいいのかを考えているのだと、溝内が真剣に言ってきたのだ。

「溝内くん、見かけよりずっと繊細《せんさい》で優しい人だと私は思うんです」

「それは……そうなんだけどねぇ。ストレスがかかると、人ってなにをするかわからないところもあるし……」

福見の口調から、一刻も早く犯人を特定したいのだとわかる。犯人がわかれば施設に元通りの平穏が戻ると思っているのだ。

「では私、これで失礼します。処置の途中なので」

面倒なことに関わりたくないと思い、好美は席を立った。福見と違って、自分はこの施設がどうなろうと構わない。仮に施設が閉鎖されたとしてもまた別の場所で働くだけで、仕事内容さえ選ばなければいまの時代、看護師免許を持っていればどこででも働ける。福見の仕事を大変だとは思う。利用者やその家族の要望を聞き入れながら職員からの不満を受け止め、日々の重圧の中で働いている。その責任を考えると、自分にはとてもできる仕事ではないと尊敬すらする。でも彼女は特別養護老人ホームの施設長という役割を自ら選んでいるのだ。嫌なら辞めればいいだけのことだ。

「あの、古瀬さん」

面談室を出ようとしたところで、また呼び止められた。今度はなんだと振り返ると、もう一度椅子に座るよう促される。

「その……葉山先生のことなんだけど……」

言いにくそうに、迷うようなそぶりで福見が切り出した。

「葉山先生がなにか？」

「利用者さんに対する葉山先生の対処についてなんだけど、どんな感じか教えてちょうだい」

質問の意図がわからず、好美は首を傾げた。

「別に普通ですけど？　利用者さんからもけっこう慕《した》われてますし」

スタッフには不愛想な葉山だが、利用者には丁寧に接している。そのせいか評判も悪くなく、最近は三国よりも葉山に診てもらいたいという利用者が増えている、と伝える。

「そう……」

安堵《あんど》したようにも困ったようにも見える顔で頷くと、福見が「古瀬さんにだけ話しておくけど」ともったいぶった前置きをして、葉山が以前働いていた病院で起こした事件とやらを伝えてきた。束ねていたファイルから事件の内容が書かれた資料を取り出し、福見がテーブルの上にそっと差し出す。

「ほんとに……葉山先生のことなんですか？」

消極的安楽死、という見出しの後に、事件の概要が記されていた。記事に葉山の名前は出ておらず、「女性医師」という書き方をされているが、六十代の男性患者の人工呼吸器を外したという内容だった。

「知り合いを通じて、この病院で働いている人に確認してもらったから間違いはないの。患者は治る見込みのない重症患者だったそうだけど、それでも殺人容疑で立件されたみたいで……」

事件が起こった年月日を確認すると、葉山は事件から二年を経てうちの施設に就職したことになる。以前の病院は逮捕から二か月後に退職しているので、二年近くの空白期間がある。

「空白期間……履歴書にはなにをしていたか書かれてなかったんですか」

「葉山先生の履歴書なんて見られませんよ。私に医師を採用する権限なんてないんだから」

「それで、福見さんはなにを気にしてるんですか」

「なにをって……葉山先生が信用できる医者かどうかってことでしょう」

言葉を濁《にご》す福見を見つめながら、「信用」とはなにかを考える。終《つい》の住処《すみか》となるこの施設で、人が人を信用するとはいったいどういうことなのか。なにをもって信用できる医師だといえるのか。医師に限らず看護師も介護士も、どういう人間であれば信用されるのだろうか。

「引き留めてごめんなさい。もう戻ってください。看護師のあなたには、耳に入れておこうと思って。それでも もし……もし葉山先生が不審なことをしたら、すぐに私に教えてほしいの」

好美が黙ってしまったからか、福見が気遣うような笑みを浮かべた。

「桐谷《きりたに》さん、電話鳴ってますけど」

物品を載せたワゴンを押して、桐谷さんの居室に入ると、マナーモードに設定された携帯がブルブル震えていた。耳が遠くなって振動に気づかないのだろうかと、携帯を手に取って桐谷さんに渡す。

「桐谷さん？」

好美の声かけすら聞こえないのか、桐谷さんはベッドに腰かけうな垂れている。具合が悪いのかと思い、「桐谷さん？」と下から覗き込むと、両目を見開き思い詰めた表情をしていた。

「どうしたんですか、気分でも悪いんですか」

好美が肩に手を置くと、桐谷さんが小さく頭を振った。その間も着信音が切れることはなく、好美は誰からの連絡だろうかと画面に目を向けた。ディスプレイには『憲久』という文字が浮かんでいる。

「電話、ご家族からじゃないですか」

礼儀正しい彼女の性格からして、知人を呼び捨てで登録することはないはずだ。そう推測して軽く口にしたのだが、よほど嫌な相手なのか桐谷さんが両手で耳を塞ぐようにして体を屈《かが》めた。

「出なくていいんですか」

爆音に怯《おび》えるように縮こまっている背中に、もう一度問いかける。微かだが首を横に振ったので、携帯を床頭台の上に戻した。出ないことに苛立っているかのように、電話はブルブル震え続けている。

「古瀬さん、携帯の電源を切ってちょうだい」

着信音がようやく途絶えると、桐谷さんがか細い声で言ってくる。

「完全にオフにするってことですか?」

「もう二度とかかってこないようにしてほしいの……」

ゆっくりと顔を上げた桐谷さんが、虚《うつ》ろな目を向けてくる。「憲久」からの電話を拒否したいのだと思い、「いまかけてきた方からの電話を受けたくないんですか」と訊くと、こくりと頷く。

「だったらブロックします? 携帯には特定の相手の電話を受けないようにする機能があるんですよ」

困惑顔を浮かべつつも桐谷さんが頷いたので、好美は手を伸ばして床頭台の上に置いてある携帯を手に取った。「指紋認証の設定してます? ここを指でタッチしてもらえますか?」と桐谷さんに手渡すと、ボタンの上にたどたどしく人差し指を当てて画面を呼び出した。

「電話を受けたくない方のお名前を教えてもらえます?」

さっき画面をちらりと見たのでブロックしたい相手が「憲久」のような気はしたが、念のために聞いておく。

「……憲久《のりひさ》です。憲法の『憲』に、久しいの『久』」

「憲久さんですね。ああ、ありました。じゃあこの方からの電話は繋がらないようにしておきますね」

指先でキーを操作して、「憲久」をブロックする。

「息子なのよ」

こちらから訊《たず》ねたわけでもないのに、桐谷さんが罪を吐露《とろ》するように告げてくる。

「息子さん？」

「ええ。憲久は私の息子」

どう答えればいいかわからず、好美は「そうなんですね」と頷いておく。桐谷さんの息子には会ったこともないし、自分は施設の看護師であってケアマネージャーではない。入居者の家庭の事情には正直なところ立ち入りたくない。それなのに桐谷さんは体内に溜まる毒を吐くようにぽろぽろと家庭の事情を話し始める。

「息子が自宅を売れって言ってくるの。家を売ったお金で事業を助けてくれって……。息子は都内で飲食店をやってるんですよ、小さい店だけれどもう二十年も続いていて、常連さんとかもいてね。……私はどうしたらいいのか」

自宅は一軒家で、いまは娘が暮らしている。自分はこの先ずっと施設暮らしで自宅に戻ることはないかもしれないが、娘のことを考えたら家は残してあげたいのだと桐谷さんが悲愴な表情で好美を見つめてきた。桐谷さんひとりに時間をかけていたら業務が進まないのに、話を切れない。

「息子さんが電話をかけてくること、娘さんにお伝えしましょうか？」

自分で解決できないのなら、娘に相談すればいいのではないか。桐谷さんの娘は時々見かけることがある。着替えや差し入れを持ってくる時に何度か言葉を交わしたが、五十代くらいの常識的な落ち着いた女性だった。

「いえ、いいの。娘には言わないで。兄妹で喧嘩《けんか》になったら困るでしょう」

子ども同士の揉《も》め事を嫌がる老親は多いが、桐谷さんもそうなのだろう。親の介護をきっかけに揉める兄弟姉妹は、嫌というほど目にしてきている。介護のすべてを他の兄弟姉妹に押し付けているのに、遺産の取り分だけはきっちり主張する。そんな恥も外聞《がいぶん》もない人間が、この世には溢れるほど存在している。

「じゃあ私はこれで」

ふと言葉が切れたところで、踵を返した。適当なところで切り上げないと、午後の業務にまで響いてしまう。まだなにか話したそうな桐谷さんに会釈をして廊下に出ると、部屋の出入口に溝内が立っていた。

「ちょっと、なにしてんの」

壁に背をつけて息を殺していたのか、気配がすっかり消えていた。驚かされたことに腹が立ち、声が尖《とが》る。

「すんません。……なんとなく中に入れなかったんです」

そんな気を遣わずにさっさと声をかけてくれればよかったのに、と内心思いながら、

「まあどこの家族にもいろいろあるよ。で、なんの用？」

と物品を載せたワゴンを押し出した。

「お忙しいところ申し訳ないんですが、いまから島袋《しまぶくろ》和子《かずこ》さんに胃ろうをするんですけど、来てもらえないですか」

「なんで私が？　堀江さんがいるでしょ。あの人は研修受けてるから、看護師いなくてもできるよ」

「堀江さん、急きょ入浴介助に入ることになったんです。坂巻さんの子どもさんが体調不良で早退したもんで。今日の日勤は人数が足りないんですよ」

眉根《まゆね》が寄りそうになるのを必死に堪《こら》え、「わかった。処置終わってから行くから、十五分後ね」と島袋さんの部屋で待つように促すと、「ほんとすんません」と溝内が風が起こるくらい勢いよく頭を下げてくる。

予定していた処置を終えて島袋さんの部屋に入っていくと、胃ろうのための物品がワゴンの上に並んでいた。チェックしたところ過不足なく揃っている。

「じゃあ始めるね」

好美が素《そ》っ気《け》なく口にすると、溝内は頷き、島袋さんが横たわるベッドへと歩み寄っていく。島袋さんは好美が入職した四年前にはすでに意識がなく、もう何年間もこのベッドで寝たきりだった。

「島袋さん、食事ですよ」

溝内に教えるためのデモンストレーションのつもりで手順通り、声かけをしながらベッドの頭部分を起こしたり、膝を折り曲げたりと体位を整えていく。

「知ってるとは思うけど、胃ろうっていうのは口から食事が摂れなくなった人のお腹に穴を開けて、そこから胃に直接栄養を流し込む医療措置のことなの」

「あ、はい、いちおうは知ってます。初めて見た時はびっくりしたけど、胃ろうって日常的なものなんですね。寝たきりの人にこんなにたくさんの栄養を入れて大丈夫なのかな……苦しくないのかな」

注入用バッグに栄養剤を入れていると、溝内が小声で呟いた。好美はなにも答えずに、普段より丁寧に注入用バッグを点滴棒にひっかけ、島袋さんのパジャマを上にずり上げる。腹部に開けられた穴にはボタンのような蓋《ふた》が被せてあり、溝内がその部位を怯《ひる》んだ目をして凝視していた。

「島袋さん、お腹すいてますか？　すいてませんか？」

「なに訊いてんの、答えるわけないでしょ」

「でもまあ、いちおう……」

「胃ろうはもともと、一時的な処置だったらしいよ」

「一時的とは？」

「口から栄養を摂れない小児に対して造設をしたのが、胃ろうの始まりだったんだって」

さっきから落ち着きなく両目を瞬《しばたた》かせている溝内の様子を見ていると、気の毒に思えてきた。看護の専門学校を出て二十年近く看護師をしている自分とは違って、この子は胃ろうなんてものを扱うのはここへ来て初めてのことだろう。食事ができなくなった人の腹部に穴を開けて栄養剤を流し込むなんて、日常的にはありえないから。

「はい完了。あとは注入用バッグの位置が高さ五十センチくらいになってることを確認して、クレンメを緩《ゆる》めて滴下《てきか》するだけ」

医療行為なので本来は看護師がすべき処置なのだが、二〇一一年に介護保険法が改正され、翌年から経管栄養や喀痰《かくたん》吸引は研修を受けた介護士でも実施できるようになった。好美としては手間が省けていいのだが、胃ろう周辺の皮膚《ひふ》がただれる、注入剤が逆流してしまったなどのトラブルも少なくなく、介護士側では大きな負担を感じていることも知っている。

こんなふうに介護士の負担は増え、だからといって給料が上がるわけではない。でもそうでもしなければ、施設の業務が回らないのもたしかで、看護業界もだが、介護業界の人手不足は深刻だ。入職しても次々に退職していく理由のひとつは責任が重い仕事が多いからだろうし、胃ろうへの対処もその「責任が重い仕事」に違いない。

「島袋さん、冷や汗とか脂汗《あぶらあせ》とか出てないよね?」

溝内がメモを取りながら見守る中、好美はチューブを接続し、栄養剤を滴下させた。あとは滴下の速度を合わせた後、様子に変化がないかを確認していけばいい。

「はい、これで終わりだよ。最後に水分補給ね」

処置が無事に終了すると、「よかったー。まじ助かりました」と溝内が顔を強張《こわば》らせたまま頭を下げた。手早く後片付けを始めるその背中を見ていると、つくづく真面目《まじめ》で誠実な人だと複雑な気持ちになる。こんな人が仕事を続けられないこの業界に未来はあるのだろうか。

「古瀬さん、忙しいのにありがとうございました」

部屋を出ようとすると、溝内が改まって言ってきたので、「おつかれさま」と笑みを返した。

昼ご飯を食べようと休憩室に入ると、もう十五時近いというのに中に人がいた。

「おつかれさまです」

両耳をイヤホンで塞いだ溝内が、携帯を観ながら総菜パンにマヨネーズをかけている。

「おつかれ。休憩遅いね」

今日はよく顔を合わせるなと思いつつ言葉を返すと、

「そうなんです。行きそびれちゃって」

と溝内がパンにかぶりつく。

「いつもなに観てんの？」

イヤホンをしているのに人の声も聞こえるのだ、とつまらないことに感心した。いまの若い子はみんなそんなものかもしれないが、休憩中の溝内は、いつもだいたい携帯に見入っている。

「動画です」

右耳のイヤホンを外し、溝内がペコリと頭を下げた。悪いことをしているのを咎《とが》められたような顔をしている。

「なんの動画？」

好美は机の上に弁当を広げた。弁当といっても昨日の残りものの肉じゃがとご飯を、容器に詰めてきただけだ。

「お笑いです。……ラビちゃんねるっていう」

「お笑い？　好きなの？」

「あ、まあ。古瀬さんは？　お笑いとか観ないんですか？」

「興味ない。そもそもテレビ観る時間もないし」

仕事が終わってから保育園に子どもたちを迎えに行って、家に帰って夕食を作り、食べさせて、後片付けをし、風呂に入れて寝かしつける。こんな生活を毎日繰り返しているのだ。どこにテレビを観ている時間があるというのか。

「お笑いなんか観て、なんの意味があんの？」

自分でも驚くくらい冷たい声が出た。八つ当たりする場所をずっと探していて、やっと見つけたような声。溝内が「えっ」とのけぞり、唖然《あぜん》としている。

「意味……ですか」

「そう。いつも思う。お笑い観て笑って、それがなんになるの？　生産性ゼロじゃない」

なんになるの、という言い方もぞっとするくらい感じが悪い。

「笑うと楽しくなるから、ですかね」

頭の回転が早いとは思ってなかったが、この子バカなのかも、とその目を見つめた。笑うと楽しくなる……そんなの当たり前ではないか。

「なんか、ほっとしませんか」

「なにが」

「だって、全力で自分を笑わそうとしている人がいるんですよ。そういうのって、嬉しくないですか」

「別に、溝内くんを笑わそうとしているわけじゃないでしょ」

「それはそうですけど。でもおれは、いまこの時間を楽しく過ごせるというのがなにより大事だと思ってて……。なんていうか、人生って上書きの連続じゃないですか。昨日嫌なことがあっても今日いいことがあったら、人生はいいもんだなって思えるし。一日ごと、一年ごと、人生の時間ってどんどん上書きされる。だから誰がなんと言おうと、おれにはいまがいちばん大事なんですよ。いま笑えてたら大丈夫っていうか」

溝内が再び画面に視線を落とし、動画の続きを観始める。にやにやしているので、なにがそんなにおもしろいのかと画面を覗こうとしたその時、

「古瀬さんは、どうして施設で働いてるんですか」

と訊かれた。唐突だがおざなりの問いかけではなく、本気で答えを知りたがっているように見え、今度は好美が唖然とする番だった。

「そんなの……お金のために決まってるでしょ。他になにがあんの？　私、六歳と五歳の男の子がいるの。だから夜勤はしたくないし、うちの施設なら土日は休みで五時半には帰れるし」

看護の専門学校を出た二十二歳から、県内にある大学病院で懸命に働いてきた。あの頃の自分は、少なくともオンコールの電話を無視するような無責任な人間ではなかったはずだ。いろいろ変わってしまったのは、三十四歳の時に妊娠し、まだつき合って半年も経たないまま四歳年下の弘也と結婚した時からだろうか。寿退社と祝われながら病院を辞めて恒介を、その翌年に哲太を出産した一年後から森あかりで働き出した。弘也は正社員ではあるものの、給料は手取りで月に二十五万あるかないかで、とてもじゃないが自分が働かなくては子どもにまともな暮らしをさせてやれないと思ったからだ。

「子どものため……ですか。たいていの母親って、働く理由を子どものためだって言いますよね」

「子どものためだと良くないの？」

「いや、そういうわけじゃ」

「ああ、あともうひとつ、子どもたちがもう少し大きくなったら私、離婚しようと思ってて。その時のためにも、お金貯めたいの」

「離婚？　もう決めてるんですか」

「そう」

「理由……とかって訊いていいですかね。あ、失礼ですか？」

「いや、いいよ。なんだろう、うちの旦那って、家事も育児もまったくしないのよ。なのに仕事だって嘘ついて、外で遊んでたりね。そういうのに疲れたっていうか、もう怒るのも面倒になってしまったっていうか」

弘也が嘘をついて外で遊んでいることを知ったのは、哲太が三歳の時だった。仕事帰りに子どもたちを保育園に迎えに行って、車で家に向かっている途中で恒介が突然、「おしっこ」と言い出したのだ。それでしかたなくトイレを借りられる場所がないかと車を走らせ、たまたま大通りを通りかかった時に、夫とすれ違った。夫は大通り沿いの歩道を、スーツ姿で歩いていた。

その日は県外への出張があると言っていたのに、どうしてこんな所にいるのだろう。好美は嫌な予感に苛《さいな》まれながら、すぐ近くのコンビニの駐車場に車を停め、夫の姿を見ていた。

出張がなくなったのか。それともいまは営業の途中で、仕事が終わってから移動するのか。それにしても会社から離れたこんな場所にいることが不思議で、「ママ、早くおしっこ！」と叫ぶ恒介の手を引いてコンビニのトイレに駆け込みながら、何度も振り返って窓越しに夫の姿を凝視し続けた。

その日夫が、高校の同級生たちと一泊二日の旅行に出かけていたことがわかったのは、出先で撮った写真が携帯に保存されていたからだ。別に浮気をしているわけではない。そうした認識だからか夫のガードはあまりに緩く、携帯のロックを解く暗証番号も、銀行のカードと同じ生年月日だった。

しょせん、他人事《ひとごと》なんだ。

夫が自分に嘘をついて遊んでいることを知った時、そんな言葉が頭に浮かんだ。朝から夕方まで働き育児をしている自分には、子どもを置いて遊びに出かけるという発想はない。仕事を終えたら一目散に保育園に迎えに行って、子どもたちを寝かしつけるまで、椅子に座ることもできない。自分と夫は家族とはいえ、生きている場所も流れる時間もまったく違うのだと気がついた。

その日を境に夫の行動を注視するようになると、彼が月に一度か二度、会社に行くふうを装って出歩いていることがわかった。遊び相手は高校時代の同級生だったり、会社の同僚や後輩、SNSで知り合った趣味の仲間とその時々でいろいろだった。男もいたし女もいたし、若い人も若くない人もいた。

夫が自分を騙《だま》していることがわかっても、特になにもしなかった。いつどこで誰と会っているかを問い詰めることもしない。離婚が成立する日のために子どもを育て、貯蓄を増やし、なにも気づかないふりをし続けている。

ただ、浮気の証拠を見つけられたらラッキーだとは思っている。それがいちばん有利な形で別れることができそうだから。怒りよりも呆《あき》れ。悲しみよりも嫌悪。落胆よりも諦め。もはや夫のことなどなんとも思っていない。結婚指輪はトイレに流し、樹木を育てる気長さを持って子どもたちが大人になるのを待っている。

「なんか……あれですね。命からがら険しい崖を一緒に登っていると思っていたら、実はパートナーにだけ命綱がついていて安全な場所を歩いていたというか。二人でどしゃぶりの雨の中にいたら、相手の頭上にだけは傘が差しかけられていて濡れてなかったというか……。え、しんどいの自分だけかよ、みたいな」

しばらく黙って好美の話を聴いていた溝内が、困惑した表情で口を開いた。

「なに、その喩《たと》え」

「おれ、芸人やってたんでわかるんです。そういうコンビをたくさん見てきました。どちらか一方はそれこそ崖っぷち、死に物狂いでやってるのに、相方は実家が金持ちで、芸人になれなくても全然食っていけるっていう」

「芸人と夫婦は違うから」

「そうですね……。すんません」

「ああでも、どちらか片方だけが死に物狂いっていうのは同じかな。私もいまぎりぎりな状態で、崖っぷちだからね。実家も貧乏だし、頼れない」

子どもを育てながら働くことが、これほど大変だとは知らなかった。でも働かなければ、貧しさという地獄が待っている。そう考えると、無理をしてでも働いて金を稼ぐというのいまの状況を受け入れるしかなくなる。

「話し合ったりはしないんですか？　そういうのって、夫婦で話をして、夫さんから謝罪とかそういうのをしてもらって解決したりはできないんですか」

左耳のイヤホンも外しながら、溝内が訊いてくる。まるで自分が離婚を迫られているような情けない顔をしている。

「謝罪で解決なんてしないでしょう？　白い紙に墨黒《すみぐろ》が一滴でも落ちれば、もう元には戻らない。人の信頼ってそういうもんだから」

この人はきっと、身近な誰かに裏切られたことなどないのだろう。恵まれた家庭で、両親に愛されて育ったのだろうと、いかにも能天気そうな濁《にご》りのない澄んだ白目を見つめる。

「溝内くんも気をつけなよ。家族を裏切ることは大罪だよ。一緒に暮らしている人を軽んじたらいけない。たった一度の裏切りが、相手の人生を損なうことになるんだから」

好美はもうずっと、夫のことが怖ろしい。この人は、こんなふうに屈託《くったく》なく家族の前で笑っているくせにさらりと嘘がつけるのだ。まるで悪びれないその様子を見ていると、得体の知れない薄気味悪さをおぼえ、それはいまもずっと続いている。

「一人でもやれるんじゃないですか。古瀬さんなら、旦那さんと別れても生活していけますよ」

なにを思ったのか溝内がやけにつっ込んだことを言ってくる。ついさっきまで困ったような顔をしていたくせに、身を乗り出してくる。

「いまの稼ぎじゃ無理だって。いまは違うけど、扶養範囲内で働いてた期間が長いから貯金もほぼゼロだし」

「扶養ナントカってたまに聞きますけど、それってなんなんですか」

「え……知らないの？　妻や子どもを養ってる会社員の男たちに与えられる特典のことよ。会社員の夫だと所得から決まった額が控除されて税金が安くなるの。他にも妻が年金とか健康保険代を免除されたりね。まあ逆の場合もあるけど。夫が妻の扶養に入るっていう」

「なんだそれ。めっちゃお得じゃないですか」

「だよねぇ。ただ配偶者の年収に制限があって、年収が一〇三万以上だと配偶者控除を受けられないし、一三〇万円以上稼ぐと配偶者の会社の健康保険に入れないから、自腹で保険料を納めないといけない」

「へぇー、そんな制度があるんですね。でもいいのか悪いのか微妙ですね。そんな制度に縛りつけられて、女の人って不自由だな。あ、女の人って決めつけたらだめですね、いまの時代。男の人が家のことをするパターンもあるわけだし」

不自由と言われ、いままでうっすら考えていたことがはっきりした。溝内の言う通り、配偶者控除という制度は微妙なのだ。子育てをしながら長時間働くのは、正直きつい。だから配偶者控除を受けられる所得を上限にして、働こうとする。ただ配偶者控除内で働いている限り、当たり前だけれど上限の所得は超えられない。弘也は薄給なので好美のパート代が貴重だが、世の中の正社員の夫にしてみれば年収百数万なんて取るに足らない稼ぎだろう。ほんの少し家計の足しになってるくらいの。だから夫が家事や育児を本気で担《にな》うこともない。

配偶者控除なんてなくせばいい。そう思うことはこれまでにも何度かあった。そうすれば世帯収入を増やすことを目標に、夫も真剣に家事や育児と向き合うんじゃないだろうか、と。でも自営業の夫婦が、平等に家事や育児を分担しているとは思えないし……。どちらにしても日本という国は、子どもを産んだ女が苦しむシステムになっているのだ。

「まあなんにしても、離婚しようと決めてる相手と一緒に暮らすなんて、おれにはできないなぁ。精神衛生上よろしくない」

「そうは言ってもうちの子、六歳と五歳だよ。そんな年で両親が離婚なんて、かわいそうじゃない。後になって子どもたちに恨まれるのも嫌だし」

「でもおれは、古瀬さんがかわいそうだな。信用できない、嫌いな相手と毎日顔を合わせるなんて辛いじゃないですか。おれは六歳の時に両親が離婚したんですけど、全然恨んでないですよ。子どもとしては母ちゃんが笑ってるほうがいいですしね。古瀬さんが楽しいのがいちばんですよ」

私が楽しむ？　そんなこと、もう何年も考えたことがない。この汲々《きゅうきゅう》とした暮らしのどこに楽しみを見つけろというのか。

「どうやって楽しめばいいの？」

「へ？」

「私はなにをすれば楽しめる？」

「そんなのおれに訊かないでくださいよ。そうだなぁ……たまには家事さぼって子どもさんたちとダラダラ過ごしたらどうです？　お笑いとか観ながら。まじで爆笑できますよ」

そろそろ行かなきゃ、と溝内が腰を浮かせた。この後また介助が入っているから、と。

「なんの介助？」

「排泄《はいせつ》介助です」

首を左右に倒して骨を鳴らし、溝内が大きく伸びをする。排泄介助は入浴介助と並ぶ力仕事で、四十代の自分などは半日やれば腰が立たなくなる。

「溝内くんはどうして施設で働こうと思ったの？」

ふと、さっき自分が問われたのと同じことを訊きたくなった。溝内なら介護士でなくても、他にやれることがあるだろうと思ったからだ。芸人だったからかコミュニケーション能力は高いし、我慢強さもある。人から好かれる愛嬌《あいきょう》も、その場の空気を読む器用さも、人並み以上に備わっている。

「介護士の資格があったからですかね」

「資格があっても、介護が嫌なら来ないでしょう？」

「介護、嫌じゃないですよ。ていうか、めっちゃ嫌だとは思ってません」

「でも若い人からしたら、介護なんて特にいい仕事じゃないでしょう？」

「いい仕事かどうかは自分で決めることですから。って、これ、芸人やってた時の先輩の受け売りですけど」

自分の仕事の価値を決めるのは、自分。先輩芸人がそう言っていたのだと溝内が話す。自分が「いい仕事をしている」と思えるならそれでいいのだ。他人の評価は関係ない。これは売れる、売れないとは別の話で、仕事をしていく上での自尊心の問題だと先輩芸人は教えてくれたのだという。

「といっても溝内くん、ここ辞めるよね」

「まあ……それは。なんだろう、一生懸命やってて責められたんじゃ、やってらんないですよ。手を抜いて怒られるなら反省しますけど」

福見のことを言っているのだと気づき、好美は頷いた。なにか問題が起こった時、福見は罪の所在を身近な場所に見つけようとする。その罪は自分たちでは解決しようのないもっと大きなところにあるというのに。

「あ、そうだ。古瀬さん、コント観てくださいよ」

「コント？」

「はい。おれ、ラビパニっていうコンビ名でコントやってたんです」

ラビパニで検索したらYouTubeで観られますから、と溝内がハミガキ粉のコマーシャルのような笑みを浮かべる。

「子どもさんたちと一緒に笑ってください」

「ちゃんと笑えるの？」

「それは保証できないですけど……。あっ、いやいや絶対笑えます。腹よじれますよ」

「溝内くんがおもしろいことしてるなんて、想像つかないな」

「まあ、ここではおとなしくしてたんで。迷惑ばかりかけてたし」

「迷惑ばかりじゃないよ。けっこう頑張ってたと思うし。……また芸人に戻るの？」

「いや、それはないです。芸人では食えないんで」

「そうだよねぇ。食えないよねぇ。食えない、食えない。いつから日本はこんな、どこを切っても貧しい、痩《や》せて頬がこけた金太郎飴《きんたろうあめ》みたいな国になっちゃったんだろうねぇ」

「真面目にやってるのにいつも貧乏で、やりきれないっす」

溝内と言い合いながら、そういえばこんなふうに誰かと本音で話をしたのは久しぶりだなと思う。

「そういえば前にここにいた若い男の介護士で、溝内くんみたいにちょっと変わった人がいたよ。私とはほんの数か月かぶっただけで、辞めちゃったけど」

好美がここにいる間に辞めていった人なんて、数えきれない。それなのに彼のことはいままでも時々思い出す。妙に存在感があり、状況判断にも優れていた。仕事も早くて利用者との関係も良かったし、なにより介護の仕事に「やりがいを感じる」と言っていた。でも良くも悪くも周りが見えすぎることが原因で、福見と反《そ》りが合わずに辞めてしまった。仕事熱心だったので惜《お》しくて、ここを辞めても元気でいてほしいと思えた稀有《けう》な人だ。

「その人がよく言ってた。働いている自分たちが楽しくなければ、介護される利用者も不幸だって。いまいちばん大事なのは介護士が働く環境を改善することで、スタッフの数を増やせばいいわけではないって福見さんに提言してた」

「働く環境かぁ。それが難しいんですよ」

「だね。それができてたらここまで人手不足にはなってないわ。いい人だったんだけどねー。利用者さんの人生最後の時間を幸せなものにしたいって、本気で言ってたもん。人生の上書きだっけ？　さっきの溝内くんの話と共通するよね。人生最後の時間が幸せなら、その人は幸せに生きたって思えるもんね」

「それでその介護士さん、ここ辞めていまなにやってるんですか」

「私もよく知らないけど、この仕事は続けてるみたい。介護の未来を担う若きリーダー？　みたいなこと言われてるらしいよ」

「介護の未来を担うリーダー？　そんな人、いるんですかねぇ」

会話が途切れたところで、溝内が「じゃあおれ、そろそろ休憩終わりなんで」と立ち上がり、足早に部屋を出ていく。猫背気味の背中を見送りながら、去っていく人間に対して、人は二通りの行動をとるのかもしれないと好美は思った。一つは無関心。もう一つは労《ねぎら》い。好美はこの施設で働いた溝内の時間を労ってやりたくなった。


帰り際、顔だけでも見ておこうと思って桐谷さんの部屋に寄ると、中から楽しそうな笑い声が聞こえてきた。常に上品な桐谷さんとは思えないヒッ、ヒッーという息を引く甲高《かんだか》い声に驚きながら出入口から中を覗くと、溝内の背中が見えた。

「じゃあ次いきまーす。『愛の告白！』」

「『あの、前田《まえだ》さん、ちょっと話したいことあるんだけどいいかな？』と同じクラスの前田真《ま》理絵《りえ》さんを校舎の裏に呼び出すおれ。前田さんはテニス部で、学年でも一、二を争う美人だ」

「『話って……なに？』戸惑《とまど》いと期待が混じっているような表情で、前田さんがおれを見上げてくる。おれは昨日の夜に考えてきた台詞《せりふ》を頭に浮かべつつ、ごくり、と唾《つば》を飲んだ」

「『あのさ、実はおれ前田さんのこと――』」

プーッ。

「『ああっ、ごめん。あのさ、前からおれ、前田さんのこと――』」

プ――ッ。

「『前田さぁ――』」

プ――ッ。

「『前――』」

プ――ッ。

「『ま』――ー」

プ――ッ！

溝内は男子生徒と女子生徒を、一人二役で演じていた。

男子生徒が好きな女の子に愛の告白をしようとするとオナラが漏れる、その音がだんだん大きくなっていくという、なんのストーリーもない、どうしようもない下ネタだった。

ただ、オナラの音が見事だった。

オナラに似た音を出すために、溝内は手のひらを腋窩《えきか》に挟んで空気を潰すように脇をしめるのだが、その際に出る音が本物のオナラそっくりなのだ。プ――ッという音が漏れるたびに、ベッドに腰かける桐谷さんがヒッヒッと笑い声を上げる。

「どうして大切な告白をしようとすると、オナラが出ちゃうのかしら。かわいそうに」

桐谷さんが少女のように笑い転げて首を左右に振っているのを見ていると、好美までおかしくなってきて、こっそり覗いているつもりが「ははっ」と笑い声を上げてしまった。

「え、やば。古瀬さんいたんですか？」

溝内が目を丸くして振り返り、前髪に触れながら、「いや、あの、桐谷さんの元気がなかったんで」と恥ずかしそうに下を向く。

「桐谷さん、めちゃウケてるじゃん」

ちゃんと笑わせたことを褒《ほ》めると、桐谷さんの目尻から涙がこぼれているのが見えた。泣くほどおもしろかったのかと思ったが、そうではないようで、桐谷さんの顔が徐々に歪《ゆが》んでいく。

「……桐谷さん、大丈夫？　どうしたんですか？」

慌ててそばに駆け寄り、薄紫のブラウスを着た細い背中にそっと手を置く。

「ごめんなさい。この子が私を楽しませようとしてくれたことが嬉しくて……。笑ってたら泣いてしまったわ」

指先まで皺《しわ》だらけの指先を、桐谷さんが自分の目尻に当てた。

「古瀬さん知ってた？　溝内くん、もうすぐ辞めちゃうのよ」

ベッド柵に置いていた腕を持ち上げ、桐谷さんが溝内に向かって手を差し出そうとした。好美は筋肉のない痩せ細った肘を支え、溝内の手をつかませる。

「これからも元気に頑張るのよ。体に気をつけてね」

両目に涙を滲《にじ》ませながら桐谷さんがそう告げると、溝内が手を握られたまま、困ったような表情で「まだお別れは早いですって」と笑う。

子どもたちを保育園に迎えに行き、二人を連れてスーパーで食料を買い足し、家に戻るともう七時前だった。今日のメニューは焼きそばなので、いま買ってきた三食パックの麺と豚肉に、キャベツと人参、もやしを合わせて炒《いた》め、十五分かからずに食卓に並べた。

「ヤキババ、おいちい」

哲太がフォークを握りしめ、口の周りをソースだらけにしながら嬉しそうに声を上げる。

「うん。お母さん、このやきそば、ほんとにおいしい」

恒介まで褒めてくれるので、「こんなの誰でも作れるよ」と好美は頬を緩めた。

こんな手抜き料理を褒めてくれるなんて、この子たちくらいだろう。もう少し時間に余裕があれば手の込んだものが作れるのだが、平日はこれで精一杯だ。

「ほらほら、お喋りしてないでちゃっちゃと食べなさい。お兄ちゃんもおかわりするんだったら早くね」

子どもたちをテーブルの前に残し、好美は椅子から立ち上がって風呂場に向かう。夕食を食べさせた後はすぐに風呂に入れて、遅くても九時には寝かせたかった。そうしないと朝が起きられないから。

でも二人が食事を終えると、妙に心が浮き立ち、

「今日は特別に、みんなでこれ観よっか」

と好美は携帯を恒介と哲太の前に置いた。溝内に言われたように、YouTubeで「ラピパニ」「愛の告白」を検索してみる。

「お母さん、なになに?」

と恒介が不思議そうに首を傾《かし》げ、哲太も「にゃに？」と楽しげに体を揺らす。

「ほら見て」

コントの動画を発見し、すぐさま再生ボタンを押すと、画面の中の溝内が「愛の告白！」と声高に叫んだ。おおげさな表情。滑稽《こっけい》な動き。男子高校生が好きな女の子に愛の告白をしようとするとオナラが漏れる、その音がだんだん大きくなっていくという、どうしようもないあの下ネタだ。

「なんだこれ、オナラ出すぎだよー！」

と恒介が腹を抱えて身をよじっていた。

「オナラ、プップーって、プップーってすごいね。お兄ちゃん、見て見て。お母さんも笑ってるよ！　お母さんが笑ってる」

と哲太もその場で寝転がり、両足をばたばたさせて喜んでいる。

「……おかあさん？　どうしたの」

哲太ががばりと体を起こし、好美の顔を両方の手でぎゅっと挟んだ。

自分もまた大笑いしていることに満足していると、両目から涙が零《こぼ》れてきた。泣くほどおもしろかったのかと訊かれたら、「そうではない」と答えるだろう。でもいつもならこの時間は「早く早く」と息子たちを急き立てている。

そんな時間に、いま親子三人で大笑いをしていた。

第三章 介護の未来

七月最後の日勤の業務を終え、力が尽き果てた体を引きずるようにして星矢《せいや》は家に戻った。太陽の熱を蓄えた鉄製のやたらに重い玄関ドアを開けると、消し忘れていたのか居間の豆電球がひとつ点《つ》いている。

手を洗いに洗面所に入り、鏡に映る自分と向き合った。脂《あぶら》っぽいくせに覇気《はき》のない顔が、やるせなさそうに見つめてくる。

「溝内《みぞうち》くん、いまから浜本《はまもと》さんのご家族がいらっしゃるから、あの日の様子を説明してください」

福見《ふくみ》にそう声をかけられたのは、勤務時間終了の十五分前、浴室の掃除をしている時だった。午前に六人、午後に七人、合わせて十三人の入浴介助を済ませた後、床をブラシで磨《みが》き、排水溝に詰まった毛を取り除いていると福見がやって来た。

更衣室で濡れたTシャツとハーフパンツを脱ぎ、ポロシャツとチノパンに着替えてから面談室に向かうと、浜本さんの息子、浜本洋平《ようへい》さんがすでに待っていた。息子といっても髪は真っ白で、たぶん還暦《かんれき》は過ぎている。星矢は洋平さんとテーブルを挟んで対面するように座り、福見に促されるまま簡単な自己紹介をした。途中で葉山《はやま》が入ってきて、部屋の隅《すみ》に立った。

「ぼくが浜本さんの異変に気づいたのは、七月七日の夜間の巡回の時で……」

部屋に入ると異臭がしたので懐中電灯でベッド上を照らした。浜本さんが嘔吐《おうと》していることに気づき、その日の当番の看護師に連絡を入れた後、医師の葉山に電話をかけた……。

「溝内さんが父の部屋に入った時、酸素のチューブが切断されていたことには気づかなかったんですか」

洋平さんが硬い声で訊《き》いてくる。その表情には怒りというより戸惑《とまど》いが浮かんでいる。施設側の人間とどのような態度で対峙《たいじ》すればいいか、迷っているようにも見えた。

「気づきませんでした。嘔吐された時に部屋の電気は点けたんですけど、慌てていたこともあって、鼻カニューレのチューブに目をやる余裕はなくて……」

これまで何度も話してきたのと同じ内容を、星矢はなぞった。息子は最後まで腑《ふ》に落ちない様子で話を聴いていたが、施設の対応を非難することはなく面談は四十分ほどで終わった。

「ご家族にはお伝えしておこうと思ったの。浜本さん、幸い体調にお変わりはないけれど、念のために話したほうがいいと判断しました」

浜本さんの息子が帰ってから、福見は星矢にそう言ってきた。

星矢が状況を説明した後、葉山が浜本さんの息子に、八月末に予定している気管切開のことや認知症の進行について説明をしていた。

「どうする？　まだおまえがやったって思われてるぞ？」

鏡に向かって、星矢は情けない声で問いかける。仕事に不慣れな新人で、忍耐力はないが体力と腕力だけはあるストレスフルな二十九歳の男性介護士。事件の加害者にはぴったりの条件が揃っている。ひとりで夜勤を任された緊張感の中、吐瀉物《としゃぶつ》を顔にかけられて頭に血が昇り、思わずチューブを切ってしまった……。

「ありうるな……。ベタな設定だけど、ベタすぎて本当っぽい」

胸の内がどんどん冷えてきて、星矢は玄関に戻り、下駄箱に置いていた原付バイクの鍵を握《にぎ》りしめる。

このままひとりでいたらどうにかなりそうだった。

駅前の駐輪場にバイクを停め、星矢はそのまま東京行きの電車に飛び乗った。仕事終わりの時間と重なったからか車内は混み合い、座席はすべて埋まっている。

『いまからそっち行ってもいいかな』

つり革につかまり、体を不自然に捩《ねじ》りながらも、星矢はそれだけの文を携帯の画面に打ち込み未奈美《みなみ》に送信した。三週間ほど前に未奈美が体調を崩して以来、電話をかけても出てくれることが少なくなった。LINEの返信はくるが、それもずいぶん時間が経ってから短い言葉が返ってくるだけだ。日によっては既読スルー、あるいは未読のまま放置されていることもある。

電車を乗り継ぎ、一時間ほどかけて未奈美が住む町の駅に到着しても、星矢が送ったメッセージは既読にならなかった。

家にいないかもしれないな……。そう思いつつも自分を奮《ふる》い立たせ、駅前のコンビニで発泡酒を二缶と未奈美のために新発売のプリンを買う。

駅から五分ほど歩くと、年季の入った古いシャッターが下りっぱなしの商店街が見えてきた。日が落ちるとよりいっそう侘《わび》しさが増してくる。かつてこの商店街を切り盛りしていた人たちはいま、星矢が働いているような介護施設に生活の場を移しているのだろうか。

点いていたり消えていたりする外灯の下を歩きながら、星矢は昨日の全体会議のことを思い出していた。全体会議は毎月施設で行っているものだが、今月は区議会議員のおっさんが来て、日本の介護業界の現状についての話をしていった。

「団塊《だんかい》世代が七十五歳以上になる二〇二五年には、二百四十三万人の介護職員が必要になります。少し古いデータではありますが、二〇一九年度の介護職員数が二百十一万人ですから三十万人規模の上積みを求められるわけです。さらに高齢者人口がほぼピークとなる二〇四〇年度には、介護職員は二百八十万人必要と言われていて――」

介護職員に対する労《ねぎら》いや感謝といった耳あたりのいい言葉を口にしつつ、おっさん議員はつまり「仕事を辞めるなよ」と釘を刺しに来たのだと感じ、星矢は「だったら給料上げろよ」と嫌な気分になっていた。他の職員たちも黙ってはいたが、胸の内では不満が渦巻いていたに違いない。

「このままじゃまずいとわかっていて、どうして変えないんですか？　数年先には介護職員が不足するとわかっていて、なぜすぐに動いてくれないんですか？」

しんと静まり返った中、星矢は手を挙げて質問した。質問されるとは思っていなかったのか、おっさん議員は目の前にカメムシでも飛んできたような顔を一瞬見せた。星矢の言葉に葉山が冷笑していたが、気にはしなかった。戦々恐々といったふうにおれら介護士を煽《あお》りたててきたことにむかついたのだ。

子どもの頃からたくさん勉強して、偏差値の高い大学を出ているはずの政治家たちが、どうして打つ手を見つけられないのかといつも疑問に思う。おっさん議員は「介護難民」という言葉を使った。「このままだと介護難民が日本中に溢《あふ》れます」と。それなのにおっさん議員自身はどこか他人事《ひとごと》のように構えているのが透けて見えた。なぜなら二〇二五年も二〇四〇年も、さらにもっと先になっても、裕福な人間は難民にならないことがおっさん議員にはわかっているからだ。この世の中、金があればたいていのことはなんとかなる。それを知っているからだ。

「対策を打っていないわけではありません。われわれもいま懸命に取り組んでいるところです」

おっさん議員の無責任な言葉で、その場は締めくくられた。そこにいる誰もが納得していなかったし、もちろん励《はげ》まされてもいなかったはずだ。

商店街を抜けて住宅街に向かって歩いていくと保育園があった。夜の八時半を回っているのでさすがに窓の電気は消え、防犯のための小さな灯《あか》りが点いているだけだ。それでも園庭にある遊具を眺《なが》めていると日中の喧噪《けんそう》が浮かび上がってくる。

母親の話によると、星矢は五歳の時から保育園通いをしていたという。保育園の卒園アルバムにも五歳児クラスの時の写真が載っていて、おそらくその時期から母親が離婚の準備を始めたに違いないが、詳しいことは聞いていない。

星矢の頭に残るいちばん古い保育園の記憶は、自分以外の子どもたち全員にお迎えが来て、最後のひとりになって母親を待っているシーンだった。母親が星矢を迎えに来ると、先生が安《あん》堵《ど》の表情を浮かべるのだ。遅くなったことを恐縮する母親に、どの先生もみんな優しかった。

「星矢くんは今日もいい子でしたよ」と言ってくれるのが子どもなりに誇らしく、嬉しかった。

物心ついた頃からずっと、星矢の母親はいつも忙しく働いていた。だからいつかは母親に楽をさせたいと密かに思ってきたし、結婚をして妻や子どもたちと幸せに生きる未来というものにも憧《あこが》れがあった。

でも二十九歳になった自分は、どちらの望みも叶えられそうにない。

二階建ての木造アパートを見上げ、大きく息を吸い込む。携帯で送った未奈美へのメッセージはいまだ既読になっておらず、でもその未読こそが拒絶の意味だということも薄々は気づいている。

突然訪ねていったら迷惑がられる。それはわかっていたがここで引き返すこともできず、薄暗い外階段をゆっくりとした足取りで上がった。階段を上がりきると未奈美の部屋の窓から灯りが漏れているのが見えた。防音性の低い窓から騒がしい声が外に漏れ出ている。一人や二人ではない、数人の男女の嬌声《きょうせい》だった。

星矢は玄関のドアの横にあるブザーを鳴らそうと腕を持ち上げ、少しためらった後、静かに下ろした。ズボンのポケットに入れていた携帯を取り出し、未奈美に送ったメッセージが既読になっていないことを再び確認すると、そのまま電話をかけてみる。レースのカーテンが引かれた窓の向こう側から携帯の着信音が聞こえてくる。

舞台の幕が開く直前のように、未奈美の部屋からふつりと物音が消えた。

『はい』

しんと静まり返った場所から、未奈美の声だけが響いてくる。

「あ……おれだけど。少し前にＬＩＮＥして……」

心臓が跳ねる音がどんどん大きくなってきて、ドアの前で話す自分の声が部屋にいるやつらに聞こえるのではないかと焦った。そんなわけはないのに、壁の向こうにいる男女に見定められているような恐怖を感じる。

『ごめん、体調悪くて寝てた。ＬＩＮＥ気づかなかった』

未奈美の声が受話口から聞こえているのか、壁の向こうの肉声なのか、もはやわからない。ただ嘘をつかれているという事実だけが心を潰す。

「体調悪いの？　大丈夫？」

『うん、仕事休んだ。熱っぽくて体重いし』

「食いもんでも持って、いまからそっち行こうか？　おれ今日は仕事終わったし」

『いいよ。寝てれば回復すると思うから。ごめん……しんどいからもう切るね』

プツッと電話が切れたと同時に、部屋中から濁った笑い声が流れ出してきた。共犯になった興奮がその場を沸《わ》かせているのだろう。「最低、罰当たるしー」という女の声の後に、「なんか盛り下がったから飲みなおすべ」と男がおどける。「やっべ、酒なくなりそうじゃん」という誰かの喚《うめ》きに対して、「じゃあ買いに行くね、ケイくん一緒に行こ」と未奈美が鼻にかかった声で応えていた。

その場でうな垂れていると、玄関のドアの向こうに気配を感じた。星矢は慌てて踵《きびす》を返し、外廊下を走って部屋から遠ざかる。廊下の先の暗がりに隠れて部屋のほうを見ると、背の高い見知らぬ男と未奈美がドアを開けて外に出てきた。未奈美の手が男の腕に絡《から》んでいる。カン、カン、カンと外階段を下りる足音が遠ざかっていった。

今日ここに来たら、こうした光景を見ることがわかっていた気がする。でも会って話をしたかったし、未奈美の冷たい態度は寂《さび》しさからきているものかもしれない、という身勝手な解釈もあった。

そのままポキリと折れ、地面に落っこちてしまいそうな首をなんとか起こし、ズボンの尻ポケットから携帯を取り出した。頭の中が空っぽのまま、かさついた指先を滑《すべ》らせ電話をかける。

『おう、星矢か？』

こんな時に電話をかけられる相手は太尊《たいそん》しかいなくて、この声を聴くと自分はいま生きているのだと実感する。

『どしたん』

「今日時間ある？　いまから一緒に飲まないか、奢《おご》るし」

『奢り？　まじラッキー！　そしたら……あ、ちょっと待って、客来た』

いきなり電話が切られ、それから一分後くらいに『いまカラオケ屋でバイト中やねん。深夜零時に蒲田《かまた》駅前集合で』というメッセージがＬＩＮＥに届いた。

「蒲田か……」

蒲田ならここから電車ですぐだが、いまから行っても約束の時間には早すぎる。

時間調整もかねて、携帯の地図アプリを頼りに日が落ちた住宅街を歩くことにした。自分がいまどこを歩いているかはさっぱりわからないが、地図上の矢印は確実に目的地の蒲田駅へと近づいていく。人生もこんなふうに明確だったらいいのに、と淀《よど》んだ気持ちでガスで霞《かす》んだ空を見上げた。

蒲田駅周辺は、仕事帰りの会社員やこれから飲みに行くだろう学生たちで混み合っていた。思えば介護士として働き始めてから外で飲むことがなくなった。感染症が流行していたこともあるけれど、仕事帰りに飲んで帰るほど親しい人も職場にはいない。それにどこの施設もそうなのか、職員たちは仕事が終わると一目散に建物を出ていく。

さて、十二時までどうやって時間を潰すか……。漫画喫茶にでも入るかと周囲に視線をめぐらせていると、タクシー乗り場の行列に、知っている顔を見つけた。どうしてこんな所に、と白っぽい半袖シャツに黒の細身のパンツを合わせた葉山の姿を数秒眺める。

え、と一瞬息が止まったのは、葉山と目が合ったからだった。不躾《ぶしつけ》な星矢の視線に気づいたのか、点と点を繋ぐようにまっすぐ、視線が絡む。

気まずさを会釈《えしゃく》に変えると、葉山が星矢を凝視《ぎょうし》したまま手招きをしてきた。思わず後ろを振り返ったのは、葉山が自分を呼んでいるとは思えなかったからで、だが背後には枝葉が伸びきった低木があるだけだ。

「あ……ども。おつかれさまです」

のろのろとタクシー乗り場に近づいていき、葉山に向かって頭を下げる。

「ここでなにしてるの？」

偶然の遭遇を驚くでもなく、いつもの淡々とした口調で葉山が訊いてきた。

「友達と待ち合わせです。職場がこの辺なもんで」

葉山の前に並んでいた客が、目の前で停まったタクシーに乗り込んでいく。杖を手にしたおそらく八十は過ぎているだろう高齢の女性とその娘と思われる中年女性が、ゆっくりと時間をかけて後部座席に腰を下ろす。

「何時に待ち合わせ？」

別のタクシーが前に詰めて停まり、目の前で後部座席の自動扉が開く。

「十二時です。夜の十二時……」

「じゃあまだ時間あるね」

「え、まあ……」

「おもしろいもの見せてあげるから、乗って」

早口で告げると、葉山が後部座席へと体を滑らせていった。断ることはできたはずのに、星矢は言われるがままに腰を折ってタクシーに乗り込んだ。約束までにまだかなり時間があったことと、「おもしろいもの」という一言が気になったからだが、本当は、葉山に誘われたからというのが正解かもしれない。

どこへ行くのか訊きたかったが、運転手に行先を告げたとたん葉山は目を閉じてしまった。星矢が担当していたユニットではないので詳しくは知らないが、昨日の深夜、利用者の急変があり葉山が駆けつけたらしい。疲れているのは、なにも介護職員だけではない。

タクシーが広々とした駐車場で停まり、葉山が料金を支払っている間に星矢は車から降りた。目の前に建つリゾートホテルのような近代的な建物を仰《あお》ぎ見た後、その背後にある黒い空間に目を向ける。ぽっかりと広がる黒い空間は、たぶん海……。建物は海沿いに建っていた。

「ここ、どこですか？」

リゾートホテルにしては照明が少なすぎるし、静かすぎる。そもそも葉山が自分をホテルに連れてくること自体ありえない。きょろきょろと周りを見ながら落ち着かないでいると、

「トクヨウ」

と一言返ってくる。海から吹いてくる風が、肩まである葉山の髪をふわりと持ち上げた。

「トクヨウって……」

葉山が発したトクヨウが、

「うちと同じ……特養のことですか？」

老人施設と結びつくまでに数秒を要した。それくらい海を背景に立つ建物が洒落《しゃれ》ていたのだ。

慣れた様子で正面玄関を抜けていく葉山の後について、星矢も建物に入っていく。ガラス張りのエントランスを抜けると吹き抜けの空間が広がり、落ち着いた灯りを演出する間接照明や、壁に飾られた絵画、籐製の大きなソファなど、その雰囲気はやはりリゾートホテルのようだ。

「ここで……」

なにをしているのだろう。葉山はこの特別養護老人ホームでも働いているのか。いや、常勤の配置医が二か所の施設を掛け持ちするなんてことはないはずだ。

「葉山と申しますが、日高《ひだか》さんを呼び出していただけますか」

受付には『CALM HOUSE』というネームプレートが置かれていた。この施設の名称なのだ

ろうが、読み方がわからずプレートを凝視していると、「カームハウス。穏やかな家という意味よ」と葉山が小さな声で教えてくれる。

「お待たせしました」

呼び出してからわずか一分ほどで、受付の奥の方から声が聞こえた。濃いブルーのワイシャツにグレーのスラックスを合わせた若い男性がこちらに向かって歩いてくる。年齢はおそらく自分と同じくらいだが、圧倒的になにかが違う。

「いえ、こちらこそ遅くなってしまって。こちら溝内、うちの施設の介護士です」

日高は星矢を見た瞬間、微《かす》かに驚きの表情を浮かべたが、

「はじめまして、日高です」

とすぐに愛想の良い笑みを浮かべた。不意の来客にもすぐに対応できるのは、接客に慣れているからだろう。完璧な営業スマイルにつられ、「溝内です」と星矢も作り笑いを浮かべた。ただ突然連れてこられた居心地の悪さに、引きつった笑顔は一瞬で元に戻る。

「日高さん、私が打ち合わせをしている間、溝内に施設を案内してもらってもいいですか」

そんなこと頼んでないけど、と星矢は隣に立つ葉山の横顔に目をやった。八月いっぱいで退職するのに、いまさらなにを見学するというのか。

「もちろんいいですよ。どうぞ」

だが日高がついてくるよう言ってきたので、しかたなくエレベーターに乗り込んだ。葉山は「よろしくお願いします」と頷き、踵を返す。狭いエレベーター内で初対面の男性と向き合う気まずさに、星矢はずっと下を向いていた。

「溝内さんは、いつから森あかりで働いてるんですか」

「今年の四月に入職したばかりです。介護士として働き始めたのも四月からで……」

「へぇ、そうなんですね。溝内さんって……」

日高がなにか言いかけたので顔を上げると、「いいえ、すみません」となぜか謝られた。一秒、二秒と気まずい沈黙が生まれる。

「介護以外の仕事を経てこの業界に来ると、見えるものが違うでしょう？」

「まあ、そうですね」

「ぼくは大学を出てからずっと介護の仕事をしていて、今年でもう十年目になります」

自分より四歳ほど上なのか、とつるりとした肌を見つめる。

星矢の観察するような視線に気づいたのか、日高は笑みを浮かべたままスラックスのポケットからケースを取り出し、名刺を渡してきた。「施設長」と記されている。

「葉山先生から聞いているかもしれませんが、うちの施設では介護のデジタル化を推奨、実践しているんですよ。今日見学に来られたということは、溝内さんも興味があるんですか？」

蒲田駅で偶然に会って連れてこられたのだ、とは言えず、「はい、まあ」と曖昧《あいまい》に頷いておく。介護のデジタル化などと言われても、なんのことか正直さっぱりわからない。

エレベーターが停まり扉が開くと、一瞬にして目の前を横切るものがあった。なんだいまの、と体を引いて目で追うと、乗り物に乗った女性の後ろ姿が遠ざかっていくのが見えた。

「なんですか、あれ……」

わけがわからず、両目を大きく見開いたまま日高に訊くと、

「電動立ち乗り二輪車です」

と返ってくる。

「うちの施設ではフロア内の移動にあれを使ってるんです」

安全を確保できるなら、歩いたり走ったりするのではなく乗り物で移動してもいい。乗り物を使ったほうが速いし、なにより楽しい。自分は介護の現場に便利で快適なものを取り入れていきたいのだと日高が話す。

「便利で快適なもの？」

「そうです。将来的には介護ロボットを広く普及させ、疲弊《ひへい》する介護業界を変えていきたいと考えています」

「ロボットって、ファミレスとかで見かけるような？」

そういえば、少し前に行った秋葉原のファミリーレストランではロボットが配膳をしていた。混み合った店内を『シツレイ　シマス　シツレイ　シマス』とすいすい進んでいたのが新鮮だった。

「そうですね。ファミレスなんかでは実用化が進んでますね。実は介護業界のロボットも、かなり以前から注目はされてるんですよ。どうぞこちらに来てください」

日高の後ろについて廊下を歩いていく。すると広々としたスペースに、遊園地で見かけるような人型ロボットが置いてあった。それ以外にも介護士が着用するパワーアシストスーツなど何点かの介護機器が展示してある。

「いまから十年ほど前に、うちの施設で介護ロボット研究室を立ち上げたんです。従来の介護を続けていたのでは、数年後に必ず深刻な人不足に陥る。だからいち早くロボットの開発を手がけ、超高齢化社会に対応していこうという考えからです。いまここに展示してあるものは、この十年の間に開発されたロボットのほんの一部です」

葉山が言っていた「おもしろいもの」がなんなのか、そしてなぜ星矢をこの施設に連れてきたのか、その意味がいまわかった。人の手助けなくしては生活ができなくなった高齢者と最先端技術を搭載された最新型ロボット。この一見かけ離れた存在をうまく結び付け、いまある介護問題を解消しようというわけか。

「この人型ロボットは、利用者の部屋を巡回するものです。でもいまのところ、こいつはあまり評判が良くなくてね。利用者さんがロボットに慣れてなくて怖がるんですよ」

背丈の半分ほどのロボットの頭を撫《な》でながら、日高が苦笑していた。パワーアシストスーツは装着すると重いものを楽に動かせるものらしく、ベッドから車椅子に乗せたり、寝たきりの人を抱き起こしたりするのに使うらしい。子どもの頃に夢中になった戦闘ロボのモビルスーツを思い出し、頭の中に宇宙が浮かぶ。

「どうぞ、次はこちらに。これを見てください」

日高が目の前のドアをおもむろに開け、白い天井を指差した。利用者の部屋を不躾に開けていいものかと構えたが、いまは無人だと言われて中に入る。部屋はごく普通の間取りだった。だが天井には直径十五センチほどの行動感知センサーという機械が取り付けられていた。

「これはすでにいくつかの施設で導入されている、CSS――ケアサポートソリューションというシステムです。このシステムを導入することによって、利用者の起床、離床、転倒、転落、ケアコールなどの状況を把握《はあく》することができます」

「監視カメラですか？」

「いえ、監視カメラとは違って、姿そのものを映し出すわけではないんです。イメージとしては利用者の動作を感知するという感じですかね」

「動作を察知？」

「ええ。このセンサーを用いることで、介護士は利用者のプライバシーを守りつつ事故を未然に防いだり、必要な時にすぐ部屋に駆けつけることができるんです。つまり、いちいち訪室することなく目が行き届くというわけですよ」

部屋を出ると、日高は足早に介護士の詰所に向かっていった。森あかりには詰所はなく事務所がその機能を担っているので、建物内のレイアウト自体もかなり違う。

「うわっ、なんだこれ……」

思わず声が漏れたのは、いくつもの電子パネルが詰所に設置してあったからだ。いつかテレビで観た航空管制室のようだと、星矢は右から左へ視線を動かす。

「詰所にいながら全利用者の状況が把握できるようになっています。バイタルや食事量、排泄《はいせつ》の有無などが共有されてるんですよ。睡眠の深さや心拍数、呼吸の状態も画面を見れば一目瞭然です」

ハイテクノロジーを駆使《くし》した設備は、介護のイメージとはかけ離れたものだった。息をのみ、言葉を失っていると、

「これは、利用者の排泄のタイミングを知らせるサインです」

と日高がパネルの一か所を指差す。

「排泄のタイミングなんて、わかるんですか」

星矢の施設では排泄を促す時間が決まっていて、でもそのタイミングが外れることばかりだった。人間なのだから排泄のタイミングなど日によって違うし、もちろん人によってまちまちなのでしかたがないと諦めていたのだが……。

「利用者に排尿支援機器という機械を取り付けてもらってるんですよ。この機械を装着すると超音波で膀胱《ぼうこう》の膨《ふく》らみ具合がわかり、排尿のタイミングが予測できます」

「超音波……」

「それでこれ、なんだかわかりますか？」

詰所に設置されたカゴの中に無線機のようなものが並べられていて、そのうちの一つを日高が手に取る。

「インカムですか？　職員同士が話すやつ？」

「実はこれ、咽頭《いんとう》マイクといって、嚥下《えんげ》音のモニタリングができる機械なんです。高性能のだと一台三万くらいはするんですけど、このマイクを利用者さんにつけてもらうことで、嚥下音が介護士にはっきり聞こえるんです。正確に使えば、食事介助の際に誤嚥《ごえん》させてしまう危険を予防できます」

「まじで？　すごい……」

語彙力《ごいりょく》が乏《とぼ》しく、「すごい」しか言えない。でも頭の中は雷でも落ちたかのようにビリビリと波打っている。この前、施設にやって来たおっさん議員のうわべだけの鼓舞《こぶ》ではなく、この施設には介護現場を変えようという本気がある。

「いや、でも実はすごくもないんです。まだまだ志半《なか》ばですよ」

歯切れよく機器の説明をしていた日高が眉《まゆ》をひそめた。

「これでまだまだなんですか？」

「はい。だって溝内さんが働いている施設で、このような機器を使ってますか？」

「それはまあ、使ってませんけど……」

「それが、まだまだという意味ですよ。残念なことになかなか普及しないんです。介護のデジタル化は正直なところ苦戦しています」

デジタル化を推し進めようと動くほどに道は険しく、反発があるのだと日高が首を横に振る。

「反発があるって、どうしてなんです？　介護士の負担が減って、それが利用者のためにもなるならもっと使えばいいと思いますけど？」

「普及しない大きな理由は、やっぱり予算なんです。導入する予算がないという現場がほとんどで、あとは誤作動が怖いとか、清掃や消耗品の管理などの煩《わずら》わしさ、設置や保管に場所が取られるという意見もあります。投資に見合うだけの効果がない、とも言われます」

思うようにはなかなか進まなくてね、と日高が小さく息を吐く。

「誤作動が怖いって言っても、人が介護しててもミスする時はしますよね。怖いとか煩わしいとかって、気持ちの持ちようでどうにでもなると思うけどなぁ」

言いながら、でも新しいことをやりたがらない人はどこにでもいるなと納得する。たとえばうちの施設にしても、職員がなんの抵抗もなくデジタル機器を受け入れるとは思えないし、電動立ち乗り二輪車に乗って巡回をすることを、福見が許すとは考えられない。でも自分が二輪車に乗って廊下を走る姿を頭の中で想像すると、少し笑えた。

「どうしました？」

「あ、すんません。こういうデジタル機器、うちの施設長はダメだろうと思うと笑えてきて。絶対にアレルギー反応を起こします」

「施設長は、いまも福見さん？」

「えっ、福見さんを知ってるんですか」

「ぼくも以前、森あかりで働いてましたから」

「そうなんですか？」

「新卒の時ですが、それこそ福見さんには叱られてばかりでした」

ああそうか、日高のことだったのだ、と頭の中でなにかが弾《はじ》けた。

――そういえば前にここにいた若い男の介護士で、溝内くんみたいにちょっと変わった人がいたよ。私とはほんの数か月かぶっただけで、辞めちゃったけど。

そう古瀬《ふるせ》が言っていた。妙に存在感があり、状況判断にも優れていた。でも良くも悪くも周りが見えすぎることが原因で、福見と反《そ》りが合わずに辞めてしまった。

「どうぞ、冷たいお茶です」

詰所のカウンターの前で日高と話しているところに、学生のバイトかと思うほど若い男性介護士が紙コップを二つ、トレイに載せて持ってきてくれた。ここが利用者の食堂になっているのか、詰所のすぐ前に木製のテーブルと椅子が置かれている。男性介護士はそのテーブルの一つにトレイを置いた。

「溝内さんどうぞ、座ってください。介護ロボットの印象はどうですか？」

星矢は詰所にいる介護士たちにちらりと目を向けてから、テーブルの前に座った。申し送りをしているのだろうか。彼らは電子パネルを手に話をしている。

「こういうデジタル機器を使えば仕事はもっと楽になるだろうって、素直に思いました」

星矢が通っていた福祉大学では介護ロボットのことは学ばなかった。森あかりにも導入されていない。いま見聞きしたことすべてが新鮮だったと、星矢は伝える。

「そうなんです。必ず楽になります。ただ日本の介護業界は、新しい試みが受け入れられにくいんです。介護者の平均年齢が四十歳以上と高いこともあって、新しいことをしたがらない。まさにゆでガエル理論ですね」

「ゆでガエル理論？」

「ゆでガエル理論、聞いたことないですか？　もしカエルを熱湯に入れたとしたら、熱くてすぐに逃げ出すでしょう？」

「はぁ」

カエルを熱湯に入れるというシチュエーションがよくわからないが、喩《たと》え話のようなのでとりあえず頷いておく。

「でもカエルを水に入れたらどうですか？」

「そりゃあ、そのままじゃないですか。ぷかぷかといい具合に泳いでいるのでは？」

「そうなんですよ。カエルは水だと逃げ出さない。でもその水の温度を少しずつ上げていったらどうですか？　あれ、なんだか少し温かくなってきたな、あれ？　あれ？　また熱くなってきた。そうやって不安をやり過ごしているうちに、カエルは逃げ出すタイミングを見失うんです。そして最後は煮詰まって死んでしまう。それがゆでガエル理論。いまの日本の介護業界はそんな感じです」

昔ながらの介護を続けている猶予《ゆうよ》はない。この先、高齢者は確実に増えていく。だがそう簡単に介護者を増やせないのが現実で、だったら介護の在《あ》り方そのものを変えるしかないのだと、日高の声は切実だった。

「外国人の介護者を増やせばいいんじゃないですか。前々からそういうことを言ってませんか」

外国籍の介護士や看護師を養成するといった制度は、星矢がまだ幼い頃から取り入れているように思う。

「たしかに言ってますね。でもいまは外国人を対象にした介護養成校もかなり厳しい状況なんです。海外からの就業者も、賃金の低い日本で働くより景気のいい他の外国に流れていきますしね。そもそも外国からの労働力に頼ればなんとかなると思っていること自体が危ういです。不確定要素が大きすぎます」

もう待ったなしの状況にあるのに、多くの人が危機感をおぼえていない。職員が不足すれば介護の質は確実に落ちる。オムツが濡れっぱなしでも、トイレに行きたくても、体位を変えてほしくても、食事をゆっくり食べたくても、心や体が辛い状況にあっても、放置される高齢者が増大するのは目に見えているのに動こうとしない。誰も本気で介護業界を変えようとしていないのだと日高が顔を曇《くも》らせた。

「あの、ひとつ訊いてもいいですか」

「なんでもどうぞ」

「日高さんは、どうして介護職に就いたんですか？　もともとこういう系の仕事が好きだったんですか？」

介護業界は3Kと言われている。汚い、臭い、きつい。いや、危険、給料安い、厳しい、だったか。どちらにしても負の意味のKであることは間違いない。利用者や家族による介護職員への暴力や暴言も問題化しているし、離職率も高いこの仕事に、どうしてこれほど力を注げるのか。介護業界を変えたいというその思いがどこからきているのか、知りたくなった。

「そんなストレートに訊かれたのは初めてだな」

日高は手に持っていた紙コップをテーブルに置き、小さく笑った。

「すんません。おれ頭悪いんで遠回しに言えなくて」

「好きとか、そういうんじゃないんですよ。そうだな、えっと……溝内さんは、学生時代になにか部活をされてましたか？」

「部活……ですか？」

唐突に話が変わったので面食らったが、「高校は帰宅部で、中学ではバスケやってました」と返す。といっても所属していただけで、練習もほとんどせず、試合にも一度も出ていない。

「バスケですか、いいですね。ぼくは、中学と高校で野球部に入っていました。小さい時からプロ野球や高校野球を観るのが大好きだったんで、自分もやってみたいと思ったのがきっかけでした」

本当は小学生の時も、地元の少年野球のチームに入りたかった。でも母親が許してくれなかった。地元の野球チームは保護者の負担が大きかったから、と日高が遠景を眺めるように目を細める。

「そういえば少年野球って、保護者参加型でしたね」

「そうそう。お茶当番とか車で試合の送迎とか、保護者の役割は大きかったように思います。うちは両親が小さな食堂を営んでいたから土日も休みじゃなかったし、母親に『面倒な仕事を増やさないで』と言われたら諦めるしかなかったんですよ」

日高の話を聞きながら、そういえば自分の周りにもスポーツをやっている同級生が何人もいたことを思い出す。野球やサッカー、バスケット、水泳……。休日、星矢や太尊が家でゲームをしたりテレビを観て時間を潰している間に、スポーツ少年たちは貴重な体験を積み重ね、逞《たくま》しく成長していたのだ。当時はそれほど羨《うらや》ましくもなかったが、いま思えばあの頃から少しずつ差がついていたのだろう。

「それでぼくは中学校に進学して、そこでようやく野球を始めたわけです」

部活を始めるにあたって、親にグローブを買ってもらった。一万円を超える高い買い物だったので心苦しい気持ちと、その場でピョンピョン跳び上がりたいような喜び、その両方を感じていたのを憶《おぼ》えている。ずっと憧《あこが》れていた野球が、ようやくできる。プレーヤーとしてグラウンドを駆け回る自分の姿を、これまで何度頭の中で思い描いたことだろうか。人生でいちばんわくわくしていたし、やる気が満ちすぎて胸がはち切れそうだった、と日高は当時の気持ちを思い出すかのように明るい目を星矢に向けてくる。

「部活は楽しかったんですよ、本当に。でも同時に心が砕《くだ》けるような悔しさも経験しました。一言でいえば、ぼくはずっと補欠だったんです。中学の公式戦で試合に出られたことは一度もなかった」

レギュラーは、小学生の時から少年野球をやっていた経験者で固められた。当たり前だが、スタートの時点で彼らの動きはまるで違ったのだ。それでも一年生の間は彼らに追いつこうと必死で食らいついた。けれど、やがて無理だと諦めてしまった。

「三年生の夏、最後の大会でもらった背番号は、15でした。後輩の中にも少年野球経験者が数人いて、監督はそいつらを試したがった。だからぼくら初心者組は、いつしか練習試合にも出られなくなりました」

高校でも野球部に入ったが、同じだった。今度は自分も初心者ではなかったが、レギュラーにはなれなかった。中学の時と同じように、公式戦ではただの一度も試合に出場する機会はなかった。

「練習試合にはたまに出してもらえましたが、なんていうか、温情で使ってもらってる感覚がありましたよ。たまには日高も使ってやらないとな、練習には休まず出てくるからな、みたいな。でもそこで結果を出したとしても、なにも変わらないんです。ホームランを打とうがファインプレーをしようが関係ない。なぜなら練習試合の勝敗なんて監督は気にしていないからです。ぼくにとっての部活は、そういうものでした」

部活の思い出と介護になんの関わりがあるのかはわからなかったが、星矢には日高の悔しさが少しわかった。ラビットパニックでお笑いをしていた時の気持ちと少し似ていたからだ。お情けでステージにあげてもらう。でもステージにあがったところでなにも変わらない。多少笑いがとれたとしてもスターにはなれない。ラビパニはそんなコンビだった。

「六年間の部活を経て、ぼくは思ったんですよ。社会に出たら絶対にレギュラーをとってやろうって。ただそこにいるだけの、なんの期待もされていない人間なんかじゃなくて、おまえだけは外せない、絶対に必要なんだって思われる存在になろうと決めたんです。試合に出してもらえるなら、バッターボックスに立ち守備につかせてもらえるのなら、おれはどんな仕事もやってやる。全力で取り組んでやる。もう補欠ではいたくない。それで、自分を必要としてくれた場所がたまたまこの業界だったんです」

ぼくは背番号がほしかったんですよ、と日高が星矢を見て笑う。

「背番号……」

「これが自分だ、といえるような背番号です。背番号をつけて仕事をしたいと思っていました」

日高が自分の右手を背中に回し、まるでそこに背番号があるかのようにトントンと示して見せた。

「大学生の時、ぼくも周りと同じように就活をしました。証券会社や電子機器や食品メーカー、不動産やスーパーなんかの流通業界も受けましたよ。でもぼくに正職員としての内定を出してくれたのは、森あかりを運営していた社会福祉法人だけだったんです」

介護士の資格は老人施設に配属された後、働きながら取得したのだと日高が話す。働き始めた頃は介護の知識なんてまるでなかった、と。

「いまのがさっきの質問の答えです。もっと確固たる理由があれば良かったんですけど」

「でも……。介護の仕事って、割に合わなくないですか？　慢性的に人手不足だし、きついのに給料安くて」

「そうですね。人出不足と給料が安いことは否定できないです。ただ割に合わない仕事はなにも介護だけとは限らない。いま日本の就労者のおよそ四割、二千百万人が非正規雇用なんです。非正規雇用の平均年収はおよそ百九十八万円。正社員の平均年収がおよそ五百八万円ですから二倍以上の開きがあります。介護士はやる気さえあれば、正職員になれる。そう考えれば他業種の非正規雇用者と比べて、待遇は格段にいい」

ただ価値観は人それぞれですから、と日高が星矢の心の内を見透かすような目を向けてきた。介護にやりがいを感じない人はもちろんいる。嫌悪する人もいるだろう。それを否定するつもりはない。

「でも職場環境が変われば、その見方も一変するかもしれません。未来を変えたいと思うなら動くしかありません。動けばなにかが変わります。いますぐには変わらなくても五年先、十年先、五十年先に結果が出ることもありますよ」

日高はそう言って、紙コップのお茶を飲み干した。お茶をビールにしたほうがしっくりいくくらい、その仕草には勢いがある。この人は諦めていないのだなと、星矢は思った。この人は本気で未来を変えるつもりなのだ。

「そろそろ行きましょうか、葉山先生たちの打ち合わせもそろそろ終わる頃でしょう。途中だったら参加させてもらえばいいし」

日高が立ち上がり、空になった紙コップ二つを重ねる。

「あの、なんでこんな大事な話を、初対面のおれなんかに……」

施設を見学するだけのつもりが日高の仕事への思いを聞かせてもらい、良くも悪くも気持ちが揺れる。

「仲間を増やしたいからかな。若い世代はデジタルとの親和性があるからロボット介護についても抵抗が少ないし、この業界に根づく暗い色を、自分と一緒に塗り替えてくれるんじゃないかという期待があるからです。それに溝内さんのような人が職場にいたら、楽しくなるだろうし」

おれのなにを知っているのか、と苦笑いしながら、ある教師に言われた言葉を思い出していた。

――溝内、介護職はきついぞ。やめとけ。

その教師は、「おれは、大学生の時に介護施設を見学したことがあるんだ」と言っていた。教職を目指す大学生は実習の課程に介護施設の見学があるようで、その時にはっきりと、自分はどんなことがあっても介護職には就かないと決めたらしい。

「その先生は担任じゃなかったんですけど、おれが福祉大学に進学するって聞いてわざわざそんなことを言いにきて……」

介護施設を見学したわずか数時間の体験をもとに、教え子に介護職という選択を外させる。

当時はなにも思わなかったけれど、たいした根拠もなく、偏見で断定的に物を言う大人がいることにいまは驚く。こういうのもまた人手不足の一因なのだろう。

「進路相談の時に『介護職だけはやめとけ』って言う先生、けっこういるみたいですね。溝内さん以外の介護士からも聞いたことありますよ。そう考えると、教職課程での介護施設見学に意味あるのかなって思いますね」

ほんとやめてほしい、風評被害だ、と日高が冗談っぽく口にする。エレベーターホールまで歩いている間に二輪車で移動する職員とすれ違った。介護士たちが小さな風を起こしながら、スケボー選手の軽やかさで移動していた。

安全が保証できれば、人の仕事をロボットに置き換えても問題はない。職員の負担が減るようにデジタル機器を現場に取り入れていく。施設内に流す音楽は高齢者が好むものばかりではなく、職員が聴きたいものも取り入れていく。

日高が語る介護には、この業界では感じることの少ない自由があった。介護施設には暗いイメージがつきまとっている。体の機能が落ちた老身には苦痛がつきまとうからだ。でもそこで働く者たちが明るく在れば、暗黒にはなりはしない。

「葉山先生って、ここでなにをしてるんですか」

日高と並んでエレベーターを待ちながら、ふと気になった。打ち合わせと言っていたが誰となにを話しているのか。

「いまうちの施設では、企業と共同でＡＩを搭載した介護ロボットを開発してるんです。葉山先生は以前から介護のデジタル化に興味を持たれていて、開発したロボットの評価や効果検証などに協力してもらってます。投資も受けてますし」

「投資？」

カーテンを閉めっぱなしにした薄暗い部屋で、パソコンの画面に向かっている葉山の後ろ姿を想像した。そういえば前に古瀬《ふるせ》が「葉山先生が仕事中に株の動きをチェックしていた。パソコンの画面に映る赤や青の折れ線グラフに見入っていた」と怒っていたのを思い出す。

「ロボットメーカーの株って儲かるんですか」

株のことなどさっぱりわからないが、金を増やしたい気持ちはもちろんある。

「なんとも言えないです。確実に儲かると断言できる株はありませんよ。それに葉山先生は、単に利益を求めて投資しているわけじゃないですし」

「じゃあなんのために？」

「それは葉山さんの……」

と言いかけて、「直接聞いてください」と日高は人の好い笑みを作り、エレベーターに乗り込んだ。

「おれはここで失礼します。約束あるんで」

「そうなんですか。じゃあ葉山先生を呼んできます」

「いや、いいです。それより今日は勉強になりました。ありがとうございます。背番号の話もおもしろかったです」

社交辞令ではなく、本心だった。介護問題に危機感を持っている人はもちろん大勢いるだろう。テレビのニュースや新聞記事でも取り上げられている。でも自分のように他人事と考える人もまだまだいて、熱湯に変わりつつあるぬるい水の中を呑気《のんき》に泳いでいる。

「こちらこそわざわざお越しいただき、ありがとうございます。デジタル化についてはオンラインで学習会なんかもしてるんで、よかったら参加してください。あの、ところで溝内さんって……」

言っていいものかどうか。そんな遠慮を滲《にじ》ませながら日高が言い淀んでいる。

「はい？」

「ラビパニのパニックさんですよね？　すぐにわかったんですけど、あまりにびっくりしてなかなか言い出せなくて……」

「え……？」

星矢は数秒、ぽかんと口を開けて日高を見つめた。

「実はぼく、お笑いが大好きでライブにも行くんです。ラビパニのライブも何度か観たことがあります。人の一生懸命さをおかしみに変える健やかな笑いが、すごく好きでした」

ラビパニ時代の自分を知っているなんて、と急に照れくささがこみ上げ、「どうもです」ともう一度頭を下げた。ラビパニは解散してしまい、自分はもうパニックではないけれど、誰かの記憶に残っているというのは素直に嬉しい。

「今日施設の玄関で溝内さんにお会いした時、葉山先生がぼくのために連れてきてくれたのかと思いましたよ。でもぼくがラビパニのファンだってこと彼女は知らないんで、そんなわけないかって……。あ、すみません長々と。今日はお会いできて嬉しかったです」

「あ……どうも」

正面玄関を出ると、生ぬるい潮風《しおかぜ》が海側から吹いてきた。この時間にバスが走っているわけもなく、ここからどうやって蒲田駅に戻ろうかと、夜空を見上げる。空に瞬《またた》く星に目をやりながら、今日ここで日高に、介護の未来を担う若きリーダーに会ったことを古瀬に教えてあげようと思った。

零時を十分ほど過ぎてようやく、蒲田駅前に太尊がダッシュで現れた。

「すまんすまん、待たせたな」

真っ黄色の派手《はで》なTシャツに黒のカーゴパンツを合わせた格好で現れた太尊は、以前となにも変わらず、いまもまだコンビが続いているのかと錯覚《さっかく》する。

「こっちこそ悪い、急に呼び出して。バイトで疲れてんのに」

「いや余裕。カラオケ屋の店員なんて、楽の極みやで。それよか、どこ行く？　店じゃなくておれんちで飲むか？」

実は蒲田に引っ越したのだと、太尊がさらりと口にする。引っ越しの連絡がなかったことに傷ついたけれど、避けていたのは自分のほうなので文句が言える立場ではない。

「ほな、チャリ取りに行こか」

駐輪場に自転車を置いているからと太尊が歩き出し、星矢はその後ろをついて歩く。

「ここがおれの新居」

駅前から自転車に二人乗りして到着した先は、星矢たちが以前同居していたアパートよりも格段に新しく、１ＬＤＫの間取りは広々としていた。錆《さ》びついた外階段とか、何か所も凹《へこ》みのある古びたドアとか、部屋中に漂《ただよ》う黴臭《かびくさ》さとか、前に住んでいたアパートにあった貧しさがここにはなく、太尊の暮らしがずいぶん良くなっていることを物語っている。

「ラビちゃんねる、うまくいってんの？」

動画投稿サイトは毎日チェックしていたが、この半月くらいは新しい動画を配信していないようだった。それなのに暮らしぶりが良くなっている。

「まあぼちぼちってとこやなぁ」

「動画の再生ってどれくらい金入るの？　一回再生されて〇・一円って聞いたことあるけど」

「いや、そんな単純な計算式とは違うねん。再生回数はもちろんやけど、登録者数とかＲＰＭっていう視聴者維持率とかで、一回の再生で入る単価は変わってくるんや。おれはいま一回あたりの再生で〇・三円程度かな」

まぁなんとかやってますわ、と呟《つぶや》き、太尊が白いビニール袋から酒の缶を数本取り出す。星矢が奢ると言ったのに、「かまへん、かまへん」と飲み物代もおつまみ代も支払ってくれた。

「おまえのほうはどーなん、いい繭《まゆ》作れてんの？」

「それはカイコ。おれはカイゴ」

ははっと笑いながら、太尊がハイボールを投げてきた。投げんなよ、泡が出るだろ、と両手でキャッチする。ゆっくりプルトップを引き上げると、ものすごい勢いで泡が溢れてくる。

「施設、八月いっぱいで辞めることにしたんだ」

「まじで？　なんやねん、まだ半年も経ってないやんけ」

「まあ、いろいろあって」

「いろいろって、どこにいてもなんかあるやろ？　せっかく正社員なれたのに、もったいないやんけ」

「いくら正社員でも、月に手取りで二十万あるかないかだよ。それも月四回、夜勤に入ってだ」

「一年目で月二十万もらえるんやったらいいやんけ。安定の人生や」

本音ではたいして羨ましいと思っていないのだろうが、太尊の口から「安定」という言葉を聞くのは初めてだった。部屋の中を見回すと高そうなパソコンや動画撮影用のカメラ、新品の冷蔵庫、電子レンジ、コードレスの掃除機なんかもあって、太尊こそ稼いでいるのがわかる。

「そういや星矢が働いてる施設って、おれらの地元やんな」

「そうだよ。森あかりっていう特別養護老人ホーム」

「なんかおもろいネタないん？」

「ネタ？　そりゃいろいろあるけど、公共の場で喋られたら困るよ。個人情報だし」

「さすがにそれはないわ。酒のツマミに聞きたいだけや」

久しぶりに酒を飲んだせいか、星矢の前に急ピッチで空き缶が並んでいく。他で話すなよ、と念を押し、酔った勢いで星矢は施設の話をだらだらと話した。工藤《くどう》さんのお尻を拭いていたら真正面からぶっ、とオナラを食らわされたこと。食事介助にもたつき、腹ペコの取手《とりで》さんの膝の上に味噌汁《みそしる》がこぼれ、怒鳴《どな》られたこと。でも桐谷《きりたに》さんというおばあさんが庇《かば》ってくれたこと。

太尊に話しているうちに、わずか四か月の間にいろいろなことがあったなと苦い笑いが込み上げてくる。そんなにおもしろい話をしているわけでもないのに、太尊が絶妙なつっこみを入れてくれるので、施設ネタでけっこう盛り上がる。

「ほんでおまえ、未奈美ちゃんとなんかあったんか？」

あまりに突然話が変わり、口の中の発泡酒が気管に吸い込まれた。

「ふられたん？」

「……なんでわかった？」

むせながら訊き返すと、

「電話の声があの時と同じやったし。ほら震災の時、あの日も星矢、おれんち来たやろ」

太尊が口にした「あの日」とはいまから十三年前、東日本大震災が起こった日のことだった。

母親が夜になっても家に戻らず、連絡も取れなくなったことがあった。母親の携帯や職場に電話をかけても繋がらず、もう高校生になっていたものの、星矢は大泣きしながら太尊の家に行ったのだ。

太尊はパニック状態になっていた星矢を慰め、何度も繰り返し「大丈夫や」と言い聞かせた。いま東京では多くの人が帰宅困難に陥っている。おばさんもそのひとりなだけや。電話が繋がらへんのは、充電が切れてしまったからやろ、と。

その夜は太尊が星矢の家に泊まることになり、カップ麺を一緒に食べて、ニュースを観ながら母親の帰りを待った。そして十二時を回ってからようやく母親が戻ってくると、太尊は「ほらな」と星矢の背中を軽く小突き、自分の家に帰っていった。太尊の言った通り交通機関がストップしてしまったらしく、母は九時間近く歩き続けて家までたどり着いたのだった。

「いうておばさんの生死と未奈美ちゃんの話を並べんのも変やけどな」

「いや、おれにとってはどっちもしんどいよ。……今日さ、未奈美が男と腕組んで歩いてるところを見たんだ」

感情的にならないよう、星矢は淡々と話す。

「まじかぁ」

「たぶん……そいつとつき合ってる。冷蔵庫にマヨネーズがあったんだ」

「マヨネーズ？　なんやそれ」

「未奈美、マヨネーズは使わないんだ。カロリーが高いから。おれの前では一度も食べたことがない」

「そういや前にそんなこと言うてた気もするな」

「これまで一度も買わなかったものを、冷蔵庫に入れてたんだ。……そういうことだろう？」

目の前で星矢が食べているのも嫌がったのだ。こんなに美味《おい》しいものを避ける人がいるなんてと、不思議に思っていた。

「そうかぁ。おまえがそう思うなら、そうなんやろ。そういうんは雰囲気でわかるしな」

「おれ、どうしたらいいかな」

こんなこと、わざわざ訊かなくてもわかっている。それなのにこうして言葉を待っているのは、誰かにきっぱりと告げてほしいからだ。そして太尊も星矢のそんな弱さを知っている。

「おまえはどうしたいんや？」

「おれは……」

未奈美のことは、結婚したいと思うほど好きだった。施設に就職したのも、家庭を持つには定職に就かなくてはと思っていたからだ。ただもう、やり直すのは難しいだろう。

「……無理だと思う」

ただ一時は太尊との仲を疑っていたので、それが誤解だったことには心底ほっとしている。恋人と親友を同時に失ったら立ち直れない。

「そうやな、無理やろな。おれがこんなん言うのも違うけど、未奈美ちゃんはまだ本気で生きたないいんや思うわ。せやし毎日必死に働いて月に二十万稼ぐおまえとは、一緒におりたないねん」

未奈美ちゃんはおれのオカンに似てるんや、と太尊が困ったように眉根《まゆね》を寄せる。自分の人生なのに、どこか他人事のように生きている。だから何事にも必死にならないし、うまくいかなくても悩まない。自分の思い通りにいかないのは他人のせいだと思っているから、努力もしない。

「でもおれ、星矢がなんで未奈美ちゃんのこと好きやったかはわかるで」

太尊が子どもの頃と同じニヤニヤ顔で、アルコール度数九パーセントのレモン酎ハイをすする。大事な話をする時にニヤニヤするのは、相手が真剣に聴いてくれなくても傷つかないためだ。だから大切な話をする時の太尊は、昔からこんな顔をする。

「未奈美ちゃんて、よう笑うやん？　ライブ観に来てくれた時も、最前列でめっちゃ笑《わろ》てくれて。おまえ、昔から女の子の笑顔に弱いやんか。小学校でも中学でも高校でも、よう笑う子ばっか好きになってたし」

「そう……かな」

「せやで。おれらのオカンはいっつもつまらなさそうに口角下げて、人生に楽しいことなんてひとつもないみたいな顔しとったからなぁ」

未奈美ちゃんが男と一緒にいるのを見たのも星回りやろ、と太尊が明るく口にする。神様が別れる時期を教えてくれたんやで、と。

「星回りって、どういう意味？」

しばらく会わないうちに、太尊が新しいボキャブラリーを仕入れていた。

「人の運命。幸、不幸の巡り合わせ、みたいな」

幸、不幸の巡り合わせ……。おれに幸せな時があっただろうかと、ふと思う。

「なあ太尊、おれら中学でバスケ部に入ったよな。あれって、どういういきさつで退部したんだっけ」

小学校を卒業し、中学に入学するとなった春、なにかが変わるのではと期待していた。中学生になれば人生が劇的におもしろくなる。なぜか単純にそう考えていたのだ。苦しい登山道の先にパノラマの景色が広がる頂上があるように、視界ががらりと変わるのでは、と思っていた。

中学に入ったらバスケットボールをやろうと誘ってきたのは太尊だった。当時、二人で夢中になっていたバスケット漫画があり、星矢も迷うことなく入部届を出した。口に出して話したことはなかったけれど、部活を始めれば、自分たちも漫画の主人公のような熱い、ドラマチックな青春が送れるかもしれないと信じていた。

　でも実際に入部してみると、小学校のミニバスで活躍していた生徒が部員の半数以上いて、初心者の星矢たちとは初めから立ち位置が違った。漫画の主人公も高校からバスケを始めた初心者だったが、現実はフィクションほど甘くはなく、星矢も太尊もB戦と呼ばれる補欠の試合にすら出してはもらえなかった。飛び抜けて運動神経がいいわけでも、身長が高いわけでもない自分たちに出番はなく、顧問に名前を憶えられていたかも怪しい。

「退部はしてへんで。卒業するまでバスケ部やった」

「え、嘘、辞めたただろ」

「行かんようになっただけで、正式に退部届は出してないやろ？」

　太尊は「幽霊部員」という言い方をした。「おれら、幽霊やったやんけ」と。いないのと同じだから、部活に行かなくても誰にも咎められなかったのだ、と星矢は妙に納得した。

　空っぽになったビールの缶に手を伸ばして握り潰していると、星矢の携帯が鳴った。こんな深夜にかけてくるのは未奈美くらいしかいない、と慌てて手を伸ばしたけれど憶えのない番号だ。

『溝内さん？』

　心細げな女性の声が、受話口の向こうから聞こえてくる。

「はい……溝内ですが」

『よかった……。誰もいないのよ。呼び出しコールを押しても誰も来てくれないから、私本当に困ってしまって……』

電話をかけてきたのは桐谷さんだった。トイレに行こうと思ったら足に力が入らない。腰から下の感覚が全部なくなってしまって、怖くて怖くてたまらない。さっきからずっと呼び出しコールを押しても誰も来てくれないので、迷惑を承知で電話をかけてしまったと、桐谷さんが謝ってくる。

「夜勤はフロアに介護士ひとりですから、どこか他の部屋にいるのかもしれません。もう少し時間を置いてから呼び出しコールを押してみてください。大丈夫、必ず気づいてくれますから。それでもダメだったら、またこっちに電話してください」

どうして桐谷さんが自分の携帯番号を知っているのか不思議に思い、そういえば前に訊かれたことを思い出す。新しく購入した携帯の電話帳に娘と息子の連絡先しか登録されてないので寂しい。溝内くんの番号を登録したいと言われ、たいして深く考えずに「いいですよ」と教えたのだ。

星矢の声を聞いて安心したのか、桐谷さんは「ありがとう」と電話を切った。十分後にもう一度、呼び出しコールを押してみる、と。

「なに？　施設のじいちゃん？」

「いや、ばあちゃん。呼び出しコールしても誰も来てくれないんだって」

「なんやねん、そんなんでおまえの携帯にかかってくるん？　いま夜中やで」

「今日はたまたまだよ。普段はこんなことないから」

さっき話した、味噌汁こぼれて怒鳴ってきた人から庇ってくれた桐谷さんだよ、と星矢は首を横に振った。

「おまえ、ほんまええやつやなぁ」

「桐谷さんには良くしてもらってるから」

「そのばあちゃん、金持ちなん?」

「さぁどうだろ……。息子が飲食店経営してて、けっこう厳しいらしいんだ。それで桐谷さんに金の無心をしてくるみたいだけど」

財産がある金持ちは大変やな、その点おれら貧乏人は安心やな、と頷く太尊に笑いだけを返し、星矢は立ち上がった。

「トイレ借して」

床に並ぶ空き缶はすでに十本を超え、いまにも膀胱《ぼうこう》が破裂しそうだ。

トイレから戻ると、太尊が星矢の携帯をいじっていた。血走った目で画面を凝視している。

「人の携帯でなにやってんの?」

立ったまま背後から覗き込もうとしたら、太尊が両肩をすくめて「ヒッ」とおかしな声を出した。

「すまん、すまん、ゲームしてた」

「自分の携帯は?」

「充電中」

「なんでおれの携帯の暗証番号知ってんの?」

「前と変わってないやん。未奈美ちゃんの生年月日」

酔ってるのによくゲームなんてできるなと半ば呆《あき》れ、半ば感心し、星矢はその場でごろりと横になる。このまま眠りたいような気にもなったが、久しぶりに会えた太尊ともっと話したい気もする。

頭の中がとろりと蕩《とろ》け、両目が閉じそうになったその時、携帯の着信音が鳴った。

太尊が慌てて立ち上がり、充電していた自分の携帯を手に星矢に背を向ける。

「今日も電話で一時間近く話したんですよ。感触はまあまあなんですけど……いや、はい、もちろんです。はい、わかりました」

電話を切ると同時に太尊は舌打ちをして、肩の凝《こ》りをほぐすように首をぐるぐると回した。

「誰から？」

口調から目上の相手だということはわかるけれど、良い話ではないように感じた。

「……社長」

「社長？　カラオケ店の？」

「ちゃうちゃう」

「……太尊、カラオケ店以外にもバイト掛け持ちしてんの？」

「してへんよ。地方の興行に呼んでもらえたんや。最近仕事回してくれる人がいるねん」

人にあれこれ言える立場ではないが、太尊が反社会的な組織から仕事をとっているのではないかと不安になる。このアパートの家賃にしても、YouTube の収益とカラオケ店のバイトだけでは払えないだろう。

「反社とつき合ってるとか、ないよね？」

「そんなわけないやろ、ちゃんとした芸能プロダクションや。おれのYouTube観て興味持ってくれたんや」

「芸能プロダクション？　本当に？」

「そうやで。……そんな顔すんなって。それにおれら解散してるんやから、心配せんでええやん。おれのことは気にすんなって」

なんとなく気まずくなったからか、そろそろ寝よか、と部屋の隅に畳《たた》んであった敷布団を太尊がずるずると引きずってくる。一枚の敷布団を横向きに使い、下半身をはみ出させて寝るスタイルには慣れている。二人で暮らしていた時も、誰かが泊まりに来たらこんなふうに布団を使っていたから。

パジャマに着替えることもなく、並んで煎餅《せんべい》布団に横たわった。小さな豆電球の灯りだけが、部屋を仄《ほの》かに照らしていた。寝つきのいい太尊のことだからすぐに寝息が聞こえてくるだろうと思っていたが、さっきから何度も寝返りを打っている。星矢も再び目を開けて、豆電球の灯りをぼんやりと見つめた。

「星矢、起きてるんやろ？」

「うん、起きてるよ」

「寝られへんのけ？」

「胃と腹がパンパンで苦しい」

エアコンのブーンという低音がさっきからずっと響いていた。アルコールと汗の匂いが部屋に充満し、カーテンのない窓には月の白い光が映って見える。

「なあ、小学生の時におれら二人、牟田《むた》先生にめっちゃ怒られたん憶えてるけ?」

「……教室でキャッチボールしてて、窓ガラス割ったやつ?」

太尊が唐突に昔話を始めたが、一緒にいた頃はよくあることだった。昔話からネタが生まれることもあり、過去をほじくっておもしろいことを探すのだ。

「そうそう。おれらが割ったこと内緒にしてたら、帰りの会で犯人捜しが始まったやつ」

誰かが学校に持ってきていた軟式野球のボールを投げ合っていたら、窓に当たって割れてしまった。たまたまその場に誰もいなかったので、そのまま黙っておこうと二人で決めてしらを切っていたら牟田先生の逆鱗《げきりん》に触れたのだ。

「そん時牟田バアが、『もしいま隠し通せても、嘘をつき通した人は命が終わる時に地獄行きに振り分けられる』って言うてたやろ」

「そんなこと言ってたっけ? ……怖いな、怖すぎる」

犯人が見つかったかどうか。自分たちが嘘をつき通したかどうかすらも忘れていた。自分の記憶力の悪さに驚いていると、

「おれはもっと早くに振り分けられると思うんや」

と太尊が意味不明なことを口にする。

「どういうこと?」

「天国行きか、地獄行きか……。もういまのおれらくらいの年齢になったら、自分の人生が天国か地獄か、そういうのは決まってる思うねん」

おれとおまえの境遇は似てるけど、でも圧倒的に違うところがひとつある、と太尊が寝返り

を打って仰向けになった。

「星矢の母ちゃんは、おまえのこと真剣に考えてたやん。おれな、おまえが大学行くわって言うた時、ほんまはめっちゃ腹立ってん。星矢はええなーって思う自分に、むかついた。こっからはおれら、人生が違ってしまうんやなって思い知らされたんや」

「そんなわけないよ。太尊とおれはなにも変わらない」

「そうかぁ……そうやなぁ。おまえもしんどそうやもんなぁ。……空から巨大隕石、降ってこんかなー、地球終わったらええねん」

そう言ったきり、太尊はなにも話さなくなった。

でも眠ったわけじゃない。両目を開いたまま、たぶん天井を見つめている。

いまなら話せる、と急に思えた。

誰にも言えず、胸の内で自分を圧し続けていたこの苦しみを太尊になら話せる。

「施設の話なんだけど、他にもあって……」

あまりに静かすぎて、隣の部屋の生活音が聞こえてきた。水を流す音や足音まで。安普請《やすぶしん》のアパートではないのに案外聞こえるものだ。

「おれが初めてひとりで夜勤に入った日……七月七日の七夕《たなばた》だったんだけど、その日に利用者さんが使ってる鼻カニューレのチューブが誰かに切断されたんだ。鼻カニューレっていうのは呼吸を補助する装置のことで、チューブが切られるってことは酸素の供給が途絶えるってことなんだ。場合によっては命にかかわる危険なことなんだよ」

発見されたのが夜勤明けの朝だったことから、犯人は星矢じゃないかと疑われた。初めのうちは、自分がそんなことするわけないだろうと反発しかなかった。でも日が経つにつれてだんだん、「もしかして自分がやったのかもしれない」と思うようになってきた。記憶が曖昧なのだ。当直の夜にパニックになる出来事があって、わけがわからなくなって、だから突発的にキレてチューブを切ってしまったのかもしれない。

星矢は天井に向かってぼそぼそと喋り続けた。太尊が聴いてなくてもいい、独《ひと》り言になっていてもいい。でも心に巣《す》くう不安や自分自身への不信感を誰かに話して楽になりたかった。

「その夜のこと、全然憶えてないん?」

「太尊、起きてたのか?」

「寝てたけど目ぇ覚めたわ。その夜勤の日、なんかおかしいなと思ったことなかったか? もう一回よう考えてみろ。おまえが犯人なわけないやろ、あほか」

やけに優しい声で言われ、星矢は薄れつつある記憶をたどる。あの夜の自分の行動を一からなぞる。

ラビちゃんねるを観た後、午前二時に巡回に出た。ペン型の懐中電灯で廊下を照らしながら歩いていると、共用スペースの出入口に七夕の笹《ささ》が立て掛けられているのが見えた。ああ今日は七夕だったんだと思い、懐中電灯の光を向けたら蓄光紙《ちっこうし》を切って作った星の飾りがピカリと光った。

それから……足音がしないように気遣いながら、廊下を歩いた。

浜本《はまもと》さんは最初に訪室するつもりだった。休憩室からいちばん近かったから、浜本さんの部屋から順に、二十室回るつもりで……。

「あ――――！」

思わず叫び、星矢は上半身を起こした。どうしておれは、こんな大事なことを忘れていたのだろう。

「あった太尊！　おかしなことがあった！　浜本さんの居室に入る前に、おかしなことがあった！」

廊下の先で、人の影が動いた気がしたのだ。それで懐中電灯を向けたけれど、光は届かなかった。「誰か、そこにいますか」と声をかけると人影はいったんぴたりと止まり、でも振り返らずに素早い動きで廊下の突き当たりまで走っていった。

「なんでおまえ、そんな大事なこと忘れてんねん。はよ言え」

隣で寝ていた太尊までが体を起こす。

「別のフロアの職員だと思ったから……。でもよくよく考えれば、別のユニットを担当している職員が夜中にうちの階に用事なんてないよな？」

すぐに福見に話さなくては。信じてもらえるかわからないけれど。

起き上がって携帯を探し、ああいまは夜中だと思い直す。

「星矢はしてへんて。安心しろ」

ぼそりと口にすると、太尊がまたゆっくりと体を横たえた。

事務所のデスクの前に座り、日勤業務を終えて申し送りのノートを書いている時だった。夜勤帯の介護士たちがほぼ全員出勤し、担当ユニットの情報などを集めている。早く記録を書き上げなければと星矢も急いでペンを動かしていると、

「溝内くん、福見さんが呼んでるよ」

数分前に出勤してきたばかりの竹田《たけだ》に声をかけられ顔を上げた。

「了解です」

今朝、出勤してすぐに昨夜太尊の家で思い出した事実を報告しに行った。だからそのことで呼び出されたのだと勢いよく立ち上がると、「倉木《くらき》さんを病院に連れていくのを手伝ってほしいんだって」と見当違いなことを言われる。

「おれ日勤なんで、もうそろそろ帰ろうかと思ってるんですけど」

「でも男性職員を呼んできてって」

せっかく帰るところだったのに、とがっくりきたが、星矢はノートを書架に戻すと倉木さんの居室に向かった。やれやれという気持ちもあるが、倉木さんのことは心配なので階段を一段飛ばしで駆け上がる。

「失礼します。溝内です」

ノックをしてからドアを開くと、福見が箪笥《たんす》の中から上着やら下着やらを取り出し、紙袋に詰め込んでいるところだった。

「あの……」

「ああ、溝内くん、来てくれたのね。いまから倉木さんを病院にお連れするから、車椅子に移乗させてくれる？」

ベッドに横たわっている倉木さんは両目を閉じたまま青白い顔をしていた。今日は何度か会話したけど、体調が悪いことに気づかなかったな。そういえば昼食が終わった後、いつもならしばらく談話室で日向ぼっこしているのに今日に限って早々に部屋へ戻っていったっけ……。今日の倉木さんの様子を頭に思い浮かべながら車椅子をベッドに寄せ、移乗しやすい角度にセッティングする。

「倉木さん、どうされたんですか」

福見に訊《たず》ねると、「熱が38度近くあるんです」と返ってくる。

「症状は熱だけですか」

「そうです」

これ以上訊くと気分を損ねそうなので、やめておく。訊いたところで受診がとりやめになるわけでもない。

「倉木さん、起きてください。車椅子に移りましょう」

両目を閉じている倉木さんに声をかけると、ぴくりと瞼《まぶた》が動き両目が薄く開いた。

「車椅子？　どこへ行くの？」

「いまから病院に行くんです。体調が悪いようなので、お医者さんに診《み》てもらいましょう」

福見は柔《やわ》らかな口調で告げたが、倉木さんは顔を歪《ゆが》め、「病院は行きたくないです。葉山先生に診てもらいます」と再び目を閉じた。

そうだった。医者なら施設にもいる。星矢は顔を上げ、「葉山先生を呼んできましょうか」と福見に告げたが、

「今日はお休みです」

と早く移乗させるよう、星矢に目配せしてきた。

「あ、でも電話で連絡は取れるんじゃないですか。葉山先生、休日でも電話に出てくれますけど?」

「葉山先生はいま休暇中です。夏休みを取ってご家族と旅行に行ってるの。そんな時に仕事の電話なんてできないでしょう」

「じゃあ古瀬さんを……」

「呼ばなくていいから。いいの、葉山先生が来る前は受診も入院もなにもかも、私が決めてきたんだから」

有無を言わさぬ高圧的なものを感じ、星矢は「倉木さん、起こしますよ」と背中の下に右腕を差し込む。倉木さんは「病院は行かなくていいの……」と口では抵抗したけれど、それでも星矢が促すまま車椅子に乗ってくれた。嫌がる人を無理に連れ去るような気持ちにもなったが、福見と言い争う気にはなれない。

「森あかり」という緑色のロゴが入った軽自動車を駐車場で見送ると、星矢は大きく息を吐いた。福見は自分で運転して病院に向かったが、車から車椅子への移乗は大丈夫だろうか。倉木さんは痩せているが、福見も小柄なほうなので病人をひとりで抱えて車椅子に乗せられるか……。とそこまで考えて、なんとかするだろうと踵を返す。そんなのおれが心配することじゃないし。帰ろうと思ってたところの残業なのだ、それもサービスのやつ。

病院は行かなくていいの……。

そう呟く倉木さんの声を思い出し、うっすらとした罪悪感を覚えながら更衣室に向かって歩いていく。

「あ、いけね」

時間を確認しようとズボンのポケットに手を入れ、携帯がないことに気がついた。倉木さんを車椅子に移乗させる時に、携帯の角が体に触れるといけないので出していたのだ。たぶん倉木さんの居室に置きっぱなしになっている。

「失礼します。溝内が携帯を取りに来ました」

誰もいないことはわかっていたが、いちおう声をかけてから倉木さんの居室に入った。思った通り星矢の携帯は床頭台の上に、画面を下に向けて置いてあった。主《あるじ》不在のため、箪笥の上に飾ってある女優の写真に向かって「お邪魔しました」と挨拶しておく。

この女優、テレビや映画で時々見るけど、誰だったっけ……。

女の人が女優を好きになる気持ちが星矢にはいまいちわからないが、倉木さんにとってはかけがえのない存在なのだろう。「私の人生のすべて」「彼女がいたから寂しくなかった」と言っていたのを思い出し、推し活の走りだな、と頬《ほお》が緩《ゆる》む。

倉木さんの居室を出て、ついでに隣の浜本さんの部屋を覗いた。

「オッケー、酸素いっているな」

浜本さんの鼻カニューレが正常通り装着されていることを確かめ、そのまま部屋を出ようとして箪笥の引き出しが開けっ放しになっていることに気づいた。洗濯物の交換をしたスタッフが、閉めるのを忘れたのだろう。

引き出しを閉めようと手を伸ばし、箪笥の上にある卓上カレンダーに目が留まった。三毛、黒、白など可愛い猫の写真が印刷された月間カレンダーは、浜本さんの認知症が進行し始めた今年の五月で止まったままだ。

これまでも何度か、カレンダーのページをめくるかどうか迷ったことがある。浜本さんは生きているのだから時間を進めたほうがいいんじゃないか、と。迷って考えて、でもページをめくれないのは、浜本さん自身がどう思っているかわからないからだ。元気だった頃の自分のままでいたい、そう願っているかもしれない。時の流れを歓迎せず、過ぎ去った季節の中にいたいかもしれない。そう思うと無責任に季節を進めるのも違うような気がした。

星矢がカレンダーのページをめくっては元に戻す、を繰り返していると、カレンダーの裏の白紙に、ボールペンで字が書かれていることに気が付いた。

延命治療の必要はありません
なにもせず
そのまま、逝《い》かせてください

浜本さん自身が書いたものだろう。細い指にペンを握りしめ、丁寧に文字を綴《つづ》る丸まった背中が星矢の瞼に浮かぶ。

人のものを勝手に見るのはいけないことだとわかっていた。でも星矢は卓上カレンダーのページをぺらり、ぺらりとめくっていく。

おいしいごはん
あたたかいおふろ
毎日大切　毎日感謝

これまで懸命に生きてきた
最後まで
私は私でありたい

施設のみなさんにお世話され、ありがたい
でも申し訳ない
できるだけ早くあちらへいって
みなさんを解放したい

カレンダーの裏に書かれた文字を目で追いながら、不思議な感覚が体を巡った。浜本さんがこんなことを思いながら施設で暮らしていたなんて知らなかった。

施設を出ると、まだ朝の十時前なのに気温はすでに上がっていた。じんわりと汗を滲ませながら駐輪場に停めてある原付バイクに跨《また》がり、星矢はまっすぐ家に向かう。普段なら夜勤明けは眠気と疲労でぼうっとしているのだけれど、今日は違った。妙に頭が冴《さ》えていた。

バイクを走らせながら、前に施設を訪れたおっさん議員が、二〇四〇年問題とやらを口にしていたのを思い出す。

「いま少子高齢化が危ぶまれていますが、それでもまだ過渡期にすぎません。本当に大変なことになるのは二〇四〇年以降です。二〇四〇年に六十五歳以上の高齢者、七十五歳以上の後期高齢者の人口はピークを迎え、社会保障制度の維持は危ぶまれるでしょう。さらに労働力が不足するため、どの業界も深刻な人手不足に陥ると考えられています」

あの時は聞きながら、そんなんどうでもいいわと思っていたけれど、もう始まっているのだと怖ろしくなる。汗ばんだ体に吹きつけてくる生ぬるい風が、背筋を冷たくした。

みなさんを解放したい――。

エンジン音の向こう側から、卓上カレンダーに綴ってあった文字が浜本さんの声となって聞こえてくる。浜本さんの声は母の声に変わり、やがて星矢自身のものとなった。

自分はなにをすればいいのだろう。

いまわかっているのは、幽霊のまま死にたくない、それだけだった。

第四章　暗い森を歩く

直進していた道路の先に「旭山動物園《あさひやま》」と書かれた看板を見つけると、幸人《ゆきと》は「やった、やっと着いたぜ！」と子どものような声を上げた。握《にぎ》っていたハンドルから右手を離し、小さくガッツポーズを作る。

「なに、そんなに来たかったの？　あ、こっちが駐車場みたい。左車線寄っとかないと」

二十九歳にもなって屈託《くったく》なくはしゃげる弟を横目で見つつ、葉山彩子《はやまあやこ》は前方を指し示す。

「やっぱ空が広いな。空気も澄《す》んでて、さすが北海道って感じだ」

駐車場に着き、新千歳《しんちとせ》空港でレンタルしたヤリスから降りると、幸人が両手を上げて思いきり伸びをした。新千歳空港からおよそ二時間半、交代せずにひとりで運転してきたので疲れただろう。

「大丈夫？　少し休んでから回ろうか」

正面玄関の横にある受付でチケットを二枚買い、一枚を幸人に渡した。「余裕、余裕。あ、入園料いくらだった？」と幸人がズボンのポケットから財布を取り出そうとしたので、「いいよ、学生は払わなくて」と笑って制する。

「かたじけない、旅費も出してもらってんのに。それよか彩ちゃんこそ疲れてるんじゃないの？　ちょっと休む？」

「まさか。助手席に座ってるだけで疲れるなんてありえない」

「了解。じゃあさっそく見て回るか。ホッキョクグマとアザラシとペンギンとレッサーパンダは四大人気だから混むんだってよ」

「そうなんだ？　そういえば二〇二一年に、ホッキョクグマの赤ちゃんが生まれたらしいよ。最初に『ほっきょくぐま館』に行っていい？」

「いいね。そうしよう」

北海道旭川市《あさひかわ》にある「旭山動物園」は両親が新婚旅行の時に立ち寄った場所で、病床にあった父が「死ぬまでにもう一度行きたい」と願った思い出の地でもある。結局、父の望みを叶えることはできなかったが、供養《くよう》のつもりで幸人と訪れることにした。福見《ふくみ》が休暇を取るように言ってくれて実現したのだけれど、八月中に夏休みをもらえるなんて働き出して初めてのことだ。

「彩ちゃん、ほっきょくぐま館に着いたよ」

お目当ての動物舎は、園内にある時計塔を過ぎた辺りにあった。

屋外にも展示場があるようだが、幸人がとりあえず中に入ろうというのでついていく。屋内では水槽を側面から見られる場所があり、人混みをすり抜けるようにして前列のいちばん端《はし》に陣取《じんど》った。夏休みだからか人が多く、水槽の真正面の特等席は子どもたちで埋まっている。

「おおっ。赤ちゃんかと思ったら、けっこうデカいじゃん。それにしても泳ぎ、うまいな」

水飛沫《みずしぶき》を烈《はげ》しく散らしながら、ホッキョクグマの子どもが水の中に飛び込んでくる。躊躇《ちゅうちょ》なく頭から水に飛び込み、ダイナミックな泳ぎを披露《ひろう》した後、また水面上へと出ていく。飛び込んでは地上に戻るを、飽《あ》きもせず何度も繰り返すその姿を見て、

「やっぱり子どもだ。元気だなー」

と幸人がしみじみと口にする。母グマがそばで見守る中、子グマだけが動き回っている。

「子グマの名前、ゆめちゃんだって。お母さんはピリカ。ホッキョクグマの繁殖は、なんと四十年ぶりに成功したらしいよ」

展示場に掲《かか》げられているパネルの情報を彩子が読み上げると、

「四十年ぶり？　それは快挙だな」

と幸人が水槽にぴたりと張り付くようにして、子グマの写真を撮り始める。姉弟《きょうだい》二人きりの旅行は人生初で、幸人と遠出すること自体十数年ぶりだ。父の病気が進行してからは家族旅行もしなくなったので、そのせいか久々にテンションが上がってしまい、自分たちが大人であることをうっかり忘れてしまう。

「どうしたの？　なにニヤニヤしてんの？」

幸人に指摘され、頬《ほお》が緩《ゆる》んでいることに気づく。

「いや、なんかゆめちゃん見てたら笑えてきちゃって。わざとこんなおもしろい動作してるのかな？」

「そんなわけないだろ。ゆめちゃんは真剣だぞ。真面目《まじめ》におもしろいことをするから人の心を癒すんだ」

無心に動き回る子グマを見ていると、どうしてか溝内《みぞうち》のことが思い出された。彼のわかりやすく裏表《うらおもて》のない性格は時々彩子のツボにはまる。この前、施設に区議会議員がやって来てスタッフにもっともらしい話をしてきたのだが、その時の溝内の質問が秀逸だった。「このままじゃまずいとわかっていて、どうして変えないんですか？　数年先には介護職員が不足するとわかっていて、なぜすぐに動いてくれないんですか?」と切り込んだのだ。するとそれまで淀《よど》みなく演説していた議員が台詞《せりふ》を忘れた舞台俳優のようにしどろもどろになり、彩子は下を向いて笑いを堪《こら》えるのに必死だった。

「私が働いてる介護施設におもしろい人がいるんだ。幸人と同じ年で、元々はお笑い芸人をやってた人で、この春から介護士に転身してうちに来たらしい」

「へえ……お笑い芸人か。介護の業界って、真面目な人が多いってイメージだけど」

「真面目だよ。でも幸人が言うように、真面目におもしろいこと言うの。だから利用者さんに好かれてるのかな。介護ってさ、旧態依然な感じがあるわけよ。いままでこうやってきたから、って上司に言われると従わざるを得ないっていうか」

いつ作られたかわからない、根拠も明確ではない介護業務がマニュアル化されていて、それに異議を唱えるのは至難の業《わざ》なのだと彩子は話した。介護業界に限ってのことではないが、これまでの慣習を変えるのは難しい。

「介護ってさ、利益率が数字化しにくいよね。施設の経営が黒字になったからって、利用者にとっていい介護をしているとは限らない」

「そうなんだよ。慣習の間違いを指摘するのって勇気がいるんだよ。でもその元芸人の彼は、人にどう思われるかを計算する前に感じたことを率直に言葉にするの。でもそういう力って実は貴重だったりするから」

溝内の口から時折漏れる本音は核心を突いていることも多い。介護士としての経験が浅いぶん、自然と利用者の立場で発言しているように思うのだ。だからついこの前は日高《ひだか》に会わせたくなった。ロボット介護をどう思うか、彼の意見を聞いてみたいと思った。

ホッキョクグマの親子をしばらく眺《なが》めていると飼育員がやって来て、水槽に魚を投げ入れた。ゆめちゃんが魚を獲るために水の中に潜《もぐ》っていく。その後をピリカも追って、二頭のホッキョクグマが猛スピードで魚を食べていく。

「やっぱお母さんも連れてきたらよかったな……」

水槽に目を向けたまま、幸人がぽつりと呟《つぶや》く。

「そうだね。もう少し時間が経ったらまた誘ってみよっか」

「その時は、ゆめちゃんが母ちゃんになってたりして」

「一度繁殖に成功してるなら、二度目もきっとあると思う。そうやって代々続いていくといいよね」

「よし、ゆめちゃんが母ちゃんになったらまた来よう」

「じゃあ次は家族三人で」

「いや、さすがにその時はうちも家族増えてるでしょ。三人じゃないでしょ」

「そっかぁ、私も人妻になってるかー」

「いや、おれが結婚してるってことだよ」

顔を見合わせて笑いながら、休暇を取って遠出してよかった、と彩子は大小の泡がゆらゆらと光る水槽を見つめた。

その後も、彩子と幸人は急ぐことなくのんびりと、園内を回った。

特に興味を引かれたのは、動物園と旭川市にある医科大学の医大生が共同で作成した展示コーナーだった。テーマは飼育動物の生命。自分は人を診《み》る医師なので動物には詳しくないけれど、生命について感じることは人間も動物もそう変わりはないのかと思ったりもした。幸人もなにかを感じたのか、展示されていたパネルの文章を一心不乱に読み込んでいた。

新しい職場に変わったばかりだから、今年の夏は連休を取るのは控《ひか》えよう。そう思っていたが、でも遠慮しなくて正解だった。幸人とこんなに楽しい時間を過ごすのは、父が病気になってから初めてのことかもしれない。

四連休が終わり、彩子は北海道土産のスイーツが入った紙袋を手に提《さ》げて出勤した。柄《がら》にもなくホッキョクグマのイラストが描かれたコットン巾着《きんちゃく》も職員の人数分買ってきたのだが、どのタイミングで渡そうか。回診の時に古瀬《ふるせ》に託してしまおうか、などと考えながら正面玄関を入っていく。

「葉山先生っ」

エントランスを抜けて廊下を歩いていると、事務所のドアが開き、中から溝内が飛び出してきた。慌てているので利用者になにかあったのかと足を止める。

「あっ、すんません、おはようございます」

「……おはようございます。どうかしましたか？」

なにか言いたそうにしている溝内にそう訊《たず》ねると、

「朝いちに倉木《くらき》さんがタクシーで帰ってきて、とりあえず居室に連れてったんですけど……。今日に限って福見さんの出勤が遅くて」

溝内が困り果てたように眉《まゆ》をひそめた。

「倉木さんがタクシーで帰ってきた？　どういうこと？」

状況がまったく読めず、彩子は首を傾《かし》げた。

立ち話をする自分たちの横を、たったいま出勤してきた他の職員が通り過ぎていく。

「倉木さん、勝手に病院を抜け出してきたみたいなんです。着替えはちゃんとしてるんですけど、荷物は財布以外持ってなくて……。それで本人は退院するって言ってて」

「退院？　倉木さん、入院してたの？　いつから？」

通行人の迷惑にならないよう溝内を壁のほうにそっと押し寄せ、彩子は訊ねた。この構図だとまるで彩子が溝内に詰問《きつもん》しているように見えるだろうが、どうしても顔が険しくなっていく。

「四日前……だったかな。倉木さんが発熱して、福見さんが病院に連れていったんです。で、まあそのことを葉山先生に報告しなかったのは、せっかくの休暇を台無しにしたくないという福見さんの配慮があったわけで……」

言葉を選び、慎重に説明する溝内に「状況はわかりました。私が対応します」と告げ、彩子は倉木さんの居室に向かった。溝内もついてこようとしたが、自分だけで大丈夫だからと告げる。そろそろ朝の業務が始まる時刻だった。

「失礼します」

倉木さんの部屋に入ると、ベッドサイドに古瀬が立っていた。彩子を見て会釈《えしやく》し、「いま倉木さんのバイタル測定をしていたところです」と小声で話す。

「倉木さん、おはようございます。体調はどうですか」

彩子は微笑《ほほえ》みを浮かべ、ベッドに横たわる倉木さんを見た。倉木さんは両目を大きく見開き、天井を睨《にら》みつけている。怒っているのか、ちらりともこちらを見ようとしない。

「あの、先生……倉木さんのバイタルなんですが」

倉木さんが完全に無視してくるので、古瀬が気遣うようにバイタルの値を告げてくる。血圧も脈拍も正常で、体温だけが38度を超えている。

古瀬はさっき溝内が自分に説明したのと同じことを口にした。倉木は四日前に入院したのだが、三十分前にタクシーでひとり施設に戻ってきた。自分で着替えはしたようだが、手荷物は病院に置いたままだ、と。

「倉木さん、今日が退院だと言われたんですか？」

退院と聞いて、施設からの迎えを待てずにひとりで帰ってきたのだろうか。

「いえ、さっき病院に電話して確認したら、退院という話ではないみたいです。レントゲンを撮ったら誤嚥《ごえん》性肺炎を起こしていたようで、食事も摂れないから病院では一日千二百ミリリットルの点滴をしていたそうです。それで昨日の午後に医師から経管栄養に切り替える話をされて、それで倉木さん、病院を抜け出したみたいなんですよ」

このまま点滴の処置をするだけでは、病院に置いておくことはできない。おそらく医師はそう判断したのだろう。

「倉木さんは経管栄養をしたくないんですね？」

不機嫌な表情のまま微動だにしない倉木さんに、彩子は訊ねた。するとそれまでむっつりと

唇を結び天井を見つめていた倉木さんが、

「鼻から管を通して、胃に直接栄養を流し込むって言われたんです。そんなの絶対にしたくないから」

とようやく口を開いてくれた。医師とのやりとりを思い出したのか、唇を尖《とが》らせている。

「私はここにいたいだけなんです。お医者さまに、ホームにはいつ帰れるのかって訊いたら、戻りたいなら経管栄養をしましょうって。鼻から管を通す経鼻胃管か、胃ろうのどちらかだって……」

「胃ろう？」

「胃ろうって、お腹に穴を開けて栄養を流し込むやつですよね？　私、そんなもの絶対につけたくありません。勝手にそんなもの造ったら、一生恨みますよ」

自分はこれまで、誰にも迷惑をかけずに生きてきたつもりだ。定年まできちんと勤め上げ、定年後は嘱託《しょくたく》という立場で五年間働いた。実家で共に暮らしていた母親を最期まで介護して看取り、仲良しの友人たちも見送り、趣味を支えに生きてきた。脳腫瘍《のうしゅよう》が見つかった時はショックだったけれど、それも寿命だと受け入れ、自分で手続きしてこの施設に入所したのだ。あとはここで静かに逝《い》かせてほしい。それだけが自分の望みなのだ、と倉木さんが淡々と告げてくる。

「わかりました」

彩子が頷くと、倉木さんが枕から頭をずらし、今日初めて彩子と目を合わせる。白く濁《にご》ったその双眸《そうぼう》に微《かす》かな驚きが滲《にじ》んでいる。

「……いいんですか、先生」

「ええ、いいですよ」

病院に勤務する医師とは違い、老人施設の配置医にはマニュアルがない。治療方針も、延命治療に対する考え方も医師によって異なるといっても過言ではない。

だったら——命の終わり方を決めるのが本人であってもいいはずだ。

「私のほうから福見さんに……」

話しておきましょう、と言いかけたその時、ドアがノックされ、

「失礼します」

と福見が部屋に入ってきた。その後ろから溝内がついてくる。出勤してきた福見を溝内がここまで連れてきたのだろうが、彼女の眉間《みけん》に刻まれた深い皺《しわ》が、場の空気をいっきに重くした。

「倉木さん、おはようございます。葉山先生、おつかれさまです」

「どうもおつかれさまです」

「お話の途中に大変申し訳ありませんが、私も同席させていただきます。葉山先生、よろしいでしょうか」

「ええ、どうぞ」

福見は出入口のドアのすぐ前に立ち、倉木さんと彩子を窺《うかが》うように見つめてきた。溝内が部屋の隅に不安げに立っている。

「病院には私から連絡を入れておきました、三国《みくに》先生がおられたので、倉木さんの状態なども把握《はあく》したつもりです。それでですね、倉木さん、食事が摂れなくなった方は経鼻胃管や胃ろうをしていただかないと、うちのホームでは対応ができないんですよ」

福見がはっきり告げると、倉木さんの表情がすぐさま曇《くも》った。

「私……」

「倉木さんはお食事が摂れない状態なんです。だったら命を維持するために、病院のお医者さまに従っていただかないと」

穏やかな口調で、でも容赦《ようしゃ》なく福見が説《と》き伏せていく。倉木さんはまた口を閉ざし、無言になった。彩子は福見の言葉に口を挟むことはせず、その場で黙って聞いていた。二十年以上も介護現場で働いてきた福見には彼女なりの正しさがあり、こうやって利用者の命を繋いできたのだ。本人の望むように、と口にするのは簡単なことだが、実際にそれを実施するのは介護士たちで、自分がここで福見を否定することはできないし、自分の考えが正しいとも思わない。人生に正解がないように、命の最期をどう迎えたいかも人それぞれ違う。


「私は、受け入れていいと思いますが」

倉木さんの居室を出た後、彩子は福見と面談室で話し合った。古瀬には三国と再度連絡を取ってもらい、倉木さんが経管栄養を拒《こば》んでいることを伝えてもらう。いま倉木さんの居室には溝内が残り、彼女の思いを聴いている。孫ほどの年齢だからか、どこか抜けた雰囲気がなせる業なのか、利用者たちは溝内にだけぽろりと愚痴《ぐち》や本心をこぼすことがある。

「なにを言ってるんです。受け入れていいとは、どういうことです？　倉木ツルさんをこのまま施設に戻すということですか？」

「そうです」

体調はまだ回復していないとはいえ、倉木さんは意識もあり意思の疎通もできる。経鼻経管や胃ろうの処置をすれば口からものを食べる意欲が失われ、周りの人たちも食べさせる努力をしなくなる。だったら本人の希望通り、このまま以前と同じように施設で過ごしてもらったらどうかと、彩子は福見に伝えた。

「葉山先生、それは無理ですよ。先生は倉木さんを餓死《がし》させるつもりですか？」

「そんなことは言ってません。食事介助をしていく中で、少しずつでも食べられるようになるんじゃないかと思っているだけです」

いまは食欲がないだけで、誤嚥性肺炎が完治すればまた食べられるようになるかもしれない。もう少し様子を見てもいいのでは、と彩子は福見に伝えた。だが福見は話にならない、といったふうに首を横に振り、

「葉山先生、いまのうちの体制で、介護士が時間をかけて食事介助をする余裕なんてありませんよ」

と低い声で言ってきた。「ぎりぎりの人員でやっている上に、八月いっぱいで辞めるって人もいる。補充のめども立っていない。それに、たとえば食事介助をするにしても、またなにかあったらどうするんですか？　責任は誰が取るんです？」

余裕がない。ぎりぎり。責任は誰が取る？　福見の内にある苛立《いらだ》ちはそのまま、介護現場で働く人たちの本音だろう。彼女が言っていることに間違いはない。最前線で働く人たちは、余裕のない人数で懸命に働いている。なにかあったら責任を取らされるというリスクを負いながら、水際で踏ん張っている。それはもちろん彩子にもわかっている。

「福見さん、もし倉木さんご自身に覚悟があったとしたら？」

「なんですか、覚悟って……」

「食事を摂れなかったとして、それで命が尽きてもいいという覚悟です」

「そんなっ、なに言ってるんですかっ。そんなことをして訴えられたらどうするんですかっ」

「訴えられる？　誰にです？　倉木さんは訴えたりしないと思いますよ」

この国ではいつから、口から食べ物を摂取できなくなった人に、人工的に栄養を体内に流し込むことが当たり前になったのだろう。意識があり、回復の見込みがある人にならまだしも、もう自分の意思を伝えられなくなった人にまで延々と、その命が尽きるまで栄養を入れ続ける。

延命至上主義——。

それがいまの日本の介護現場を逼迫《ひっぱく》させ、そして将来的に崩壊させる原因になることをなぜ真剣に、切実に、問題視しないのだろう。いや、している人もいるのだろうが、その声は聴こうとする者にしか届いていない。

「はっきり言いますが」

自分自身を落ち着けるように深く息を吸い込んだ福見が、冷たい視線を彩子に向けた。

「倉木さんをこのまま施設に戻すという話、スタッフの誰も受け入れませんよ。葉山先生に賛同する者はいないと思います」

彩子を見据《みす》える福見の目は、この施設の責任者としての威厳《いげん》に満ちていた。これまで二十年以上、介護の現場に立ち続けてきた自負、とでもいうのだろうか。でも福見のその自負が、彩子は不快ではなかった。

「こんな話、本当はしたくありませんでしたが、葉山先生が以前の病院を退職された理由を私は知っています。事件のことも、全部です。先生にとっての医療は、人を見殺しにすることなんですか？　私には先生が医療放棄をしているとしか思えません。私の施設で勝手なことをしないでください。私は私のやり方でこれまで施設を守ってきたんです」

福見はもう一度大きく息を吸い、吐き出すと、彩子のほうを見ずに面談室を出ていった。彩子はなにを言い返すでもなく、もちろん後を追うわけでもなく、ただその場に立ち尽くしていた。福見があの事件を知っていたのには驚いたが、調べればわかることだろう。

福見が言っていた「以前の病院」というのは、彩子が大学を卒業してから勤めていた大学病院のことだ。彩子はその大学病院の脳神経内科に入局し、臨床にあたりながら治療方法の研究を続けていた。

そして彩子が医師になって六年目に、福見が口にした事件が起こった……。

自室に戻ってパソコンの前に座ると、彩子は思いきり深く息を吸った。落ち着こう、そう自分に言い聞かせ、パソコンの電源を入れて画面を立ち上げる。画面には利用者の個別データを打ち込んだアイコンがあり、その中から倉木ツルさんを選択した。すると画面いっぱいにカラフルな折れ線グラフが浮かんでくる。

この折れ線グラフはトラジェクトリーカーブ――TCといって病気の自然経過を図式化したもので、本来は医師が担当患者の病状を把握する際に使用する。時間の経過によって病状がどのように進行していくか、体の機能がどう変わっていくかをグラフにしているのだ。

彩子はこのTCを、森あかりに着任した当初から施設の利用者に用いることを考えていた。利用者それぞれの状態に合わせたTCを作成することで、この先どのような経過をたどるのか介護士たちにもわかってもらえる。人は誰しも終末期を迎えると食事量は極端に落ちる。そして最期は食べられなくなり、動くことも話すこともできなくなる。それは自然の流れであり、でもそのことを理解していないと目の前で起こることが異常に思え、介護士たちは狼狽《うろた》えてしまうのだ。

彩子はその不安を少しでも解消できるよう、経験の浅い介護士であっても利用者の終末期に自信を持って向き合えるよう、TCの導入を考えてきた。まだ作成途中だが、倉木さんのは完成している。

「倉木ツルさん、誤嚥性肺炎にて食欲低下……」

倉木さんのTCに誤嚥性肺炎を書き加え、彩子は今後起こり得る体の機能の低下について記していく。不安というのは、わからないから生じることが多い。知っていれば準備ができる。準備をしていればたいていのことは乗り越えられる。

玄関のドアを開けると同時に、ニンニクとニラとゴマ油の香りがしてきた。今日も餃子《ぎょうざ》か、どれだけ好きなんだ、と彩子は頰を緩め、

「ただいまー」

奥の部屋に向かって声をかける。三和土《たたき》には幸人のスニーカーが揃《そろ》えて端に寄せられていた。

「あら彩子、今日は早いのね」

「定時に上がれたから」

　リビングに入ると、花柄のエプロンを着けてキッチンに立つ母の背中が見えた。幸人が実家に戻ってきてから、母は再び台所に立つようになった。父が亡くなった昨年の秋から料理をしなくなったのだが、いまは幸人のために毎日なにかしら作っている。

「幸人、なにしてんの？」

　リビングに置いてある四人掛けテーブルの前で、幸人がノートパソコンを開いていた。白のワイシャツを着ているので、今日は塾講師のアルバイトに行っていたのかもしれない。貫禄があるので保護者から信頼が厚いのだと本人は言っているが、たしかに見た感じは中堅の塾講師だ。

「ねえねえ彩ちゃん、これ見て」

　幸人がパソコンを滑らせて彩子の正面に向けると、画面を指差してくる。

「なに？　ニュース？　……神経難病であるＡＬＳ（筋《きん》萎《い》縮《しゅく》性《せい》側《そく》索《さく》硬《こう》化《か》症《しょう》）と、ＦＴＤ（前頭側頭型認知症）の原因となる異常なＲＮＡの働きを抑えるタンパク質群を発見。発症に関与するタンパク質ＴＤＰ－43の遺伝子を標的とした核酸医薬を開発……。え、どういうこと、いつのニュース？」

「二〇二三年にプレスリリースされてたみたいだ」

「これって信じていいニュースなの？」

「うん、国際的な学術誌にもオンライン掲載されてるみたいだよ。惜《お》しむらくは発表したのが関西の大学病院で、彩ちゃんが勤めていた病院じゃないってことだ」

食い入るように画面を見ている幸人の顔が、ニュースの信憑性《しんぴょうせい》を物語っていた。

「いま治験の段階なのかな」

早口で呟き、幸人がマウスを使ってパソコンの画面を切り替える。

「どうだろう。でもどちらにしても、いいニュースには違いないね」

「だよな。おれたちが知らない間にも医療は前に進んでるんだ。なあお母さん、ちょっとこの記事見てよー」

幸人がキッチンで餃子を焼いている母のほうへ歩いていったので、彩子は着替えをしに二階にある自分の部屋へ向かった。階段に続く廊下を歩いていると、六畳の和室の襖《ふすま》が開いたままになっていた。この和室は父が療養していた場所で、長い期間わが家の苦しみの中心にあった。事件を機に大学病院を退職してから二年間は、彩子も母とともに父の介護をしていたので、部屋の前を通ると呼吸器の音や父の呻《うめ》き声が聞こえてくるような気がする。父が亡くなったのもこの和室だったが、いまは母の手によって明るく清潔に整えられている。


父がALSと診断されたのは、いまから十七年前、彩子が高校一年の時だった。

バスの運転手をしていた父が「手が痺《しび》れる」と言い出したのはそれよりも半年ほど前のことで、当時は家族の誰ひとり、まさかそれが難病の予兆だとは思ってもいなかった。手を使いすぎたせいで腱鞘炎《けんしょうえん》にでもなったのだろう、少し休めばまた元に戻るはず、くらいに軽く考えていた。

だが痺れはいっこうに回復せず、父は上司に相談して内勤の部署に異動させてもらい、しばらくは整形外科通いを続けていた。整形外科では磁気《じき》を流したり、光を当てて手を温める治療をしていたようだがあまり効果はなく、足がふらつくなどの不調も出てきたため、大学病院で精密検査を受けることになった。

「お父さんの病気がなにか、わかったんだ」

ある日、病院から帰ってきた父が、家族がそろった夕食の場で自分の病名を伝えた。

筋萎縮性側索硬化症——ALSという病名を、彩子はその時初めて知った。

神経の難病だそうだ、と口にした父の顔は苦渋《くじゅう》に満ちたというよりどこかほっとしていて、でもそれはようやく診断がついたことへの安堵《あんど》であり、そしてまだその時は病気の怖ろしさを知らないことからくる余裕だったのだといまは思う。

ALSは筋肉が徐々に痩《や》せ、力を失っていく病気で、日本には約一万人の患者がいるといわれている。筋肉そのものの病気ではなく、運動をつかさどる神経に障害が起こり、本来ならば脳から筋肉に伝わる運動指令がうまくいかず、手足はもちろん喉《のど》や舌といった呼吸をつかさどる筋肉まで衰えていくといった病気だった。

そして父が病気を発症してから六年が経過した頃、

「彩ちゃん、おれ、高校卒業したら家出るわ」

幸人からそんな話を切り出された。彼が高校三年生の時だった。

当時の彩子は医大生で、都内でひとり暮らしをしていた。医師を目指したのは、父の病気を治したかったから。医師になったところで難病を治せる力など持てるはずもないのだけれど、医学部を目指した時は、自分が医学を学べば事態は好転すると思い込んでいた。

「わかった。幸人がそうしたいならすればいいよ」

「……ごめんな」

「謝ることなんてないよ。誰に遠慮することもない」

父がALSを発症した時、彩子は高校生だったが幸人はまだ小学六年生で、状況を受け入れるのが難しいように思えた。幼い幸人にとって父は強い存在のままだったので、弱り衰《おとろ》えていく姿を直視できなかったのだろう。実際、幸人は病状が悪化していく父と関わりを持とうとせず、顔を見ることも話をすることも避けていた。高校を卒業してからは自動車メーカーに就職し、すぐに家を出て、盆《ぼん》や正月ですらほとんど帰省しなかった。

いま思えば医師を目指すことで父の病気と向き合った彩子とは違い、幸人は大きすぎる悲しみを外に出せず、身動きがとれなくなっていたのかもしれない。そんな弟を「冷たい長男」だと嘆《なげ》く親戚もいた。けれど彩子には幸人を非難する気持ちは微塵《みじん》もなかった。きっと母も同じだったと思う。父にしても、病気になってしまったことを謝りたかったはずだ。

病気は発症から二十年近くかけて徐々に進行し、昨年の秋、父は六十二歳の生涯を終えた。

「おれ、大学受験することにした。実はすでに受験勉強は始めてる」

幸人がそう口にしたのは葬式会場に併設する和室で、家族だけで通夜《つや》ぶるまいの寿司を食べている時だった。

幸人の前には母と彩子が座っていたが、彼の視線はその場に持ってきていた遺影にあり、弟が父に向かって話しているのだとわかった。

「なに、どうしたの急に大学なんて」

母は目を丸くして驚き、その隣で彩子は黙っていた。幸人はなんでも自分で決めて、ひとりで行動に移す。弟が家族になにかを相談するなどということはない。彼をそんな性格にしてしまったのは家庭の環境なのだろうけれど、たぶん母はそのことに気づいていない。

「彩ちゃんは病気を治したくて医者になったろ？　おれはちょっと違って、たとえ病気になっても、年を取って体が不自由になっても、それでも普通にやっていけるっていう世の中を準備したいと思ってる」

自分たち家族は父が病気になったことで、暮らしが一変した。父の介護が生活の中心になり、ある時期の自分は、家族みんなの人生が不幸に転じたと悲しかった。いちばん辛かったのは介護をする母を見ていることで、だったら手伝えばいいのだけれどできなかった。

幸人は葬式の場で初めて、これまでの思いを母と彩子に打ち明けた。

「実はさ、彩ちゃんが投資してる介護ロボットの研究と開発、おれもやってみようかと思って」

高校を卒業してから、自分なりに懸命に働いてきた。この十年間の貯金で、県内の国立大学の工学部で勉強する。そして将来は実用性のある介護ロボットを作り、国内だけではなく海外にも販売する。

もしかすると、自分もお父さんと同じ病気になるかもしれない——。

ALS患者のおよそ一割が遺伝だと知ってからは、人生の半分以上そのことばかり考えていた、と幸人は小さな声で打ち明けた。だからその不安を少しでも解消できる仕事に就きたくなったのだ、とも。もしも、万が一、父と同じ苦難が自分に降りかかったとしても、「大丈夫。

生きていける」と受け止められるように。

箸《はし》を持つ手を止めたまま、母が、

「あなたがそんなことを考えていたなんて、お母さん……全然知らなかった。……ごめんね……不安だったでしょう？」

と両方の目からぽろぽろと涙を零《こぼ》した。お父さんを看取《みと》った時と同じくらい、悲しそうに泣いていた。

「おれのほうこそ、お父さんの世話を全然してなくて……」

「いいのよ、いいの……。あなたはそんなこと気にしなくていいの。でも……怖かったでしょう？　ずっと不安に思ってたなんて、お母さん、幸人の気持ちに気づいてあげられなかったね。本当に……ごめんね」

母が中腰になって両手を伸ばし、幸人の両肩をつかむ。本当は抱きしめたかったのだろう。でも弟はもう十二歳の子どもではない。母の涙が、ぽたりとテーブルに落ちた。

「お母さん、おれは大丈夫だよ。お父さんのおかげでずいぶん強くなった。大学には絶対に受かる」

迷いなく告げる弟に、彩子は「幸人ならできるよ、頑張れ」と笑いかけた。しんみりとした通夜の席で語られた弟の夢を、彩子は一瞬にして信じた。幸人はいつかきっと夢を実現させる。そう思うことができたのは、自分たち家族が介護の苦しみを知っているからだ。

幸人が夢を語っている時間は、葬式という悲しい儀式の最中に訪れたとても幸せなひと時だった。けれど、父が生きている間に、幸人のいまの思いを伝えていたらと残念に思った。

「彩子、いまご飯食べる？」

階下から母の声が聞こえてきて、はっと現実に戻る。過去は時々とてつもない生々しさで現実に現れる。

餃子をいっきに焼いてしまいたいのだろうと思い、「うん、食べる」と返し、ホッキョクグマのイラストが印刷されたTシャツとハーフパンツに着替え彩子は下に降りていった。

「今日は忙しくなかったのね？」

フライパンに小麦粉を溶かした水を注《そそ》ぎ入れ、母が餃子を蒸《む》していた。水が油に跳ねる音と、ほんのり甘い匂いのする蒸気が食欲をそそる。

「そうだね。比較的落ち着いてた」

「よかったわ。夜中にしょっちゅう呼び出されてるんだから、仕事がない時くらい早く帰らせてもらいなさい。でもお医者さんってつくづく大変な仕事よね、働きすぎだわ」

少し前の母なら、こうした嘆きの後に必ず「それで彩子、婚活はしてるの？」と続くのだが、いまはこれ以上なにも言ってこない。幸人が十一年ぶりに実家に戻ってきたのがよほど嬉しいようで、再び訪れた家族の穏やかな時間を大切にしているのが伝わってくる。

「早く帰れる時くらい、男と飯でも食ってきなよ」

母が言わないからか、幸人が代わりに嫌なところを突いてくる。

「男？　男って誰」

「日高《ひだか》さんとか？」

「ないない。仕事相手とプライベートでご飯なんて食べたくない」

「だったら職場の人は？」

「それもないね。私が職場でなんて呼ばれてるか教えてあげようか、サイコだよ、サイコ」

「彩子の音読み？」

「ううん。確かめたわけじゃないけれど、サイコパスのサイコだと思う。私、職場では空気読まないキャラだから。介護施設って精神的にも肉体的にもきつい職場なんだよ。毎日とてつもないストレスがかかるの。だから憎まれ役がひとりいたほうがいいんだよ」

「彩ちゃんがその役やってんの？」

「率直な意見を述べて、引かれてるだけ。でもね、不平不満の矢印が私に向いてていいと思うんだ。上司に向いてしまうと職員は辞めたくなるでしょ」

職場の人とは距離を置く。森あかりに再就職する際にそう決めた。以前の病院で味わった、ある日を境に自分の周りから人が遠ざかっていく絶望を思えば、最初から他人に期待しないほうがいい。

「じゃあ職場で気楽に話せる人がいないってこと？」

「いないね。ああ、ひとり……いるかな」

溝内の顔が頭に浮かんだ。どうしてか彼にだけは自分から話しかけてしまう。

「男？」

「うん」

「独身？」

「たぶん」

「だったら飯食いに行こうって誘えばいいじゃん」

「まさか。食事に誘ったりなんかしようものなら相手が凍りつくよ。はい、この話は終わりね」

いただきます、と手を合わせた後、焼きたての餃子に箸を伸ばした。羽根付き餃子がいい具合の焼き色になっている。

「そっちは？　大学はどうなの、友達できた？」

目の前で幸人がものすごい勢いで餃子を口に運んでいた。いったい何個食べるつもりなのかとその食欲に慄《おのの》く。

「友達？　できてない。まあしょうがない、周りのほとんどが十八歳、浪人してても十九、二十歳くらいなんだし」

「そうだね。そんな若い子が三十前のおじさんに近寄ってくるはずないね」

「いやいや、自分で言うのもなんだけど、おれ、見た目二十代前半だから。他の学生たちにちゃんと溶け込んでる。違和感なし。それに、それなりに話せる同級生は何人かいるよ、プライベートで会うほど親しいやつはいないってだけで」

幸人は今年の四月から県内の国立大学の工学部に入学し、機械工学を学んでいた。

「お腹膨《ふく》れた？　足りなかったらキャベツもひき肉もまだあるから追加作るよ」

空になった大皿を指差し、母が首を傾げる。

「さすがに腹いっぱい。もう食えない」

「彩子は？」

「私も腹パン」

「なにその言葉遣い。三十過ぎた大人が」

「お母さんは？　ちゃんと食べてる？　さっきから取り分けてばっかじゃない」

「食べてるよ。見て、このお腹。最近太ってきちゃって」

父が亡くなってからの数か月間、母は痛々しいほどに塞《ふさ》ぎ込んでいた。父は在宅療養をしていたので急にするべきことがなくなって、空白をどう埋めればいいかわからなくなったのだろう。ぼんやりすることが増え、放っておくと何日も家を出ない日が続き、父の後を追うのではないかと心配になった。

でもこの春には幸人も実家に戻り、母はまた少しずつ元気を取り戻した。そしていまは家族三人での生活を楽しみ、母は新しい人生を生き始めている。


翌朝、いつも通りの時間に出勤すると、事務所ではすでに朝のミーティングが始まっていた。通常より十五分ほど早いのと、スタッフたちの表情が硬いのが気になり、自室に行く前に事務所に顔を出す。

「おはようございます。今日のミーティング、早くないですか？」

彩子が声をかけると、重苦しい空気の中で職員たちがこちらを振り返る。

「葉山先生、おはようございます」

福見が彩子を見て会釈してきた。なんとなくばつの悪そうな顔をしているのは、気のせいだろうか。

「福見さん、私、午前中は倉木さんの居室の片付けに専念してていいんですか」

竹田が福見に確認するのを聞いて、彩子は思わず「片付け？」と声を上げた。

「倉木さんの居室の片付けって、どういうことですか？」

デスクで書類を揃えている福見に訊ねる。

「倉木さんは今後、在宅介護になりました。それでとりあえず、昨日の夕方、病院にお送りしました」

「在宅介護？　いまのこの状態でですか？」

そんな話、いま初めて聞いた。もともと独居で、身寄りのないことを理由に入所してきたのだから、自宅に帰るなど無理ではないか。入所時より自立度も下がっているし、まして脳腫瘍の持病もあるというのに。

「倉木さんの強いご希望なんです。うちの施設では、食事を摂れない人を胃ろうなしで看ることはできない。そうお伝えしたら、家に帰らせてほしいって。昨日から在宅介護の方向でケアマネとも相談しているところです」

この人はなにを言っているのだろう、と彩子は福見の横顔を見つめた。自分が管理する施設以外でなら、利用者になにが起こってもいいと考えているのだろうか。

「いったん施設に戻ってもらって、経過を看ながら今後のことを検討する。それでもいいんじゃないですか？　こんな急に動く必要がありますか」

「病院の医師から経管栄養の提案をされたんですよ。それを倉木さんご自身が強く拒否された。施設に戻ってきたとして、口から食べさせ、誤嚥でもさせたら大変なことになります。なにかあって責任を取るのは、訴えられるのはうちなんです」

倉木さんとの話し合いは済んでますから、と福見が話を断ち切ろうとした時、

「無理に食べさせる必要、あるんですかね？」

背後から声がして振り返ると、事務所の出入口のドア前に溝内が立っているのが見えた。なにか急ぎの業務があったのか、朝のミーティングにはいなかったはずで、手にバケツと雑巾《ぞうきん》を持っている。

「倉木さんて、元気な時はめちゃめちゃ食うじゃないですか。おやつも大好きだし、誰か他の利用者さんが差し入れのお菓子を配ってたら、真っ先にもらいに行って。羊羹《ようかん》とか饅頭《まんじゅう》とかも大好きで、いつも部屋に置いて腹減ったら食えるようにしてるし」

心当たりがあるのか、職員の何人かがふっと笑う。

「それほど食べるの好きな人が『食べたくない』って言うんだから、ほんとにいらないんですよ。無理に食べさせる必要、おれはないと思いますけど？」

溝内の発言に、その場の空気がざわっと波打つ。

「新人のあなたに、なにがわかるの？　さっさと業務に戻って」

福見が呆《あき》れたように口にし、顔を背《そむ》けてパソコンの電源を入れる。

「おれ、別に介護士として言ってるわけじゃないです。ただ、もしおれなら、もう食えないほど衰弱してるのに、無理無理栄養とか流し込まれたらたまんないって思っただけで。まして鼻

から管を通されたり、腹に穴開けてそこから注入されるなんて、恐怖……拷問でしかないです」
「溝内くん、黙って」
頬をぴしゃりと叩《たた》かれるように言い放たれても、溝内は顔色ひとつ変えず福見を見返してい
た。元々こういう性格だったのか、度胸があるのか、溝内はしれっと突っ立っている。だが今
月いっぱいで退職する新人の言葉だからこそ、無視できない妙な説得力があった。
「食欲がないのであれば、食べなくてもいい。私もそう思います」
彩子が続けると、パソコンの画面を睨《にら》んでいた福見が、般若《はんにゃ》の形相《ぎょうそう》で視線をこちらに向け
た。
「そもそも胃ろうの造設は、小児の食道狭窄《きょうさく》に対する応急処置として行われたのが始まりだ
そうです。それをいまは老衰で食べられなくなった高齢者に、栄養を補給する目的で使われて
います。それをおかしいと捉える溝内くんの感性は間違っていないと思います」
口から食べられなくなったら経鼻胃管、あるいは胃ろうを造設して栄養を体内に注入する。
福見にとっては当然のことかもしれないが、溝内の目には恐怖に映ったのだ。彼は本心から
自分はそのような処置をしたくないと思っている。人の最期がどうあるべきかなど誰にもわか
らないし、答えもない。でも本人が望んでいない処置を他人が強《し》いるのは、やはり違う。
「福見さん、倉木さんをうちで受け入れていただけませんか」
彩子は自分が出せる声色の中でもっとも柔らかなものを選び、福見に提案してみた。自分に
しても言い争いをしたいわけではない。
「それはつまり、経管栄養なしで施設に戻すということですか?」

「はい。もしなにも食べたくないのであれば、そのまま静かに看取るのでいいと思います。もちろん本人の意思を確認した上で、ですが」

いつもなら電話のベルや居室からの呼び出しコールの音が鳴りっぱなしの室内が、珍しく静まり返っていた。

「延命至上主義の看取りは、もうやめにしませんか」

静かだが凪《な》いでいるわけではなく、その場にいる人たちの心の声が静寂《せいじゃく》を行き交う。

深夜の森を思わせる沈黙の中、

「私も葉山先生に賛成です」

古瀬が控えめに声を上げた。「胃ろうしてる利用者さんってむちむちして肌もつやつやしてるんですけど、でもなんか苦しそうなんです。過剰な栄養と水分のせいで浮腫《ふしゅ》が起こったり、胸腹水《きょうふくすい》の貯留なんかで病院に搬送された人を、私はこれまで何人も見てきました。唾液《だえき》が多量に出て、吸引を頻繁《ひんぱん》にしなくてはいけなくなった人も……」

古瀬の言葉をきっかけに「動いてもいないのに一四〇〇キロカロリーって多くない?」「見てて苦しそうだよね」「私だったら胃ろうは絶対にしたくない」というこれまで言いたくても飲み込んできた本音が、フロアのあちらこちらから水泡のようにふつふつと生まれてくる。

「寝たきりの高齢者の一日のカロリー摂取量は、体重に二〇キロカロリーを掛け算したもの。基準にのっとってきちんと計算しています。それに経口摂取できない人は経鼻胃管の処置をするか、胃ろうを造設することはルールとして決まっています。みなさん、わかってますか?自力で食事が摂れない人を介護するとなると、私たちの負担は増えますよ。食欲がないからといって、食事をさせないわけにはいかないでしょう？　誰かが三食、介助につかなくてはいけないってこと、それをわかって言ってる？　経管栄養なら決まった時間に栄養を注入するだけですむでしょう」

福見は苛立ちを隠さないまま口にすると、早足で事務所を出ていった。その細い背中を見ていると気の毒にも思え、後味が悪い。自分はこれまでのやり方を非難したいわけではない。でももう転換の時期だと思っている。

延命至上主義の看取りは、誰も幸せにはしない。

自室に戻ると、彩子はデスクの前に座りパソコンの電源を入れた。出勤してきたばかりだというのに、一日の終わりのような疲労感がある。

彩子の父は人工呼吸器は付けたけれど、胃ろうの造設は最期まで拒んだ。自分の口で食べることにこだわり、食べられなくなったら、（食事はもういい）と意思を伝えてきた。

母も彩子も父の思いを尊重し、最後の数日間は一日一粒、飴《あめ》を舐めるだけの日々を送り、蠟《ろう》燭《そく》の火が微風に吸い込まれるような静けさで息を引き取った。

でもそれは在宅療養だったから実現できたのかもしれない。施設では福見の言うようにルールを決めなければ、やっていけないのだろう。

私の発言は、無責任だったのだろうか……。

自分にしても配置医になってまだ五か月ほどしか経っていない。老人介護の在《あ》り方や体制を深く理解しているとはいえないのに、二十年以上の経験を持つ福見に対して失礼なことを言ってしまった。

理想と現実は、違う。

医療現場にいた身としてそれは十分にわかっていたつもりなのに、理想という旗を振りかざし、地道に働いてきた年上の人が築いたものを傷つけてしまった……。

はあ、と深く息を吐き、スマホを取り出してYouTubeの赤いボタンに触れた。日高に教えてもらったラビットパニックの動画を再生し、食い入るように画面を眺める。

パニックがひたすらボケ続け、ラビットがそれにつっ込む。作り込まれたストーリーや絶妙なオチがあるわけではないので、つまらないと思う人はいるだろう。でも観ていると自然と頬が緩み、リラックスできる。ラビットとパニックの人の好さと仲の良い感じが伝わってきて、互いのことを本気でおもしろいと思って笑っていそうなところがほっとできた。

イヤホンもせずにぼんやりと動画を観ていると、ドアをノックする音が聞こえた。

「はい」

慌てて電源を切り、携帯をデスクの引き出しに片付ける。

「福見です。先生、お話があるんですけど、いまお時間よろしいでしょうか」

覚悟を決めたような硬い声がドア越しに聞こえ、彩子は椅子から立ち上がった。「どうぞ」と声をかけると、ドアがゆっくりと開き、青ざめた福見の顔が現れる。

翌日の昼過ぎ、倉木ツルさんが施設に戻ってきた。

到着を待っていた彩子は彼女が帰ってきたという報告を受け、すぐに居室に向かった。

廊下を早足で歩いていると、レクリエーションをしているのか、食堂のほうから歌声が聞こえてきた。スピーカーから流れる伴奏のほうが大きい慎ましやかな合唱ではあるが、みんな懸命に喉を震わせているのが伝わってくる。

おかあさん、なあーに、おかあーさんって、いいにおい――。

「おかあさん」と呼びかける時、八十代、九十代の利用者は自分の母親を思い浮かべるのか、それともわが子を思い出すのか……。そんなことを思いながら、彩子は階段を上がっていく。

昨日、彩子の部屋を訪れた福見は、厚みのあるブルーのファイルを手にしていた。そのファイルには彼女がこれまで経験してきた施設内での事故や、利用者の家族からのクレームなどが大量に綴じられ、最も古い記録の日付は二十年以上前のものだった。

「このファイルを葉山先生に読んでいただきたいと思って持ってきました。施設のものではなく、私個人が記録しているものです」

短時間話し合ったところで自分の考えが伝わるとは思わないから、と福見はさらにつけ加えた。いつもの高圧的な感じではなく、むしろ彩子にすべてを委《ゆだ》ねるような様子だった。

「ベッドからの転落、一人歩きの際の転倒、食事中の誤嚥や異食、火傷《やけど》……。老人相手のケアには事故がつきものです。つきもの、だなんて言い方をしたらまた叱責《しっせき》を受けるんでしょうけれど、一対一、利用者につきっきりで介護しているわけではないんですよ。どうしたって目を離すことはあります。でもその一瞬の出来事が事故に繋がり、そうした場合は介護者が責められます。ケアが不注意だった、管理者の対応の不手際が引き金となった、などと糾弾《きゅうだん》され、時には裁判にかけられます。ここはそういう場所だってことを、葉山先生にも理解してほしいんです」

福見はそう告げた後、「先生、倉木ツルさんを施設に戻す方向で考えましょう」と言ってきた。あれほど拒んでいたのに、と不思議に思い、

「福見さんはそれでいいんですか？」

と彩子は訊ねた。

「スタッフたちが倉木さんを受け入れてもいいと言う以上、私が独断的な態度を取るわけにはいかないでしょう？　あの場面で自分の意見を通したら、信用を失ってしまいますから」

不本意だが、周りのスタッフたちには葉山先生が口にした言葉が響いたようだ、と福見が力なく首を横に振る。

延命至上主義の看取りは、もうやめにしませんか――。

葉山先生のこの言葉は、スタッフたちが薄々感じていた思いに血を通わせてしまった。これまで言われるがままマニュアル通りに動いてきた彼らに、人生の最期の在り方を考えるきっかけを与えた。倉木ツルさんを施設に戻さなければ、自分はおそらく施設長としての信頼を失ってしまうだろうと視線を下げ、福見はブルーのファイルをデスクに置き部屋を出ていった。

昨晩、彩子はほぼ徹夜で、ブルーファイルに目を通した。事務的な文章で、ただ事故の状況やクレームをまとめてあるだけなのに、読み終えた時には胸の奥に重いものが残った。その重さは、介護現場の深刻な事情を憂《うれ》えたものではない。これほど多くの問題に直面しながらも今日まで介護の第一線で働き続けてきた福見に対する敬意だった。

年代は記載してなかったが、介護士が裁判にかけられた記録もあり、その際には利用者の遺

族側が二千数百万円の損害賠償請求額を提示していた。

介護の現場では、なにも起こらないことが当たり前。だがいったん事が起こったら糾弾される。それは医療も同じだけれど、自分たちには盾となってくれる病院という組織があり、立場は守られている。だが介護者には施設が提携している保険会社しか盾はない。施設でなにか問題が生じても医師や看護師が職を失うことは稀《まれ》だが、ファイルに記載された介護士たちはほぼ全員がやる気や自信を削《そ》がれ、職場を去っていた。


「それで、ランドセルを背負うようにしてその機械を装着すると力が何倍にもなるんです。人を抱き起こすのも軽々って感じで」

倉木さんの居室に近づくと中から溝内の声が聞こえてきた。会話ができるほど回復したのかと驚きつつ中を覗くと、溝内がギャッチアップしたのか、背部を三十度ほど起こしたベッドに倉木さんが座っている。

「ロボット介護ねぇ。それって、介護士がロボットのように強くなるってこと?」

「いやー、それはちょっと違いますね。どう言ったらいいんすかね、ぼくがロボット化するんじゃなくて、ロボットが人間の仕事を手伝ってくれる、そんな感じです」

電動の乗り物でフロアを移動する話や、膀胱《ぼうこう》の膨らみを超音波で感知し、排尿のタイミングを教える排尿支援機器について溝内は楽しそうに語っていた。理解しているのかいないのか、倉木さんが丁寧な相づちを打っている。

「トイレで座ったり立ったりするのを助けてくれるロボットもあるんです」

「トイレまで？　それはすごいわね」

「はい、排泄《はいせつ》支援アシストロボットっていうんですけど、それを使えば足腰が弱い人も自力でトイレを使って排泄できます。オムツをしなくてもよくなるんです。人工知能を内蔵したロボットなんかもあって、そういうロボたちはぼくよりよっぽど賢いんで頼りになりますよ」

溝内がそうであるように、若い世代は介護ロボットを好意的に捉えることが多い。将来は自分も使ってみたい。そう屈託なく思えるのは、日高がいつも口にしているように若者にはデジタルとの親和性があるからだろう。彩子にしても、年老いてひとりになったら、いつもそばにいてくれる盲導犬のような介護ロボットがほしい。体の自由がきかなくなった時に介護ロボッがいれば、さぞ勇気が湧《わ》くだろう。

楽しげな二人の会話をもう少し聴いていたかったが、これ以上立ち聞きしているのものびなくて、

「失礼します」

たったいまこの場に現れた感じで二人に声をかけた。

「ああ、葉山先生」

「体調はどうですか？」

彩子が中に入ると、溝内が居心地が悪そうな表情を浮かべて部屋を出ていく。ここにいてもいいのに、と思ったが呼び止めることはしなかった。

「少しぼうっとはしてますけど、悪くないですよ。この部屋は本当に落ち着くから……」

倉木さんが彩子を見て目を細める。見たところ顔色は悪くなく、三国から抗生剤の投与は続

けるよう伝え聞いているが呼吸苦もなさそうだ。

「先生、施設に戻らせていただきありがとうございます」

倉木さんが背もたれに体を預けたまま、頭を下げてくる。部屋のカーテンが全開になっていて、夏の光がベッドにまで届いている。

「施設長と話し合って決めたことです。私だけの判断ではありませんよ」

「でもさっきの介護士さんが言ってたんです。先生が施設で診《み》ると言ってくださったって」

相変わらず微熱が続いていて食欲はないけれど、施設に帰ってきてから気分がいい。そう口にしながら、倉木さんが箪笥の上に並ぶ写真に目を向ける。彼女の推しは、今日も艶《あで》やかな笑顔を見せている。二十代から現在の五十代までの写真が並んでいるが、いまがいちばんきれいだ。

「先生、病院は寂《さび》しいんですよ」

「寂しい、ですか」

「そう。知らない人ばかりだから楽しくないんです。手芸もできないし」

スタッフたちが主導して行うレクリエーションでは、外部から講師を招いて手芸や工作をすることもある。そういえば春には花籠《はなかご》を作り、利用者のひとりが彩子にプレゼントしてくれた。花籠にはやっぱり利用者からもらった飴などのお菓子を入れている。

「倉木さんは、施設での生活を気に入っておられるのですね？」

「もちろんです。あのね先生、私くらいの年になると、頭も体も思うようにならないんです。不自由な体で、暗い森の中を歩いているようなものです」

「森、ですか……」

「そう、森です。木が鬱蒼《うっそう》と生《お》い茂《しげ》る森を歩いているんです。昼間でも日が当たらず、夜になると暗くて前が見えなくて、そんなところをふらふらと死ぬまで歩いている感じなんです」

倉木さんの話を聴きながら、彩子は父と一緒に一度だけ行ったことがある樹海を思い出していた。富士山北西部の麓《ふもと》に広がる青木ケ原《あおきがはら》。自殺の名所として知られる場所だ。彩子が医大生だった頃、「連れていってくれないか」と父に懇願《こんがん》され、複雑な思いで車椅子を押して訪れた。

あの時、父がなにを思っていたかはわからない。死を感じたかったのか、あるいは死を怖れたかったのか。

父は樹海を数十分ほど歩いただけで、「もういい。帰ろう」と言ってきた。彩子も樹木の呼吸に吸い込まれそうな気配を感じていたので、二人ですぐさま立ち去った。樹木から伸びる何本もの手が彩子や父の体に絡《から》みついてくるような気がして、最後は車椅子を押しながら小走りになっていた。

「暗い森を歩くのは、辛いでしょうね」

倉木さんの目を見つめ、彩子は訊ねた。

「そうですねぇ。もう十分生きたから、そう辛くはないですよ。ただ、寂しいのは寂しいです。でもね、そうやってふらふらって歩いていると、時々チカッチカッて光が見えるんです」

「光？」

「はい。蛍《ほたる》のような淡《あわ》い光じゃなくて、灯台《とうだい》の光線ような目が覚めるほど強い光です。その光の正体、先生はわかりますか？」

そう問いかけてくる倉木さんは、まるで少女のようだった。どんな人でも病気を患《わずら》うと、儚《はかな》く透き通っていくのだが、倉木さんは瞳まで少女のように澄《す》んで見える。

「なんだろう……。なんですか？」

十分な時間、考えたのだけれど答えは出てこなかった。木が鬱蒼と生い茂る深い森から、光が見えることとなんてあるのだろうか。

いまの倉木さんに、希望なんて……ある？

「正解は、施設で働くあなたたちですよ。若い人が仕事を頑張っていて、とても忙しそうで、でもなにもできなくなった自分には眩《まぶ》しく見えるんです。もちろん葉山先生も」

「それは……ありがたいです」

すっと前に伸ばされた倉木さんの手を、彩子はそっと握った。発熱のせいか自分のよりずっと温かい。八十五年間生き抜いてきた、手。

「実は私がこちらの施設に入所を決めた理由は、森あかりという名前なんですよ。森にあかりがあったら安心でしょう」

「たしかに施設の名前にしては凝《こ》ってますね」

「先生は名前をつけた方、ご存知かしら。どなただと思いますか？」

「知りません。だって私、今年の四月にここへ来たばかりなんで。え、もしかして私の知ってる人ですか？　……福見さん？」

そんなに昔からここにいる職員なんて、福見しかいない。

「そうですよ。ご本人から直接聞いたから間違いありません。昔、施設に大変なことが起こって、それを機に施設名が変わったそうなんです。その新しい施設名を提案したのが福見さんだそうですよ」

「へえ……そうだったんですね」

福見はどんな思いでこの名前を考えたのだろう。ここで働く自分たちが、森歩きの支えになれるように……そんな思いを持って名づけたような気がした。穏やかに微笑《ほほえ》む倉木さんを見ていると、どうしてか父の顔が思い出された。あの日父は樹海の中で、光を見つけることができたのだろうか。

自室に戻って書類の作成をしていると、

「葉山先生」

ドアをノックする音と同時に、福見の声が聞こえてきた。考えごとをしていたせいか、いまのいままで足音に気づかなかった。

「ちょっといいですか。お話があるんですが」

彩子が返事をする前にゆっくりとドアが開き、福見が顔を覗かせる。両目が吊り上がっているように見えるのは気のせいだろうか。

やけに神妙な顔をしているので倉木さんのことかと思い、「倉木さんになにかありましたか?」と訊いてみたが、「違います」と即座に否定される。

「悪いんですけど、ちょっと来ていただけませんか」

福見に手招きされ、彩子は椅子から立ち上がり、ドアのほうへと歩いていく。自室を出て福見の後ろについて歩くと、人に見られるのを避けるかのように、彼女は首を巡らせ周囲を窺っていた。

「どうぞこちらへ」

事務所に行くのかと思ったら、福見は面談室へと入っていった。誰もいない部屋のテーブルにノートパソコンが置かれ、電源を入れた状態で暗転している。

「座ってください」

勧められるまま椅子に腰を下ろすと、福見も隣に椅子を寄せてきた。テーブルの前に二人で並び、いったいなにが始まるのかと彩子は身構える。

「葉山先生、この映像を観てもらえますか」

右手でマウスをくるくると操作し、福見が動画を再生する。不鮮明な暗い画面の右から左へ、人影が横切る映像だった。

「防犯カメラの映像です」

わずか数秒のそのシーンを観終えると、福見が深刻な口調で告げてくる。

「これは？　どこに設置された防犯カメラですか？」

「職員の更衣室の前です。更衣室前の廊下に設置された防犯カメラです」

そんな場所にも防犯カメラがあったのか……。個室を与えられている彩子は通ることのない、三階の端にある部屋らしい。もちろん中に入ったこともない。

「お恥ずかしいことですが、何年か前に職員の更衣室で盗難が相次いだことがあったんですよ。男子ロッカー、女子ロッカー両方ともで。職員にはロッカーの鍵をかけるよう再三言い渡していんですが、忘れる人も多くて。それで防犯カメラを設置したんです」

訊ねたわけでもないのに、福見が言いにくそうに説明してくれる。本当は言いたくなかったのだろう。まるで自分が罪を犯したかのように福見は話すが、彩子が勤めていた病院でも職員の盗難は時々あったのでそこまで恥じ入ることではない。自分の行為は盗難ではなく拝借だと考える身勝手な人間は、一定数いるのだから。

「それで、いま映像に映っていた人影はなんですか？　また盗難事件があったのですか？」

福見が映像を観せた理由が見つからず、首を傾げた。盗難事件が再び起こったのだろうか。

「実は先生、いまお観せした映像は、浜本さんの鼻カニューレのチューブが切断された日のものです。確認するのが最近になってしまったのは、私の思い込みからくる失態です。浜本さんの一件があった夜勤帯には、正面玄関の防犯カメラにはなにも映ってなかった。つまり外部からの人の出入りはなかったんです。だから私は、その日浜本さんを担当していた職員が実行したのだと確信していました」

「そうですね。福見さんは、最初から溝内さんを疑っていましたよね。疑うというか、ほぼ断定してたような」

チューブの異常が発見された日、浜本さんの部屋がある二階のフロアは溝内ひとりが担当していた。それだけで福見は、溝内を犯人だと決めつけていた。

「私は、この仕事に就いたばかりの溝内くんが、ストレスのはけ口を浜本さんに向けたのかと考えていました。これもお話しづらいことですが、こうした施設では稀にあるんです……なんというか、日々の鬱屈《うっくつ》を利用者にぶつけるというか」

「彼はそういうタイプじゃないように思いますけど?」

「人は見かけによりませんよ。一見おとなしく見えても残忍なことをする人間はいますから。でもその溝内くんから新たな情報が提供されたんです」

「新たな情報?」

「夜勤の最中に、廊下を歩く人影を見たと言ってきたんです。ずっと忘れていたけどいまになって思い出しました、って数日前に言いに来て」

それで事件があった日の防犯カメラをもう一度最初から見直したのだ、と福見が再びマウスを操作する。そしてまた同じ動画を再生した。

「溝内くんには申し訳ないことをしてしまいました。鼻カニューレのチューブを切断したのは、彼ではありません」

福見が硬い声で懺悔《ざんげ》する。

「どういうことですか。じゃあ、いま観た映像の人影がそうだと? でも職員が更衣室前の防犯カメラに映り込むのは自然じゃないですか?」

また安直な決めつけではないか、と彩子は福見の緊張に満ちた顔を凝視《ぎょうし》した。浜本さんが属するユニットを担当していたのは溝内だったが、他のユニットを担当している夜勤帯の介護士もいたはずだ。彼らが更衣室の前の防犯カメラに映り込むのは、なんら不自然ではない。

「職員ならね」

「え……どういうこと? この人影……職員じゃないんですか? でも外部からの侵入者はなかったんですよね? おかしくないですか」

「だから……だから、葉山先生に映像を観てもらおうと思ったんです。私も……私ひとりでは……確信が持てなくて」

福見の顔から色が失せていくのを横目で見ながら、彩子は手を伸ばしてマウスをつかんだ。防犯カメラの映像を巻き戻し、再び同じ場面を再生する。

一回、二回、三回――。

何度か繰り返し再生すると、不鮮明な暗い画面に目が慣れてきて、人影の輪郭《りんかく》がくっきりとした像になってくる。

「この人……職員じゃない」

思わず呟いていた。

今年の四月に着任したとはいえ、すでに五か月近くこの施設で働いているのだ。介護士も看護師も事務員も守衛も、ここの職員たちとは全員顔を合わせている。人の顔や名前を覚えるのは得意なほうだし、ミーティングの時には至近距離で話もしていた。だから防犯カメラに映った人影が職員のものであれば確実に判別できる。

でも映像に映っている人影は、施設の職員ではない。

だとしたら外部からの侵入者？　いや、あの日外部からの侵入者がなかったことは、正面玄関に取り付けられた防犯カメラによって証明されているのでは……。

「福見さん、この映像に映っている人は誰ですか」

福見はすでに映像の中の人影の正体がわかっているのだろう。彼女はどこにも目の焦点《しょうてん》が合っていない沈鬱《ちんうつ》な面持ちで画面を見つめている。

「私も初めは……映像の人影に心当たりはなかったんです。でも繰り返し再生しているうちに……」

チューブを切断した犯人をどうして溝内星矢《せいや》だと決めつけてしまったのか、と福見が両手で顔を覆《おお》う。彼がその日の夜勤だったから、不慣れな新人だったから、てっきり犯人だと思い込んでしまった。施設の利用者は八十歳を超える老人ばかりで、人に危害を加える理由などない、と自分の中で彼を犯人に仕立て上げてしまった。

だが利用者の中には五十代の男がいることを、自分たちは忘れていた。なぜならその人物は常に車椅子に乗っているから――。

「取手《とりで》……さん？」

鼓動が速くなるのを感じながらその名を口にすると、福見がこくりと頷いた。彩子はマウスを動かして再び防犯カメラの映像を巻き戻し、同じ場面を再生する。

今度は彩子にもはっきりとわかった。

間違いない。廊下を横切る男は、取手さんだった。

「取手さん、どうして……歩けるのに歩けないないふりをしていたんですか？　それになぜ……浜本さんの？」

福見が知る由《よし》もないことはわかっている。でも口にせずにはいられない。

正面玄関以外にいくつ防犯カメラが取り付けられているか、彩子は知らない。だが福見は何十時間かを費やし、事件当日の録画すべてをたったひとりで検証していたのだ。その執念がいまこうして真犯人にたどり着いたことに、彩子はある種の感動を覚えた。施設長としての責任感が取手さんが映り込んだ数秒を見つけ、この先も起こったかもしれない惨事を防いだ。

――廊下の先で、人の影が動いた気がして……。

溝内はたしかそんなふうに言っていたそうだ。その証言が真実だったことがわかる。溝内が人の影を見た時刻と、防犯カメラの録画に人が映っていた時刻が一致しているので、彼が目にしたのは取手さんと考えて間違いないだろう。廊下の先から階段に向かう扉を抜けて、三階の職員更衣室の前を横切ったのだ。

「葉山先生……私、私はどうしたらいいんでしょうか」

福見が両手をだらりと下ろし、青ざめた顔で呟いた。

「少し……考えさせてください」

そう彩子は返し、のろのろと椅子から立ち上がる。そしてゆっくりとした足取りで面談室を出て、自室に戻った。

電気を点けず、薄暗い部屋の中で、彩子は六年前のことを思い出していた。

事件があった、以前の職場での一日を、流れを追って頭の中に呼び戻す。


あの日彩子は仕事を終え、職員専用の出入口を出て駐車場に向かう途中で空を見上げていた。澄みきった冬の夜空に、半月が白い光を放っていた。

明日晴れたら父を車に乗せて、母と三人で遠出をしてみようか。美術館のように静かな場所か、あるいは緑あふれる郊外までドライブでも……。

その頃の父はもう自分で動くことはできず、呼吸器を付けて暮らしていた。ただ眼球だけは動かせたので、文字盤を使って意思の疎通は可能だった。

翌日の休日の予定を考えながら駐車場を横切ろうとした、その時だった。妙な違和感を覚えて、彩子は足を止めた。誰かに呼び止められたような気がしたのだ。でも実際に声が聞こえたわけではない。

違和感の正体がつかめないまま、なんとなく気になって夜間照明に浮かぶ無機質なコンクリートの建物に目を向けると、二階の右端の部屋に灯りが見えた。

部屋はついさっきまで彩子が訪室していた、父と同じ疾患を持つ六十代の男性患者の部屋だった。その男性は最後の望みを懸けて治験を受けたが病状の進行を止めることはできず、いまは呼吸器を付け経管栄養で生かされている状態だった。

たしか消灯して帰ったはずなのに……。

夜の十時を回っているので、誰かが面会に訪れているわけではないだろう。

まさか、急変――。

いったん気になるとそのまま見過ごすことができず、彩子は踵を返して建物の出入口まで戻っていった。妙な胸騒ぎがして、いつしか小走りで階段を駆け上がっていた。男性患者は自分の力では指一本動かせない。つまり患者が灯りを点けることはない。だとしたら、誰かが訪室していることになる。でもこんな時間に、いったい誰が？　看護師の巡回ならペンライトを使うはずだし……。

廊下を走って部屋の前まで来ると、中に人がいる気配を感じた。

そっとドアを開け、部屋の中を覗く。嫌な予感はいつも当たる。子どもの頃からそうだった。嫌な予感が外れたためしなど一度もない。

部屋にいたのは、当時彩子が師事していた脳神経内科教室の佐藤《さとう》教授だった。

「佐藤先生……そこでなにをされているんですか」

教授に小声で問いかけながら、彩子はベッド上の患者に視線を向けた。

「あの、先生……人工呼吸器が外れてますけど?」

さっき状態を確認しに来た時はしっかりと装着されていたはずの患者の気管カニューレが、喉から抜かれていた。このまま放置していたらすぐに呼吸困難に陥ってしまう。

「先生、人工呼吸器が外れてますっ」

なにも答えず放心しているかのような佐藤教授の横を通り過ぎ、ベッドに歩み寄った。病気の進行が進み、もはや手足を動かせず、声も出せない患者が、苦しそうに顔を歪めている。

「先生、聞こえてますかっ。酸素を投与しないと危険ですっ」

思わず声を張ると、

「本人は、延命治療はしてほしくないと言っていた」

ようやく教授の目に力が戻り、平坦な声で返してくる。

「でも勝手に人工呼吸器を外すなんてっ。こんなことしたら大変なことになりますっ」

すぐにでも気管カニューレを再度挿入し、人工呼吸器を繋がなくてはいけない。このままでは患者の命が危ない、すぐに処置をし直さなくてはとナースコールを押そうとした彩子の手を、教授がつかんだ。

「頼まれたんだよ」

「え？」

「延命治療はしないでくれ。そう頼まれていたんだ。やっと今日、実行する決意をしたんだ……」

教授は眉ひとつ動かさず、色を失っていく患者の顔に視線を置いていた。教授が口にした通り、患者は以前からことあるごとに「延命治療はしたくない」と口にしていた。自分でなにひとつできなくなって無理やり生かされたところで苦痛しかない、早く死なせてほしい、と。

でも、だからといって……。

医師なら自分の判断で延命治療を断つことが許されるのか？

いや、そんなことは許されない。

たとえ本人の希望であったとしても、それは自殺ほう助という罪に値《あたい》する。頭が混乱していて正解がわからない。そうこうしているうちにも患者の顔が青黒くなっていく。

「はいっ？」

教授の口が微かに動き、でも聞き取ることができず、大きな声が出てしまった。

「あとは任せた」

石像のごとく直立不動だった教授が、部屋を出ていこうとした。

「先生、いまこの部屋で見たことは報告します」

たとえ口止めされたとしても、黙っているわけにはいかない。医師が患者の命綱でもある呼吸器を自らの手で外したのだ。教授と患者の間に約束が交わされていたとしても、見過ごしていい行為ではない。

教授はそのままなにも言葉を発さないまま、部屋を出ていった。彩子はすぐさまナースコールを押した。

『どうしましたか』

明らかに怪訝《けげん》そうな声が、スピーカーから流れてくる。指一本すら動かせない患者からのナースコールだ。つい数十分前の自分と同じで、なにが起こったのかと身構えているのだろう。

「葉山です。患者の気管カニューレが逸脱しています。再挿入しますので、すぐに準備してください。急いでっ」

覚悟を決めてスピーカー越しにそう答えると、一分もしないうちにナースが物品を手に駆けつけてきた。

だが結局、患者は命を落とした。

彩子は佐藤教授の行為をすべて自分がやったことにして、罪を被った。院内の事故調査委員会にかけられ、状況の説明を求められた時は、佐藤教授が口にしていたのと同じ、「患者に頼まれていた」と答えた。

そしてその後、殺人容疑で書類送検され、病院にも大勢のマスコミが押し寄せた。結局は嫌疑不十分として不起訴になったのだが、病院には居づらくなった。もしかすると教授に近い人間の中には真実を知っている者もいたのかもしれないが、彩子の無罪を信じる者は一人もいなかった。佐藤教授ですらも孤立する彩子を庇《かば》ってはくれなかった。これまで親しくしていた同僚たちから距離を置かれ、患者からは担当を外してくれと言われ、看護師たちも一緒に働きたくないと集団で上司に訴えた。そしてネットの中では、長雨が降り続けるかのように不特定多数の人たちからの嫌がらせが続いた。

だが彩子は、最後まで事件の真相を話さなかった。

停職処分を受け、精神鑑定まで受けさせられたが黙秘を貫いた。彩子が罪を被った理由はひとつ。脳神経内科学の第一人者である佐藤教授に、治療薬の研究を続けてほしかったからだ。

でもいまは、どうして真実を話さなかったのかと後悔している。佐藤教授と患者との間に、どのようなやりとりがあったのか。なぜ行為に至る気持ちになったのか。本人の口から語らせるべきだった。いや、自分が起訴され裁判にかけられてでも、この事件の根本にある問題を世に問うべきだったのだ。

事件は不起訴になったけれど、黒が白になったわけではない。

黒が闇に沈んだだけで、その黒はいまも消えずに社会の底に潜《ひそ》んでいる。


三十分後、彩子は施設内のピッチを使って福見に電話をかけ、いまから取手さんの居室に向かうと告げた。すると先回りしていた福見が居室の前に立っていて、「私が先に話してもいいですか?」と言ってきた。彩子は「もちろんです」と頷く。

「取手さん、ちょっとお話いいですか」

ノートパソコンを手に取手の部屋のドアをノックする福見の後ろを、彩子はついていった。

取手さんは車椅子に座った状態で居室に設置されたテレビを観ていた。突然声をかけられたことに目を丸くして驚き、その後すぐに不機嫌に顔をしかめる。

「この映像を観ていただけますか」

パソコンの画面に映像が映し出されると、不機嫌を貼り付けていた取手さんの顔から色が消えた。

「この映像は、取手さんですよね？　本当は歩けるんですか？　歩けないふりをして車椅子を使っている理由はなぜですか？」

矢のように放たれる福見の質問を前に、取手さんは黙っていた。一言も話すまい。そんな頑《かたく》なな拒絶が伝わってくる。

重苦しい沈黙が居室に流れ、福見が何度も繰り返し深いため息をついた。カーテンが開け放たれた部屋には窓から日の光が差し込んでいた。それなのに暗くて狭い穴に閉じ込められたような気詰まりが漂っている。互いの呼吸音だけが微かに聞こえる。

「取手さん、私の父はあなたと同じ病気でした」

取手さんも福見も黙り込んでしまったので、彩子は父の話をした。父は四十五歳の年に発症した。自分が高校一年生の時だった。父は自宅で闘病を続けていたが母に介護をさせることを気に病み、本人は最期まで施設に入りたがっていた。

「うちは母の一存で自宅で介護をしていたんですが、それが本人にとって最善だったのかはわかりません。自宅で過ごせたことは幸せだったかもしれませんが、家族に自分の世話をさせているという現実は、父を苦しめていたかもしれません。取手さんが病状を重く申告して介護度を上げた理由が、私にはわかる気がします。ご家族に迷惑をかけたくなかったんじゃないですか」

彩子が口にすると、取手さんは唇を結んだまま下を向いた。

「歩けるのに歩かないなんて……もったいない」

責めるのではなく嘆くように呟き、福見がまたため息を漏らす。

歩かなければ筋力の低下が進行する。歩けないふりをしているうちに、本当に歩くことができなくなってしまう。そんな簡単なことを取手さんが知らないはずもない。でも、それでも家族に迷惑をかけたくないと、施設への入所を希望した彼の気持ちが福見にもわかっているのだろう。虚偽《きょぎ》の申請をしたことへの非難は、口にしなかった。

「浜本さんの呼吸器のチューブを切ったのは、取手さんですか？」

福見の再びの問いかけに、叱られた小学生のように取手さんが両肩をすくめた。目の前にいる取手さんに、普段の横柄でわがままでひねくれた姿はない。あれも、また本心を隠すための虚勢だったのだろうか。

「なにか事情があったんじゃないですか？　私は取手さんが理由もなく他人を傷つけるような人だとは思っていませんよ」

福見の言葉はただの慰めではなく、彼女が本気でそう信じているように彩子には思えた。膝の上に置かれた取手さんの両手が小刻みに震える。いつもの意地悪さではなく悲しげに、顔が歪んでいく。

「おれ……浜本さんと約束してて」

躊躇《ためら》いがちに、でもはっきりと取手さんが口にする。

「約束？　どういうことですか」

「もし自分が動けなくなって、話すこともできなくなったら息の根を止めてほしいって言われてて……。報酬っていうか前金ももらってたから……だから、しゃーなしに……」

途切れ途切れに発された彼の言葉を繋げると、浜本さんは、取手さんが自由に手足を動かせることを知っていたのだという。浜本さんが取手さんの居室に間違って入ってきたことがあり、その時にばれてしまった。

「いきなりドア開けられたんで、取り繕《つくろ》う間もなかったよ。おれ、ちょうどそん時、車椅子から立ち上がってラジオ体操してててよぉ……。介護度を上げて施設に入りたかったんだって説明したら、浜本さん、えらく同情してくれて……」

その時に頼まれたのだと取手さんが話す。もし自分がこの先さらに衰弱し、自分で自分のことがわからなくなったら、なにひとつ自分の意思で決められなくなったら、その時はどうにかして息の根を止めてほしい。そんな約束をさせられた。「階段から突き落としてでも、頭からビニール袋を被せていただいても結構です」。手足に力が入らず、歩くこともできないと思われている取手さんなら、絶対に疑われることはないでしょうから、と。

「それで、その通り実行したと？」

福見がこの世の絶望をすべてかき集めたような重くて暗い声を出す。

「ああ……。約束したからな」

喉に管を通されて酸素を送られたり、腹に開けた穴から無理やり食べ物を入れられてまで、生きたくない。でもそうなる時にはきっと、自分の思いを伝えることはできないだろう。「だからお願いします」と浜本さんは取手さんの手をつかみ、目に涙を浮かべて頼んできたという。

「そんな口約束を実行するだなんて……。未遂で終わったからよかったものの、浜本さんに万が一のことがあれば、取手さん、あなた、犯罪者ですよっ。わかってるんですかっ」

初めは冷静だったのに、話しているうちに福見がしだいに昂《たかぶ》っていく。怒りなのか悲しみなのか悔しさなのか、その両目いっぱいに涙を溜めている。

激高する福見の前で、「……もうどうでもいいんだよ、おれは」と取手さんがまた顔を歪めた。親や先生にこっぴどく叱られて、泣き出す寸前の子どものような顔をしていた。

「警察にでもどこにでも行くさ。おれも浜本さんと同じで、誰かの世話になって生き延びるより早く死にてぇんだ。毎日毎日そう思ってんだからよぉ……」

暗鬱《あんうつ》とした表情の福見の横顔に目を向けたまま、彩子は結局ひと言も話さなかった。いま自分は、きれいごとではすまない生の終わりを見ている、すぐ目の前にある死と向き合っているのだと感じる。

「先生……葉山先生……、私は……どうすればいいんでしょうか」

福見が打ちひしがれたような表情で彩子を振り返る。なにか言わなくてはと思い、懸命に言葉を考えている間に福見は「う……」と喉を詰まらせ、堪《こら》えていた涙を溢れさせた。


鼻カニューレを切断したのが取手さんだと発覚してから三日後、福見は浜本さんの家族に事実を打ち明ける場を持った。その場に呼ばれたのは彩子だけで、それ以外の職員にはまだ黙っているようにと福見から言われていた。他の職員に事実を伏せたまま先に家族に話したのは、取手さんの処遇をどうするか福見自身が迷っているからだろう。

「わかりました。事情は把握できました」

話し合いには浜本さんの長男、洋平《ようへい》さんとその妻の美佐江《みさえ》さん、そして福岡で暮らしているという長女が参加した。福見とは事前に打ち合わせをし、家族には取手さんの名前は伝えずにおこうと決めた。

「なんね、この施設は。私は他の施設連れていきたいっちゃ。こんな場所に置いといて、お父ちゃんを死なすわけにはいかんからね」

事情をすべて話し終えると、長女は施設の体制がなっていないと憤った。

「でもおれは、いま話を聞いた通り、親父が頼んだんだと思うよ。気管切開までして生きるくらいなら死んだほうがまし……それが親父の本心なんじゃないか」

長男がテーブルの上に置かれた卓上カレンダーをめくりながら、長女を説き伏せるように話す。その卓上カレンダーは溝内が浜本さんの部屋で見つけ、古瀬が預かっていたらしい。古瀬から福見に手渡され、彩子は今日初めて目にしたのだが、日付けが印刷されたカレンダーの裏の白紙に遺書とも思えるような言葉が綴《つづ》ってあった。

延命治療の必要はありません
なにもせず
そのまま、逝《い》かせてください

おいしいごはん
あたたかいおふろ

毎日大切　毎日感謝

これまで懸命に生きてきた
最後まで
私は私でありたい

施設のみなさんにお世話され、ありがたい
でも申し訳ない
できるだけ早くあちらへいって
みなさんを解放したい

「父は国語の教師だったんです。だから文章を書くのが好きで、十年前に母が亡くなってからは本心を話せる相手がいなくなったからか、いつも自分の想いを文章にして残していました……。私はこのままこちらの施設に置いてもらいたいと思います」

そう口にしながら洋平さんが声を震わせる。まだ元気で、ひとりでなんでもできていた父親の姿を思い出したのかもしれない。

「あんたっ、なに勝手なこと言いよるん?」

だが穏やかに言葉を繋ぐ洋平さんの隣で、長女が声を荒らげた。きつい目で洋平さんを睨みつける。

「勝手なことを言ってるのは姉さんだよ。これまで親父のそばにいたのは、おれと美佐江だ。母さんが亡くなって、うちで十年間同居したんだ。だからおれには親父の気持ちがわかる」

洋平さんはきっぱり言い切ると、福見に向かって「父をこのまま最期まで看てもらえますか？　予定していた気管切開の手術も中止にしてもらおうと思います」と頭を下げた。

「私は遠方に住んどるんよ。しかたないっちゃ。私だって近くに住んどったら、もっと……」

「近くにいたじゃないかっ。母さんが亡くなった時はまだ、父さんは福岡にいただろ？　父さんの面倒は看られないって拒んだのは姉さんだ。本当は父さんだって、最期まで福岡の自宅にはいたかったはずだ。だけどそれができないから、おれが埼玉に呼んだこと、忘れたのか？……ああごめん、姉さんのことを責めたいわけじゃない。でも親父の介護は、おれと美佐江の二人でやってきたんだ。いや違う、ほんとのところは美佐江に任せっきりだった。美佐江はしょっちゅう施設にも面会に行ってくれてたし、差し入れだって届けてた」

「そりゃ美佐江さんは長男の嫁で」

「もうそんな時代じゃないよ。おれは決めたんだ。親父にこれ以上の延命治療はしない。施設を移るという姉さんの意見は聞けない」

洋平さんは、チューブを切断したのが誰だったか、その名前を訊ねてこなかった。浜本さんが部屋に置いていた卓上カレンダーを手に、「これは父のエンディングノートです。父の望みを叶えます」と口にし、話し合いはそれで終わりとなった。

「浜本さんのご家族がちゃんと話を聴いてくださる人でよかった。施設を訴えるなんてことになったらどうしようかと思ってたけど……」

浜本さんの家族を正面玄関まで見送ると、福見は全身の力が抜けたかのように肩を落とし、両手で顔を覆った。

「長女は不満そうにしてましたけどね」

彩子がそう口にすると、

「長女の方に主導権はありませんよ。これまでずっと、弟夫婦に父親のことを丸投げしてたんですからね」

介護はいつだって不平等です、と福見が唇を尖らせる。口を出すだけで行動しない、金も出さない人に発言権はありません、ときっぱり言い放つ。

「福見さん、取手さんのほうはどうするおつもりですか？」

このままなにもせず見過ごす、というわけにはいかないだろう。彼の抱える問題は、あるいは浜本さんよりも重く苦しく複雑かもしれないと、彩子は思う。

病気は当事者だけではなく、その人と共に生きている家族の人生をも変える。そして虚偽の申請をしてまでこの施設に入所してきた取手さんも、また暗い森を歩くひとりだ。

取手さんが虚偽の申請をしてまで施設に入所することも、浜本さんが「息の根を止めてほしい」と願うことも、しかたがないと思ってしまう自分がいる。でもしかたがないでは、なにも変わらない。諦めることは簡単だけれど、未来を変えるためには行動しなくてはいけない。変えようと、変えることができると、信じなくてはなにも始まらない。

私たちの世代は逃げ切れない。だったら闘うしかないではないか。いま森を歩く人たちが、闇の中からでも光は見えると教えてくれた。

「福見さん、私、いまから取手さんのところに行ってきます」

まだその場に佇《たたず》んでいた福見にそう告げると、彩子は踵を返し、廊下を歩いていく。昨日のうちに完成させておいた、取手さん専用のトラジェクトリーカーブを自室に取りに戻るためだった。

自分が光になれるなどとは思っていないが、光の種を蒔《ま》く努力はしようと思う。五十年後かあるいは六十年後、このまま生き続ければ、自分もいつかはその森に入ることになる。その時にたくさんの光が見えるように、いまできることをしておかなくてはいけない。老いて力が弱り、なにもできなくなったからといって、ひとりきりで深く暗い森を歩き続ける人生の終焉を、私は迎えたくはない。

「失礼します、医師の葉山です」

ドアをノックした後、彩子は扉の向こうに声をかけた。テレビの音が聞こえてくるので部屋にはいるはずだ。

「取手さん、ちょっといいですか」

取手さんが家に戻るための話をしませんか、とドアの隙間から中を覗くと、両目を大きく見開いた取手さんと目が合う。驚きを隠さないまま車椅子から立ち上がり、取手さんがこちらに向かってゆっくりと歩いてきた。

第五章

小さな灯火《ともしび》たれ

下駄箱から何年ぶりかに出したインディゴブルーのヒールには、白黴《しろかび》が生《は》えていた。でもそのヒールしかフォーマルなスーツに合う靴がなかったので、節子《せつこ》はキッチンペーパーで黴を擦《こす》り取って、なんとか外に出られる状態にした。白黴の跡はまだうっすらと残っていたけれど、夜なので目立たないだろう。

だが都内のホテルに設けられたパーティー会場は皓々《こうこう》としたシャンデリアの光に照らされ、まるで昼間のように明るかった。こんなに華《はな》やかな場に出向くのは数年ぶりだったので、受付で「福見《ふくみ》節子です」と名前を告げただけで両膝《ひざ》が震えてしまった。ヒールの白黴の跡が無性に気になり、歩き方も妙な感じだ。慎重派の自分が油断してしまった。

ちら、ちらと会場を見渡したが知った顔はひとりもおらず、節子はできるだけ目立たないように、と会場の隅っこで気配を消す。立食パーティーなので人の行き来は活発だが、節子に声をかけてくる人は誰もいない。

「セツー、久しぶり！　元気にしてた？」

今日のパーティーの主役、箕輪《みのわ》ジュンが節子のところに挨拶《あいさつ》に来たのは、あと二十分ほどでパーティーが終了するというぎりぎりの時間帯だった。

「箕輪さん、お久しぶりです。このたびは助演女優賞受賞、おめでとうございます」

この時初めて節子はパーティー会場で口を開き、用意してきた言葉を告げた。

「やだ、箕輪さんなんて。昔みたいにジュンって呼んでよ。なによセツ、あなた、なにも食べてないいんじゃない？　早くとってこないとー」

箕輪ジュンこと箕輪純子《じゅんこ》とは、二十歳から三十歳までの十年間、同じ劇団の舞台女優として所属していた。節子は結婚を機に三十歳で劇団を辞めたのだが、ジュンは芸能事務所に所属する傍ら、いまも劇団に名前を残している。三十代半ばに受けたテレビドラマのオーディションで主役の母親役を勝ち取ってからは舞台以外にも活躍の場を広げ、いまでは誰もが名を知る有名女優に昇り詰めていた。

「今日は忙しいところ、わざわざ来てくれてありがとうね。会場まで遠くなかった？　えっと、いまどこに住んでるんだっけ」

五十四歳のいまも上品な艶《つや》っぽさをまとったジュンが、よく通る声で話しかけてくる。ジュンと節子は同じ年だが、誰もそうは思わないだろう。

「埼玉です。都内まで電車で四十分くらいだから、そう遠くもないです」

「ちょっと、いくら久しぶりだからって、そんなデスマス調で話さないでちょうだいな。それにしても東京と埼玉なんてすぐ近くなのに何十年も会ってなかったなんて、おかしいよねぇ。大城《おおしろ》さーん、セツだよ、セツが来てくれたよー」

若い頃とまったく変わらない気さくさで、ジュンが大城智彦《ともひこ》を振り返る。大城は節子とジュンが所属していた『劇団ブライトプレイス』の主宰者であり脚本家で、還暦《かんれき》を過ぎた現在も精力的に活動していた。

「おお、泉《いずみ》くん、久しぶりだな。元気にしてたか？　今日はよく来たな。あ、そうか、結婚していまは泉じゃないんだな……ええっと……」

「福見です。福見節子になってます。ジュンの快挙ですし、そりゃあ来ますよ。大城さんは全然変わってないですね、お若い」

若い頃の感覚を少しずつ思い出し、節子も精一杯の軽口を叩く。こんな調子で話せばよかったただろうかと、久しぶりに車を運転しアクセルを踏み込む感じだ。

「ほんとほんと、快挙よー。私ほど賞に縁遠い女優はいないんだからぁ。デビュー三十四年目にしてやっと認められた気がするわ」

演技派と言われ続けてきたものの、たしかにジュンはこれまで大きな賞とは無縁だった。注目を浴びる作品に出られなかったのか、役に恵まれなかったのか、所属事務所の力が弱かったのか。地道に活動していた名脇役に、ようやくスポットライトが当てられたような印象ではある。

三十代や四十代の頃は、彼女の活躍をあえて見ないようにしていた時期もあったけれど、五十代に入ったくらいから素直に応援できるようになった。ひとつの仕事を続けることがどれほど大変かを、節子自身もわかってきたからだろう。かつての仲間の活躍を素直に喜べるようになったのは、とてもありがたいことだ。

「ジュンさん、そろそろ締めの挨拶の準備お願いします。壇上に上がってください」

再会を喜び合ったのも束の間、マネージャーらしき若い男性がジュンを呼びに来た。裏方なのに目を見張るほど容姿端麗《ようしたんれい》で、業界の人はこれほど眩《まぶ》しいものなのかと臆してしまう。

「えー、もう締めなの？　もうちょっと舞い上がらせてよぉ」

そう口にしながら、ジュンが肩を大きく露出したゴールドのロングドレスを翻《ひるがえ》した。彼女は昔からゴールドが好きで、アクセサリーもシルバーではなく好んでゴールドのものを身に着けていたのを思い出す。

「ごめんね、セツ。今日は来てくれて本当にありがとう。今度はゆっくり会いましょう。また連絡するわ」

ジュンが右手を出してきたので、躊躇《ためら》いながらもそっと握《にぎ》った。

「こちらこそ招待状を送ってくれてありがとう。私が働いてる施設の利用者さんにも、ジュンの熱烈なファンがいるの。みんな応援してるから、これからも頑張ってね」

華奢《きゃしゃ》な体型に似つかわしい、骨っぽい感触が手の中に残る。大勢の人に挨拶して回ったからか、肉の薄い手のひらは汗ばんでいた。

「ああそうだ。セツの名刺、いただける？　後でうちのマネージャーに渡してくれたら嬉しい」

「わかった。お渡ししておきます」

二十四年ぶりの再会は、わずか十分足らずで時間切れとなり、主役はスポットライトの下に戻っていく。ジュンが離れてしまうとまた、節子がいる場所は静かな日陰になった。

「みなさま、本日はお忙しい中お集まりいただき、本当にありがとうございました。会もそろそろお開きということで、私から最後のご挨拶をさせていただきたく、マイクを手にいたしました。人生、半世紀以上も生きておりますと、思いがけない喜びに出合うことがありますね。このような賞はこれまで生きてきた時間に対しての、通知表をいただくというか——」

晴れやかな表情で壇上に立つジュンを見上げながら、彼女と出演した最後の舞台を思い出していた。大城が、その公演を最後に退団する節子を主役にしてくれたもので、ジュンは節子の妹役を演じていた。

ああ、そういえば、引退する節子のために、大城が脚本を少し変えてくれたのだ。退団して新しい人生を歩み始める節子へのはなむけの言葉だと言って、特別な台詞《せりふ》も入れてくれた。すごく好きな台詞だった。

大城が書いてくれたその台詞は、口にするたびに自分が誇り高い人間になったような気がするほどに素敵だった。

それなのに……なんだったっけ、いまとなっては思い出せない。

たしかドイツの作家が書いた本を森鷗外《もりおうがい》が訳していて、その翻訳本から引用したと大城は言っていたけれど……。

「ただいまー」

慣れないヒールを履き、冠婚葬祭《かんこんそうさい》以外には取り出さない家宝ともいえる真珠のネックレスをつけたせいか、家に帰る頃は全身が凝《こ》り固まっていた。両足の小指は潰れ、足の甲はぱんぱんにむくんでいる。

「おかえり。パーティーどうだった？　有名人来てた？」

廊下の奥から、ひとり息子の和生《かずお》の声が聞こえてくる。

「人が多すぎてわからなかった。でも箕輪ジュンとは話せたよ」

「箕輪ジュンはお母さんの友達なんだろ、話すのは当たり前じゃん」

和生は地元の私立大学に通っていて、四年生のいまは就職活動の真っ只中だった。すでに就活を終えて学生最後の夏を謳歌《おうか》している同級生たちの中で、まだ一社も内定が出ておらず、本人はもちろん節子もかなり焦《あせ》っていた。営業職に絞ってさまざまな職種の企業を回っているが、なかなか結果が出ない。

「お父さんは？　寝室？」

さっきから夫、豊《ゆたか》の姿が見えない。まだ九時前なのにもう寝てしまったのか。人は好《よ》いのだが押しが弱く、どこか頼りない感じが漂う息子の性格は父親譲りだと節子は思っている。

「お父さんは仕事だよ。今日は夜勤だって」

「ああ、そういえば言ってたね」

豊は節子と同じ介護職をしているが、三十代、四十代の間は老人ホームを転々としていたのでいまだ役職には就いていない。年齢は節子より二つ上の五十六歳で、「この年で平《ひら》の介護士はけっこう辛い」と口癖のように言っている。

和生が高校に入学する時に買った紺色のツーピースを脱いでハンガーにかけ、Tシャツと女物のステテコに着替えた。冷蔵庫から冷えた麦茶を取り出しひと息に飲み干すと、ようやく人心地つく。パーティー会場では緊張していたのか腹は減らなかったが、喉《のど》はからからだったのだ。

「箕輪ジュンって、この人？」

和生が携帯で検索して、ジュンの画像を引っ張り出してくる。ディスプレイには黒を基調に、ゴールドやシルバーで装飾されたドレスを着た女性が映し出されている。おそらくこれはミュージカルで魔女の役をした時のものだ。

「そうそう。この人が箕輪ジュン」

「美人だなー。これでお母さんと同じ年かぁ、まじ奇跡」

「そりゃ芸能人だからね。美しさをキープするモチベーションもあるでしょうよ」

二十代の頃はお母さんだって、この人に負けないくらいきれいだったのよ、と胸の内で言い返す。泉節子と箕輪ジュンは、『劇団ブライトプレイス』の二枚看板女優だったんだから、と。

「夕食を食べていない」と和生が言うので冷蔵庫を開けると、卵と味噌《みそ》と納豆以外、ほとんどなにも入っていなかった。

ステテコを紺色の薄手のガウチョパンツに穿《は》き替え、節子はものの五分で玄関先に立った。和生が「ピザ注文しようよ」と言ってきたが「もったいない」と却下し、買い出しに行くことにする。

すっかり日が沈んだ夏の夜道を早足で歩いていく。一台だけ所持している軽自動車は豊が通勤に使っているので、節子はたいていどこへでも徒歩で行く。空には満月が浮かんでいて、淡い光で景色を薄暗く照らしていた。

白く輝く月を見上げて歩きながら、節子はジュンのことを考えていた。

ジュンのこと、というより、彼女が口にした「人生、半世紀以上も生きておりますと、思いがけない喜びに出合うことがありますね。このような賞はこれまで生きてきた時間に対しての、通知表をいただくというか」という言葉が繰り返し頭に浮かぶ。

本当に、ジュンの言う通りだ。

この年齢になると、これまで生きてきた時間に対する通知表のようなものが目の前に提示される。節子の通知表には「介護士歴二十四年　役職・施設長」という評価が記載されるだろう。

節子が介護士として働き始めたのは、三十歳の時だった。

西暦二〇〇〇年、ちょうど介護保険が施行された年だ。当時は介護保険が導入されたことで介護業界は大きく変わる、成長産業になるともてはやされ、節子自身、いいタイミングで女優業を引退したと納得していた。

だがその二年後に利用者を転倒させるという事件を起こし、節子は被告として証言台に立つことになった。

高齢者を預かっている限り、転倒、誤嚥《ごえん》など不慮の事故は起こり続ける。どうやったって防ぎきることはできない。仮に自宅でマンツーマンで介護をしていたとしても、事故は起こる。二十四時間、一挙手一投足を見守り続けることなどできやしないのだから。

でも、利用者の家族は介護士のミスを許さない。いったんなにかが起こると徹底的に責め立ててくる。「介護のプロ」だと彼らは介護士を呼び、「プロ」にミスなどあってはならないと騒ぎ立てる。もちろん介護に関する知識や技術は一般の人よりはあるけれど、介護士だからといって事故を完璧に防げるわけではない。相手は感情のある人間なのだから、こちらの思い通りには動かないのだ。

それでも節子は過去の過ちを反省し、それ以後は事故のないよう懸命に努力してきた。そのかいあって、自分が施設長を務めるようになってからは一度も大きな問題を起こしていない。

節子にとっての介護は利用者の家族からクレームがこないよう取り計らうこと、もしきても穏便に解決すること、施設を常に満床にして収益を上げること。赤字経営に苦しむ老人施設が多い中、森あかりはなんとか利益を出していて、それは通知表に大きく記してもらいたいくらいだ。

スーパーまでの道のりを歩いていると、交番の前を通りかかった。パトロール中なのか簡素な四角い建物の中に巡査の姿は見えないが、入口の丸いライトには光が灯《とも》っている。いつもはじんわりとした安心をくれるその光から、節子はすっと目を背けた。

「浜本《はまもと》さんの一件ですが、チューブを切断したのが取手《とりで》さんであることは警察に伝えたほうがいいと思います。外部からの侵入者がいたわけではなく、施設内の出来事だったことは事実として話しておいたほうがいいでしょう」

浜本さんの鼻カニューレのチューブを切断したのが取手さんだと発覚した後、葉山《はやま》からはそう言われていた。

「少し考えさせてください」

節子がそう答えると、葉山はそれ以上はなにも言わなかった。もっと強く詰め寄られるかと構えていたが、意外にも彼女は「福見さんにお任せします」とそのまま自室へと戻っていったのだ。

事件の真相がわかってから、どうしてこんなことが起こったのだろう、と節子はずっと考えていた。浜本さんが「自分が動けなくなって、話すこともできなくなったら、息の根を止めてほしい」と口にしていたこともショックだったし、取手さんがその言葉を受け、行動に移した事実にも打ちのめされている。

自分がやっている介護は、そこまで酷《ひど》いものなのだろうか。死んだほうがましだと思わせるような介護を利用者に見せているのかとやりきれない気分になる。

介護を必要とする高齢者の人数に比して介護者の数が大幅に足りなくなる近い将来、介護現場はさらに厳しい状況に陥る。現時点ですでにそんなふうに思われているのだとしたら、この先はもう絶望しかないではないか。

「このままだと介護現場には絶望しかない」

そういえば十年ほど前に、節子にそう提言してきたスタッフがいた。日高奏輔《ひだかそうすけ》という、大学を卒業してすぐに入職してきた新人だった。

「こんな非効率なやり方をしていたのでは、とてもじゃないけど十分な介護はできません。介護士たちは疲弊《ひへい》していますし、いつか深刻な事故や事件に繋がります」

働き始めて半年ほど過ぎた頃、日高は節子に向かってそんな訴えをしてきた。

その時の節子は、新入りがなにを言っているのだ、と火で炙《あぶ》られたかのような怒りが湧《わ》いた。そして当然のように訴えを一蹴《いっしゅう》した。さらにその日から日高を疎《うと》んじ、できるだけ関わらないようにした。節子は普段、スタッフに対してそこまで強い態度は取らないようにしているつもりだ。彼らのおかげで業務が回っていることを知っているから。でも日高に「事故や事件に繋がる」と言われたことは許せなかった。

新人のあなたに、なにがわかる？

施設長である自分を非難されたような気がしたし、これまでやってきたすべてを否定されたように思えたのだ。

上司が部下に辛く当たるなど許されない。もしいま施設内でそのようなことが起こっていたら、全力で止めに入るだろう。だがあの時の自分は日高の意見に耳を傾《かたむ》けることができず、周りの職員が気を遣うほどに彼を冷遇した。

それでも日高は態度を変えなかった。節子のことなど気にも留めず、目を見張るスピードで介護技術を上げ、同僚からはもちろん、利用者たちの信頼をも集めていった。大小の問題が勃《ぼっ》発《ぱつ》すると彼が率先して最良の解決策を提示し、介護に関する新しい知識を外部の講習で学んできては他の職員に共有した。他の介護士が急に来られなくなるような事態が起こると、休日でも出てきてその穴を埋めてくれるなど、施設の精神的な支柱にもなっていた。

だが日高は六年目に入る春に突然、退職届を出した。

理由を訊《き》くと、「納得するまで働いたら辞めようと思っていた」とあっさり告げられた。節子は引き留めることはしなかったが、他の職員たちには「残ってほしい」と強く懇願《こんがん》されていたようだ。だが彼は施設を去っていった。

施設を辞めた後、彼がどこでなにをしているかを節子に教えてくれるスタッフはいない。気になってはいたが、訊くこともできない。

もう十時前だというのに、駅前のスーパーにはけっこうな人がいた。そろそろ半額の値引きシールが貼られる時間なので、それを目当てに来ている人もいるはずだ。そういう節子も、黄色に光る値引きシールに目を惹《ひ》かれていた。唐揚げ、稲荷《いなり》ずし、あじのタタキ、スパゲティサラダ……と値引きシールが貼られたものを片《かた》っ端《ぱし》から買い物カゴに放り込んでいった。

ジュンの受賞パーティーに出席した日の翌朝、節子はいつもの停留所でバスを降り、施設までの道のりを歩いていた。目を閉じてでもたどり着けるほど通い慣れた道だ。それでも晴れ渡った水色の空や、誰かの家の庭先で濃い青色やピンク色のアサガオが咲いているのを見つけると、今日も一日頑張ろう、と新人の頃のような気分になる。

学ランを着た男子学生が道路の反対側を自転車で走っているのを見ながら、いつもの子だなと微笑《ほほえ》んだ。だいたいこの時間にこの場所で会う。向こうは節子のことなど気にも留めていないだろうけど、今日も無事に学校に着けますようにと、勝手に無事を祈っている。最近自転車の事故が増えているから、何事もありませんように、と。

施設が見えてくると、笑みを消して気を引き締めた。自分がこの施設の長なのだと、背筋を伸ばして両目に力を込める。

「おはようございます」

声を張って挨拶をしながら職員専用のドアから建物の中に入ると、古瀬《ふるせ》が処置用に使用しているワゴンを押して廊下を走っているのが見えた。エレベーターに乗り込もうとするのを、「古瀬さん」と声をかけ、呼び止める。

「ああ、福見さん。おはようございます」

「どうかしたの？　利用者さんになにかあった？」

ワゴンに載せられた氷枕を節子は指差した。氷枕の他にも吸い飲みや保冷剤が用意されている。

「倉木《くらき》さんが発熱してて」

「また？　何度？」

「38度5分です」

「葉山先生には報告した？」

「はい。それで全身を冷やすようにって」

「全身を冷やす……。処置はそれだけ？」

「抗生物質の入った点滴をしました」

「病院に連絡は？」

「してません。葉山先生に任せています」

節子は頷くと、呼び止めたことを詫《わ》び、そのまま葉山の部屋へと向かった。倉木さんを施設に戻したのはやはり軽率だったのだ。食事もろくに摂れない状態で発熱が続いたら、衰弱の一途ではないか。いますぐ病院に連れていかなくてはと早足になる。

「葉山先生、失礼します」

ノックをしたが返事を待てず、手が勝手に動いてドアを開けた。

「葉山先生」

六畳ほどの部屋の奥に横長のデスクがあり、葉山がその前に座っていた。

「おはようございます」

葉山が視線を上げ、会釈《えしゃく》してくる。

「おはようございます。先生、倉木さんですが、いま古瀬さんから発熱しているとの報告を受けました。38度5分あるので病院に連れていっていいでしょうか」

節子はひと息に口にし、葉山の返事を待った。相変わらずなにを考えているのかわからない無表情に、この医師は仕事をする気があるのだろうかと苛立《いらだ》ちが増してくる。

「どうして病院へ?」

質問に対して質問で返す。それは社会人としてしちゃいけないことでしょ、と舌打ちをしたくなる。

「誤嚥性肺炎が治りきっていないのかもしれません。病院でレントゲンを撮ってもらわないと……。それに倉木さんは体力がないんです。十分な食事も摂れてませんし、もしこのまま施設でなにかあったら」

「なにかあったら困りますか」

「困るっていうか、施設では倉木さんに十分な処置はできません。薬にしても限られたものしかありませんし……」

まったく話が通じない。口調にしてもよく言えば理路整然としているが悪く言えば冷淡なので、職員たちが陰であだ名をつけるのもしかたがない。

「倉木さんの発熱の原因は、おそらく尿路感染症だと思います。検尿で潜血反応がありました。インフルエンザやコロナに関しては検査で陰性が出ていますし」

「入院して治療しないと……」

「治療といっても、抗生物質の点滴をする程度ですよ。それならこちらでも可能です」

これ以上、倉木さんにできることはないです、と葉山がきっぱり告げてくる。

「でも……でも倉木さんは脳腫瘍《のうしゆよう》の既往《きおう》がありますし、病気の人になんの処置もしなかったら、法律で裁かれるんじゃなかったですか。そういう事件、ちらほら耳にしたことが……」

「刑法二一九条、保護責任者遺棄《いき》致死傷罪のことですか？」

「それです」

「ですが倉木さんはいま、苦しんではおられません。発熱はしていますが、普段と変わりはありません。居室に行って福見さんの目で見てきてください」

一緒に行きましょうかと、葉山がデスクを離れ、節子の横を通り過ぎて部屋を出ていった。その後を追うように節子も倉木さんの部屋へと向かう。葉山の歩調に合わせて、白い半袖シャツの裾《すそ》がひらひらと翻る。

半開きになっていたドアから部屋の中を覗くと、倉木さんがベッドの上で目を閉じていた。葉山の言うように普段と変わらず、ただ眠っているように見える。

「頭の下の氷嚢《ひようのう》の他にも、腋窩《えきか》と鼠径部《そけいぶ》を冷やしています。酸素飽和《ほうわ》度は98パーセントありますし、呼吸苦も見られません」

ベッドサイドにいた古瀬が、葉山に報告する。倉木さんの着替えを済ませてくれたのか、彼女の手の中で水色のパジャマが丸められている。

「先生、食事はしばらくストップでいいですか。施設に戻ってから一日三回ゼリー食を摂られてたんですが、いまはそれも食べたくないみたいで」

部屋を出ていこうとしていた古瀬が、立ち止まって振り返った。

「そうですね。倉木さんが食べたいと仰るまでは、スポーツ飲料やお茶など水分を飲ませてあげてください」

「じゃあ担当の介護士にそう申し送りしておきます」

黙って二人のやりとりを聞いていた節子は、

「ちょっと待ってください。食事をストップって……栄養を与えないと倉木さん、さらに衰弱するじゃないですか」

と二人の間に入り込んだ。思わず大きな声が出てしまい、葉山が眉《まゆ》をひそめて廊下に出るように促してきた。

「でもいまの状態で無理に食べさせるのは勧められません。倉木さんご本人が『苦しいからいまは食べたくない』と仰ったようですし」

やっぱり胃ろうを造ればよかったと、節子は悔いた。胃ろうなら本人の意思など関係なく、栄養が摂れる。

「先生、それでも栄養は与える必要があると思います。この状態でもしものことがあったら、施設の怠慢《たいまん》だと思われます」

介護施設に勤務してわずか五か月の葉山に、わかったようなことを言ってほしくない。自分はもう二十年以上この業界にいるのだ。介護のことは知り尽くしている。

「前にも言いましたが、私は延命至上主義の考え方に疑問を持っています」

「じゃあ葉山先生はこの施設になにをしに来たんですか。寝たきりの老人を殺しに来たんですか？」

責められているような気がして、つい、きつい言葉が口をつく。延命至上主義でなにが悪い。現場のことを知らない人間に非難されたくはない。

「私は医師として患者の苦痛を軽減し、適切な処置をするためにここにいます。逆に伺いますが、福見さんは、なんのためにこの仕事をされてるんですか」

思いがけない問いかけに思考がいったん停止した。

施設長である自分は、この施設における利用者の安全を守らなくてはいけない。事故や事件が起こることなどもちろん許されないし、自立した生活や自己判断が難しくなった利用者を手助けして、それから……。

「なんのため……」

言葉に詰まって半開きのドアの隙間から倉木さんの居室内に目を向けると、ベッドの向こうの窓に鳥が止まっているのが見えた。

倉木さんは、施設に入る前、家で文鳥を飼っていたそうだ。だからこの部屋に文鳥を連れてきたいと面談の時に言っていて、それは無理だと言い聞かせると、窓の桟《さん》に餌《えさ》を置いて野鳥を呼ぶようになった。糞《ふん》が落ちる、鳴き声がうるさい、不潔だ、と文句を言う職員もいたが、室内に入れるのでないならと節子は見て見ぬふりをした。ささやかな喜びを取り上げたくなかったからだ。黄色や茶色や、時々はきれいな青色の鳥が、窓の桟に止まっているのを見かけたことがある。

かつてここに餌があったことを憶《おぼ》えているのだろうか。メロンソーダのような鮮やかなグリーンの羽を持つその鳥が、窓ガラス越しにこちらを眺《なが》めている。

私は、なんのためこの仕事をしているのか……。

考えながら、鳥に向かって話しかけていた元気な頃の倉木さんを思い出した。生涯独身で、親戚は静岡に甥《おい》がひとりいるだけだと言っていた。趣味は好きな俳優の舞台を観ることで、施設に入所してからもファンクラブには入り続けていたいという希望があった。いまでいう「推し活」だろう。「推し」の話をしている倉木さんの目は輝いていて、これまで誰にも頼らずひとりで生きてきた人特有の芯の強さがあった。

私は、なんのためにこの仕事をしているのだろう――。

「私は部屋に戻りますね」

葉山がその場から立ち去ってからもしばらく、節子は問いかけの答えを考えていた。

事務所に戻って自分専用のデスクの前に座り、福見はいまから二十四年前のことを思い出していた。いつものようにパソコンを立ち上げ、画面を眺めているふりをしながら遠い昔の光景を頭の中に思い浮かべる。

あの日、節子はまだ三十歳だった。

いや違う、三十歳の誕生日を迎える数日前だったので二十九歳。三十歳になるのを機に、二十五歳の時から交際を続けてきた豊にプロポーズされたのだった。

「セツ、話ってなに？　喫茶店にでも寄ってく？」

そう訊いてきたジュンの頬は桃《もも》の薄皮のように白く柔《やわ》らかで、彼女の目に映る自分の顔もいまに比べるとずっと若い。

「喫茶店はお金かかるから、ここで話すよ」

その日の稽古《けいこ》を終え、他の劇団員たちが全員帰った後、「話したいことがあるから」と、節子はジュンを引き留めた。劇団員の中には会社勤めをしている人もいたので、週に一度の稽古は午後七時から始まり、終わる頃にはたいてい十時を過ぎていた。人のいない稽古場は静かすぎて、自分の声がどこか遠くから響いてくるように感じた。

「私、結婚しようと思って」

緊張しすぎたのか、節子の声はやけに低く、怒っているような響きがあった。

「えっ、結婚？　ほんとに？　豊くんと？」

ただでさえ大きなジュンの二重瞼《ふたえまぶた》が、目一杯見開かれる。

「うん……。私が三十までは結婚したくないって言ってたから、待ってたんだって」

「よかったじゃない！　おめでとう！　私も嬉しい！」

豊と五年近くつき合っていたので、このままだと永すぎた春になるのではと心配していた、あの人なら安心してセツを任せられる、とジュンは素直に喜んでくれた。屈託があったのは、むしろ節子のほうだ。心のどこかで、ジュンにはずっと負けていると感じていたから、これでもう競《せ》り合いをしなくていいと安堵《あんど》したのだ。

「それでさ、私、劇団も辞めようと思って」

「え……嘘？」

「ううん、ほんと。きれいさっぱりこの世界から足を洗うよ」

ジュンと節子は同時期に劇団に入り、看板女優を目指して十年間やってきた同志だ。もちろん長い時間の中では喧嘩《けんか》をすることもあったし、顔を合わせても口をきかない時期もあった。

でも誰よりも信頼できる相手であることはずっと変わらず、離れてもまたいつしか一緒にいるを繰り返していたのだ。なのに結婚の報告をした時だけは、どうしてか彼女を置き去りにしたような暗い喜びがあった。

「そんな、辞めるなんて言わないで。豊くんにしても、舞台で頑張るセツをずっと応援してくれてたじゃない？」

「結婚したらそうはいかないよ。向こうは働いてるのに、私だけ好き勝手やることはできないでしょ」

今年の一月、八月、そして来年二月、『劇団ブライトプレイス』の公演で、脚本家の大城智彦は箕輪ジュンを主演に据《す》えた。これまでもジュンが主役を演じたことはもちろんあった。けれど三回連続でジュンが主演、というのは今回が初めてだった。しかも来年の二月の演目の主人公は、節子が得意とする感情が外に出にくい内向的な女の役なのに……。

十年間やったからこそ、諦められる。

節子はそう口にし、引き留めるジュンの手を心の中で躊躇《ちゅうちょ》なく振り払った。

「そんな……きれいさっぱり足を洗うなんて後悔するよ？」

「しないしない。演劇はもうお腹いっぱい」

口にすると本当にそんな気がしてきて、来年二月の公演ですら、もはや出る気がしなかった。役がついて稽古もしているので、突然の降板なんてことはしないけれど。

その後、二人でなにを話したかは憶えていない。でもジュンはそれ以上引き留めることはしなかったように思う。「セツが決めたなら」。たしか、そんなふうに言っていた気がする。

そして二月の公演を最後に節子は退団し、豊と同じ介護業界に飛び込んだ。

事件が起こったのは介護士として働き始めて二年が経ち、結婚生活にも仕事にも慣れてきた頃だった。

当時八十三歳の長江《ながえ》マツさんが、目を離した十数分の間に転倒し、脳出血を起こした。その後、長江さんは施設には戻らずに介護療養病院に移った。

長江さんが亡くなったという連絡が届いたのは、施設を出て一年近く経った頃だった。感染症が原因で肺炎を起こしたという。

驚いたのは、長江さんの長男が「母親の死の発端はホームでの転倒にある」と節子を名指しで非難してきたことだ。「母親は転倒が原因で脳出血を起こし、寝たきりになった。寝たきりになった後は認知症が進行し、気管切開の処置や胃ろうの造設も受けた。寝たきりにさえならなければ、肺炎にも罹《かか》らなかったはずだ」という訴えに震えが止まらなかった。

裁判が始まった時も、介護士としての経験が浅かった節子はなにひとつ自分の見解は持たなかった。証人尋問の場に立った時ですら、自分が犯した罪がどれほどの重みかわからなかった。

長江さんの長男は治療費や入院雑費、他にも葬儀の費用や慰謝料などを含めて、施設に三千万円の支払いを請求してきたという。だが施設は賠償《ばいしょう》責任保険に加入していたので、裁判のことはすべて損保会社が雇用している弁護士に任せ、節子がするべきことは特になにもなかった。それでも裁判中は不眠に陥り、心療内科で精神安定剤を処方してもらうようになっていた。十キロ近く体重が落ちたのも円形脱毛症を患《わずら》ったのもこの時期だ。

自分はなんて怖ろしい仕事をしているのだ――。

節子はこの時初めて、介護職の怖ろしさを知った。普段は利用者にまるで関心を持っていないかのように見える家族が、いったん事が起きると「どう責任を取るのだ」と責め立ててくる。これまで一度も面会に訪れなかった人が「母親を返せっ」と泣き叫ぶ。怒り狂う家族に人殺し扱いされ、あの頃の節子は頭がおかしくなりそうだった。毎日懸命に世話をしてきたのにどうしてここまで罵《ののし》られなくてはならないのか……。介護職を続ける意味がわからなくなった。

でも節子はこの業界を去らなかった。

その理由は、いまでもよくわからない。

演劇を諦めて始めた仕事だったから、そんな簡単に辞めるわけにはいかないと意地になっていたのかもしれないし、自分の罪から逃げてはいけないと思っていたのかもしれない……。

「福見さん。福見さん、施設長っ」

肩がぐらぐらと揺らされて、はっとした。いけない、勤務中だった。

「ああ、なに?」

声のするほうに顔を向けると、古瀬が両目を見開きデスクに置かれたパソコンの画面を見つめている。

「……犯人捜し、まだしてるんですか」

古瀬がパソコンの画面を指差し、眉根を寄せる。彼女には取手さんのことは伝えていないので、節子がまだ防犯カメラの映像を観ているのだと思っているのだろう。

「もういいじゃないですか。そんなに何度も繰り返し観てたら、老眼が悪化しますよ」

「これ以上悪化しませんよ。それよりどうしたの、なにかあった？」

呆れ顔の古瀬に、節子は訊いた。自分に用事があったのではないか。

「あ、そうだ。いま桐谷《きりたに》さんのご家族が来てて、ちょっと大変なんですよ。溝内《みぞうち》くんが対応してるんですけど」

「桐谷さんの？」

パソコンの電源を切って、節子は立ち上がる。

エントランスに向かって廊下を走っていくと、受付カウンター―の前辺りに男性の姿が見えた。家族だと聞いて、てっきり桐谷さんの娘が訪ねてきたのだと思っていたが、珍しいことに息子のようだ。溝内が男性を足止めするかのように、廊下の真ん中に立ちはだかっている。

「こんにちは。施設長の福見です」

「桐谷です。桐谷佐智子《さちこ》の息子です」

節子と目が合うと、男が名刺を差し出し小さく会釈する。飲食店らしき店名と「桐谷憲久」と印字された名刺を確認した後、節子は「今日はなにかご用ですか」と憲久さんを見上げた。小柄な桐谷さんや、ほっそりとした桐谷さんの娘とは違い、憲久《のりひさ》さんは丸まると肥《こ》えている。上背《うわぜい》もそこそこあるので介護する側にとっては敬遠したいタイプだわ、と職業柄そんなことを考えてしまう。憲久さんは角封筒を手にしていたが、なにか書類を届けに来たのだろうか。

「書類に母のサインと判子《はんこ》が必要なんです。急を要することなんです」

茶封筒を福見の目の高さまで掲《かか》げると、忙《せわ》しなく上下に揺らす。

「こちらはどういった書類なんでしょうか」

「いやね、軽々しく話せる内容じゃないんですよ。母と直接やりとりしたいんですよ。でもさっき面会させてくれって言ったら、この人に『上の者に確認してから』と断られて」

と憲久さんが溝内を指差し、「家族が自由に会えないなんておかしいでしょうが」と唇を歪《ゆが》めた。憲久さんと溝内の間で攻防があったのだろうと、その苛立たしげな表情を見て納得する。

「大変ご迷惑をおかけしていますが、面会には制限がありまして。うちではいま感染症が流行していて、窓越しの面会のみ可能となっています」

場合によっては利用者の居室を訪れることも可能だが、でもそれは最期の時間を過ごすときだと説明する。

憲久さんと向き合っていると、面会を阻止した溝内の気持ちが節子にはわかった。憲久さんはおそらく、桐谷さんに頼みごとをしに来たのだろう。それも十中八九、金絡みのことだ。二十四年間も老人施設で働いていれば、これくらいの見当はつく。

「じゃあ私はここで待ってるんで、母のサインと判子をもらってきてもらえますか。判子は実印でお願いしますよ」

胸の辺りにぐいっと茶封筒を差し出され、思わず一歩、引き下がった。前に桐谷さんを自宅に連れ帰りたいと言っていたのも、この件と関係があるのかもしれない。

「突然そう仰られても、桐谷さんはこの書類の意味を理解できないかもしれません。それなのにサインや判子をいただくのは難しいです」

「急いでるんですよ。だからこうやって忙しいのにわざわざ出向いてるんだ」

「書類の内容を伺ってもいいですか」

茶封筒の受け取りを拒みつつ、節子は穏やかに訊き返した。

「だから、軽々しく話せる内容じゃないんですよ」

憲久さんの声に苛立ちが混じっているのを節子は感じ、

「そのような重要な書類を、私たち職員に託すのは不用心ではありませんか」

と切り返した。節子が頼めば、桐谷さんは書類にサインを書き、判子を押してくれるだろう。だからよけいに憲久さんの依頼を引き受けられない。

「面会もさせない。家族の伝言すら突っぱねる。こんな不親切な施設がいまどきあるなんてなっ」

憲久さんの声色が急に変わった。おそらくこっちが本当の顔なのだろう。不満げに顔を歪める。

「タブレットでの会話なら可能です。書類に関してはタブレット越しに説明していただき、その後でこちらから桐谷さんに書類をお渡しすることはできます。大変申し訳ありませんが、ご理解ください」

深々と頭を下げると、「話にならないな」と憲久さんが捨て台詞を残して踵を返した。その後ろ姿が見えなくなると、

「どうも……ありがとうございました」

と溝内がぼそりと呟いた。なんとなく気まずそうにしているのは、あと二週間足らずで退職するからだろうか。

「お礼なんていりませんよ。ご家族の対応は難しいんです。私ですら毎回悩むんだから、あなたがわからなくて当然です。今回は面会をお断りして正解だったと思いますよ」

家族の要求をすべて鵜呑《うの》みにするわけにはいかない。できないことはできないと伝え、こちらにもルールがあることを理解してもらわなくてはいけない。自分たち介護者は、利用者やその家族の従者ではない。意見があれば口に出して話し合い、時には対立することもやむを得ないと節子は溝内に伝えた。

「預金を引き出すための委任状でも作るつもりなんじゃないですか？　あるいは遺産に関する公正証書遺言の作成かもしれませんね」

背後から冷水のような冷ややかな声がした。驚いて振り返ると、壁にもたれるようにして葉山が立っている。

「葉山先生……。どうしてここに？」

「桐谷さんの家族が訪ねてこられたと聞きまして。体調のことは私から説明したほうがいいでしょうから顔を出しました。でも桐谷さんを心配して来られたわけじゃなさそうですね」

必要なかったですね、と葉山が薄い笑みを浮かべる。普段はめったに笑顔を見せないくせにこんな時に微笑んでいるからサイコ氏などと言われるのだろう。それなのに利用者からは評判がいいのでよくわからない人だ。

「介護はしないくせに、親のお金はしっかり当てにしている。桐谷さんの息子もそういうタイプのようですね」

「葉山先生、利用者さんのご家族を悪く言うのはよくないですよ。でもたしかに強引でしたね。お金絡みの書類だったのかもしれないです」

これまでも、利用者たちの相続問題は数えきれないほど目にしてきた。憲久さんが来所したことは娘さんに伝えておいたほうがいいだろう。

「葉山先生、溝内くん、ご苦労さまです。とりあえず事なきを得ましたので業務に戻ってください」

二人に礼を言ってその場を離れようとした時だった。

溝内に呼び止められた。

「福見さん」

「なに？」

「おれ、ちょっとびっくりしました。福見さんがあんなふうに……利用者の家族に言ってくれるとは思ってなかったから」

溝内が、これまでとは少し違った目つきで節子を見てくる。和生がまだ小さい頃、好きな戦隊ものをテレビで観ている時にこんな目をしていた気がする。

「桐谷憲久さんのこと？」

「はい」

「まあ、いまのケースはお断りしないとね。後でトラブルになりかねないし」

おそらく溝内は節子のことを、利用者の家族の要望ならなんでも受け入れると思っているのだろう。正直なところ、それがいちばん楽だ。節子にとって最も重要なのは施設の安定運営であり、事故や事件を起こさないことだから。

「溝内くん、私も場合によってはご家族に意見しますよ」

溝内は自分のことを、保守的で杓子定規《しゃくしじょうぎ》な人間だと思っているのだろう。利用者やその家族との間でトラブルを起こさないことだけに腐心する、器の小さなおばさんだと……。まあそれも間違いじゃないけれど。

事務所に向かって廊下を歩きながら、「福見さんは、なんのためにこの仕事をされてるんですか」という葉山の言葉を思い出した。答えは、「生きていくため」に決まっている。仕事をするのは食べていくためで、生きがいや、やりがい、そんな高尚《こうしょう》な答えは必要ない。

でも昔はあったのかもしれないと、ふと思った。

それはいったいなんだったか、もう思い出せないけれど。


事務所に戻って桐谷さんのファイルを手に取り、長女の連絡先を探していると、

「福見さん」

出入口から自分を呼ぶ声が聞こえた。顔を上げると、堀江《ほりえ》がドアからひょっこりと顔を覗かせている。

「はい？」

今日は朝からなにかと忙しく、事務仕事がいっこうに進まない。

「いま取手さんの入浴介助をしてたんですけど……」

取手さんと聞いただけで、心臓がぎゅっと握り潰されるかのように痛んだ。その名前を耳にすると、反射的にトラブルを想起してしまう。彼が虚偽の申請で入所したことを、堀江や他の

職員たちにはまだ伝えていない。まさか彼の手足が動くことが発覚したのだろうか。

「取手さんに、なにかありました？」

「いや、取手さんは大丈夫。ただ取手さんを風呂に入れてた溝内が、腰やったみたいで」

「え、ぎっくり？」

思わずその場で立ち上がった。

「いや、どの程度かはわかりません。いま休憩室で休ませてるから、とりあえず報告に来ました。もし悪そうだったら病院に行かせます。処置は早いほうがいいんで」

それだけを言い残すと、堀江は廊下を戻っていった。わざわざ彼が伝えに来たということは、溝内を気にかけてやれという意味だ。物言いは多少荒っぽいが、堀江は職員たちのことをよく見ている。節子がスタッフたちとうまくやっていけるよう、時々はこんなふうにさりげなく助言をくれる心根の優しい人だ。

「悪かったな、おれの代わりに入浴介助させて。午前と午後、両方じゃ疲れたべ」

休憩室の前まで来ると、中から堀江の声が聞こえてきた。堀江が溝内に話しかけているのだろう。

「こっちこそすんません、なんか迷惑かけちゃって……。でも腰って案外もろいんですね。堀江さんが痛めた理由わかります」

「職業病だな。いろんな意味で、人間より重いものなんてないからさ。だけどおまえはまだ治るから、ちゃんと治療しとけよ」

その場で休憩室の扉をノックすればいいのに、節子は上げた拳を途中で止めた。二人の会話をもう少し聴いていたいと思ったのだ。介護士という仕事は言うまでもなく肉体労働で、腰痛やら腱鞘炎《けんしょうえん》やらみんなどこかしら痛めながら働いている。いまうちの施設に暴力を振るう利用者はいないが、爪《つめ》でひっかかれたり、殴られることだってある。きれいごとではないこの業界で、介護士たちが普段なにを考え、話しているのか……。改まった面談の場では語られない本音があるはずだった。

「堀江さんの腰は、もう治らないんですか?」

「ちゃんと治すには手術しかないんだけど、手術しても完治しないこともあるんだと。医者にそう言われたら、なかなか踏み切れないべ」

「それは……覚悟できないなぁ。手術怖いし」

「それはそうと溝内おまえ、倉木さんの食事介助も担当してんの?」

「はい。みんな忙しそうですし」

「時間あるのか? 無理して引き受けたんじゃないのか?」

「まあ……。でもお茶ゼリーを一口でも食べてくれると、けっこう嬉しいんです。食べられない日もありますけど、葉山先生が『無理しなくてもいい』って言うんで気楽にやってます」

「おまえ、この仕事向いてるって。辞めずに続けろよー」

「向いてないですよ。おれ、そんなきっちりできるタイプじゃないし」

「まあ、たしかにきつい仕事だよな。おれも、おまえの年でこの仕事始めてたら続いてないかもしれないわ。おれが介護の仕事始めたのって、三十半ばからなんだ。いま四十五で、ちょうど十年目」

それまでは都内の不動産会社で働いていたのだと堀江が話すのを、節子は押し黙ったまま聴いていた。彼の前職は知っていたが、その内容について詳しい話をしたことはない。

堀江に限らず、節子はスタッフのことをほとんど知らない。なにを考え、なにを求めて介護士になったのか。どのような気持ちで働いているのか。オフはなにをして楽しんでいるのか……。自分は彼らのことをどんな目で見ていたのだろうと、ふと思う。

「社員二十人ほどの小さな会社で、高卒の給料は月に十五万あるかないか。まあそれに歩合給がつくんだけどな。出社するとまずは朝礼があって、社員全員で輪になって『今日は絶対に契約を取ります！』『今月の目標は三百万です！』とか宣言するんだ。それが終わると平社員は掃除。社長のデスクや灰皿までぴかぴかに磨きあげ、トイレ掃除も入社一年目、二年目の下っ端が持ち回りで毎日欠かさず行う。営業時間内は客の応対やネット掲載のための入力作業を息をつく間もなくこなし、終業時間になると、そこから集客のためのポスティングに出る。自分が受け持つエリアの住宅を一軒ごとに回って、『売り物件ありませんか』というチラシをポストにまいておく。もちろんそのチラシも自分で作って、必要な枚数分刷っておかないといけない。土日も普通に出勤だし、平日も夜は十時くらいまでは余裕で働いていたから、月に百時間を超える残業なんて常態化してたな」

上司がやたらに怖いんだ、上下関係が厳しい高校の部活がそのまま続いてるような感じだった、と堀江が冗談を交えて語っている。

「ブラック企業ってやつですか？」

「ブラックもブラック、漆黒《しっこく》だな、ありゃ。でもおれって高卒だし、就職に有利になるような資格もなかったし、もちろん職歴なんかも皆無だったし。ちなみに実家は貧乏。だから雇ってもらえただけでよかったんだ。自分は恵まれてると思ってた」

「でも辞めたんですよね」

「そうそう。十八歳で入社して、十七年間も『能なし』『クズ』って罵られているうちに頭おかしくなって、自分も後輩に同じようなことを言う人間になってた。家でもその口調が抜けなくなって、嫁がある日、『一緒に暮らすのはもう無理』って離婚届を出してきて……。そこで初めて自分が壊れてたことに気づいた。でもぎりぎりんとこで気づけて、離婚は免れた」

「それで介護士に？」

「嫁が訪問介護の仕事をしてたんだ。後から聞いたら、離婚するための準備をしてたらしい。自立したかったとかでな。そんで不動産会社を辞めたおれは、嫁に勧められてヘルパー二級の資格を取った。ヘルパーとして実務経験積んで、そこから介護福祉士になるための勉強をして国家試験に受かった。で、いまに至るだ」

「なかなかの紆余曲折《うよきょくせつ》ぶりですね」

「おまえが言うな。芸人も大変だったろ？」

「いや、全然。売れてなかったんで忙しくはなかったですよ。バイトはまあ、そこそこしてましたけど」

「売れない芸人って、やっぱきついん？」

「そうですねぇ、精神的にはきつかったです。誰も見ていない、誰にも期待されない場所で頑張り続けるのは、そりゃしんどいですよ」

「そっかぁ。なにやっても仕事はきついよな。介護士だってきつい。ただこの仕事は『ありがとう』って言ってもらえる」

「そういやそうですね。倉木さん、いつもおれに手を合わせてくれるんですよ。でも最近、声があんまり出なくなってきて……」

そこまで話すと、溝内はふつりと言葉を切った。節子は半歩前に出て、右耳を休憩室のドアに寄せる。

「痛いか？」

「すんません……痛み止めってもらえますか」

「わかった。古瀬さんにもらってきてやる」

とっさに体を引いてどこかに身を隠そうかと思ったが、勢いよく廊下に飛び出してきた堀江が節子に気づいて目を丸くする。

「おつかれさま」

節子が声をかけると、「あ、ども」と怪訝《けげん》そうな表情で頭を下げる。そしてそのまま節子のわきを通り過ぎ、廊下を早足で歩いていった。

「溝内くん、具合どう？　腰を痛めたって聞いたけど？」

たったいまこの場に来たかのように話しかけると、溝内が「すんません」と椅子から体を起こそうとする。節子が「そのままでいいよ」と言うと、背を丸めて椅子に座った。

「このまま早退して病院に行っておいで。痛み止めのブロック注射してもらったほうがいいんじゃない？」

「いや、そこまで酷くないです。鎮痛剤飲んで座薬入れたらいけると思います」

この仕事は職員たちの頑張りでなんとか回っている。無理をさせてはいけないのだけれど、溝内がこのまま残ると言ってくれて、ほっとしているのも本音だ。ブラックな業界にしたくないと願いながら、どこかで「ある程度の無理はしかたがない」と思っている自分がいた。

「あの福見さん、倉木さんなんですけど、お茶ゼリーが食べられるようになったんです。熱はまだ下がらないんですが、やっぱり入院はしたくないって言ってるんです」

痛むのか、右手を腰に添えたまま溝内が小さな声で告げてきた。

「そう……。それなら、倉木さんの思いを大事にしましょう」

「えっ、いいんですか？」

「ご本人がそう強く願われるなら、こちらが強制的に入院させることはできませんよ」

「ありがとうございます」

「お礼なんていりませんよ。あなたが倉木さんの気持ちを確認して出した考えでしょう？　自信を持ってください」

言いながら、日高のことを思い出していた。

彼はいつも自分で考えた介護プランを提案してきた。ある時はスヌーズレンという重度の知的障がい者を対象に開発されたリハビリ療法を、うちの施設でやってみてはどうかと提案してきた。スヌーズレンとは、光や音、振動や匂い、手触りなどで人の感覚に心地好い刺激を与えて心を鎮《しず》める一種のセラピーで、すでに取り入れている老人施設があるのだと日高は言っていた。そして実際に、スヌーズレンで使う蛍光色に光るファイバーの束を節子に見せに来た。だが当時の節子は彼の存在自体が煙《けむ》たくて聞く耳を持たなかった。苦手とする人の意見は聞かない。それが正しいことであっても頷けない。未熟だった節子は自分には非がなく、施設長に盾突く日高が悪いのだと考えていた。

でもいまは、彼の話に耳を傾けるべきだったと反省している。施設長の自分に向かって発する声を、勇気を、きちんと受け止めるべきだった。自分は日高をシャットダウンしているつもりだったけれど、見限られたのは自分のほうだ。

若者たちが介護業界を離れていくのは、仕事がきついからだけではない。給料が安いからだけでもない。この業界に希望を見出せないからだ。利用者の家族に訴えられないよう、体裁だけを整える介護。誰のためにやっているのかわからない延命至上主義。浜本さんや取手さんが感じている絶望を、彼らも若い瞳で見つめていたのだろう。

「倉木さん、『最期を迎える覚悟はできてる』って言ってました」

「あなたに話されたの？」

「はい。お茶ゼリー食べながら話してくれました」

溝内との会話が途切れたところに、上着のポケットに入れていたピッチが鳴った。電話に出ると、「福見さんに会いたいという方がお見えになりました」という。「すぐ行きます」とだけ返して、もう一度溝内のほうに向き直す。

「くれぐれも無理しないようにね」

そう告げると、節子は事務所に向かった。

だが事務所に戻っても、誰もいなかった。「来客だ」とピッチで連絡してきた介護士の竹田《たけだ》の姿もない。なんのいったい、と苛立ちが頭をもたげそうになり、ぐっとなだめる。誰もが忙しいのだ。手一杯で働いているのだ。竹田にしても急を要することで呼び出されたのかもしれない。来客の姿も見えないので、もしかするとすでに面談室で待たせているのかと事務所を出ようとしたら、

「ああっ、福見さん」

階段を降りてきた竹田が、節子を見て声を上げた。

「来客だよね、いま面談室に?」

「いや、それが……」

その来客はいま、二階の共用スペースにいるのだという。

「ちょっと、どうして外部の人を施設内に入れるの! いまはご家族の面会ですら制限しているのに、なにを考えてるの!」

火で炙られたようなカッとした怒りが鳩尾《みぞおち》を熱くし、大きな声が出た。その一方でいけない、こんな声で怒鳴ってはいけないと自分を抑える声が頭の中で響いている。事情があるはずだ。状況を知らずに叱りつけてはいけない。

「悪いけど、もう一度順を追って話してくれる?」

「すみません……。でもえっと、どう話せばいいのかな……」

今日のレクリエーションは、外部から講師を招いてのコサージュ作りだったのだと竹田がたどたどしく説明する。ところが一時間ほど前に講師から、「感染症に罹ったのでお休みをしたい」と連絡が入った。もちろん休講は了承したが、その代わりのレクリエーションをどうする

か、竹田と坂巻《さかまき》の二人で話し合っているところにその来客者が現れたのだと話す。

「福見さんに面会に来ていた来客の方が、私たちの会話を聞いてらして……。それで『私がなにかやりましょうか』って仰って」

話の流れがまったく読めず、節子は「どういうこと?」と訊き返す。

「だからその……来客の方がいまレクリエーションをしてくださっていて」

「竹田さん、あなたなに言ってるの? 見知らぬ人を勝手に施設内に入れたらいけないわよね。常識で考えたらわかるでしょ。その上、その人にレクリエーションを任せるなんて、いったいどういうつもり……」

頭がくらくらしてきた。竹田は夜勤もこなす正職員で、四十代の女性らしい心配りができるベテラン介護士だ。後輩にも優しく指導してくれるので、施設にとってはかけがえのない人材だと常日頃から信頼を置いている。でも腹立たしさが勝ってしまい言葉が尖《とが》る。つい最近、浜本さんの一件があったばかりだというのに外部の者を施設内に入れるなんて。

「あの、福見さん……」

無言のまま二階に続く階段に向かって歩き出したところで、竹田が後ろから声をかけてくる。

「なに?」

「見知らぬ人じゃなかったんです……」

「どういうこと?」

「福見さんを訪ねてこられた方……私もよく知ってる人で、だからつい」

「知ってるっていってもねぇ……」

どうしてこんな簡単なことがわからないのだろう。施設のレクリエーションで招く講師については事前に入念な選考や面接をして決めているのだ。講座の内容はもちろん、経歴や人柄なども厳選して雇っている。そんな、突然来た人にレクリエーションの講師を任せるなど言語道断だ。

「でも、利用者さんもみんな喜んでて……」

「利用者が喜んでるとか、そんなことは関係ないのっ。前例のないことをして問題が起こったらどうするの？　誰が責任取る？」

節子は階段をいっきに駆け上がり、二階の共用スペースに続く扉を開けた。すると、普段は利用者の休憩場所として使っている共用スペースに食事の時に使う椅子が並んでいた。歩けない利用者は車椅子に座ったまま、全員が同じ方向を見つめている。

「え……」

節子は自分の後ろからついてきていた竹田を、振り返った。

「どうして……」

共用スペースの中央に立っているのは、箕輪ジュンだった。

さすがに舞台衣装ではないけれど、光沢のある濃いパープルのワンピースを身に着けたジュンが、独り芝居を演じている。夜を支配する女王のような輝きを放ちながら、台詞を諳《そら》んじていた。

――これから先も手を取り合って、この森を共に進んでいけると思っていたわ、永遠にね。

――ごめんなさい。私たちはきっと、お互いの手が離れていたことに気づかなかったのよ。

互いに違うものを握りしめていたのに、疑うことをしなかった。

透きとおる声で台詞を語るジュンが、施設の共用スペースをまったく別の空間に変えてしまっている。

観客の最前列で車椅子に乗った倉木さんが、食い入るようにジュンの動きを目で追っていた。隣に座る桐谷さんも、焦点をまっすぐジュンに合わせている。他の利用者たちも高揚《こうよう》し、いつも唇を歪めた皮肉な表情を作っている取手さんですら、子どものように口を半開きにしてジュンの姿を眺めていた。

――ねえ、私、あなたのことを責めていないのよ。

――本当に？　あなたを裏切ったのに？

――あなたの人生は、あなたのもの。誰も裏切ってなどいない。

部屋の出入口に葉山が腕組みをして立ち、彼女もまたジュンの演技に見入っている。

いまジュンが演じているのは『劇団ブライトプレイス』の演目のひとつで、節子も一緒に出演した『永遠の森』だった。節子にとっての最後の舞台。

――それじゃあ私、行くね。

――私も行くわ。さようなら。


知らず知らずのうちに、節子は胸の内で台詞を唱えていた。

不思議なものですっかり記憶から消えていると思っていたフレーズが、森に滲《し》みた地下水が湧き出るかのように自然と出てくる。記憶から消えたと思っていた台詞は、失われたのではなく、節子の内に溶け込んでいたのかもしれない。芝居は自分のものとして台詞を口にしないと、観ている人には伝わらない。自分が信じていない言葉を音にしても、相手は信じてはくれない。そんなことを思い出した。

本来は六十分以上ある芝居だが、ジュンはその終盤を切り取って演じていた。脚本を書いた大城が、節子の退団を知ってあえてそうしたのか、あるいは偶然なのか。この演目のテーマは「別離」だった。色恋の「別離」ではなく、これまで同じ方向を向いていた仲間同士の別れ。ただ大城が節子の退団を知ったのは脚本の第一稿が完成した直後だったので、節子のために書き下ろしたものではなかったはずだ。

三十歳で退団してからの二十四年間は、自分なりに納得のいくものだった。介護ミスを起こして裁判に訴えられた時は退職しようかとも思ったけれど、当時の施設長の助けを借りてなんとか留まった。その後、施設の名前が変更されることになり、その際に福見が提案した「森あかり」が採用されたのは施設長からのエールだったのだと思う。森あかりという名前は、泉節子として最後に演じた『永遠の森』をヒントに考えた。人生という森の中に「あかり」が灯っていたらどれほど心強いか。自分が働く施設をそんな場所にしたいと願ったのだ。立ち直ってからはいっそう仕事に励《はげ》み、やがて和生が生まれ、いまも家族円満に暮らしている。子育ては楽しかったし、仕事はきついことも多いけれど、それでもいまは施設長という立場になり、裕福とはいえないが日々の暮らしに不安はない。

ただもう、いまの自分は外見も内面もくすんでいて、きらきらした部分はどこを探しても見当たらない。それがジュンとのいちばんの違いだろう。日本を代表する女優になった彼女と比較したところでなんにもならないのに、でも年に一度か二度は本気で自分に問いかけてしまうのだ。これが自分の生きたかった人生なのか、と。

福見さんは、なんのためにこの仕事をされてるんですか――。

葉山の声が、頭の中で蘇《よみがえ》った。彼女はいつもストレートな物言いをするが、不思議と意地の悪さは感じない。他の職員もそれはわかっているのだろう。敬遠してはいるものの、嫌うほどではない。

どうして介護なのか。

そうした質問はこれまでにも何度かされたことがある。介護に興味のない人にしてみれば、なぜこの仕事を選んだのか不思議なのだろう。

でも昔々の節子には、介護に対する自分なりの思いや、夢のようなものがあった。

他に仕事がないから介護、という選択ではなかったはずだ。三十歳の自分は介護職に就いてなにがしたかったのか……。

拍手の音で、ぼんやりと遠くに飛んでいた意識が戻ってくる。平均年齢八十五の利用者たちが、夏祭りを楽しむ子どものようにはしゃいでいる。

「福見さんが箕輪ジュンと旧知の仲だったとは、知りませんでした。どうして言ってくれなかったんですか?」

古瀬がすぐそばに来ていて、耳打ちしてくる。介護士の誰かが言い出したのか、共用スペースの中央ではジュンとの記念撮影の準備が始まっていた。列のいちばん前に並んでいるのは倉木さんだ。溝内に車椅子を押してもらい、少女のようにはにかみ、目を輝かせてジュンを見上げている。倉木さんはジュンの熱烈なファンだった。彼女の居室には箕輪ジュンの二十代から五十代までのブロマイドが、写真立てに入れて飾られている。

私、箕輪ジュンを知ってるんですよ。昔一緒に演劇をしていたんです。何度そう口に出そうと思ったことか……。でも言えなかった。昔知っていたからどうなのだ、と思われるのが嫌で。でももっと屈託《くったく》なくジュンの話をすればよかった。

「みんな嬉しそう。取手さんも笑ってますね。福見さんも入ってきたらどうですか」

記念撮影の列には、日頃ほとんど他人と関わることのない利用者も並んでいた。取手さんにしてもこんなふうに人の輪の中で楽しむタイプではないのに、今日に限ってはそわそわしているのが伝わってくる。普段はテレビや映画館、舞台でしか観られない芸能人を間近で見られることは、年齢を重ねてもやはり嬉しいのだろう。

「箕輪ジュンの力はすごいね。圧倒される」

妬《ねた》みではなく自然にそんな言葉が出た。人生の半分以上、長い時間をかけて芸を磨《みが》き続けてきた親友の姿が、眩《まぶ》しくて目にしみる。

「私は福見さんもすごいと思いますよ。もう二十年以上介護現場におられるんですよね？　それって簡単なことじゃないですよ」

思いがけない労《ねぎら》いに言葉を失い、古瀬の横顔を凝視《ぎょうし》した。だが彼女はさっきからずっとジュンだけを見ていて、記念撮影の様子をスマホで動画撮影している。

ジュン、あなたって人は……。

節子も視線をジュンに戻し、彼女の動作一つ一つをじっと見つめた。やっぱりジュンは本物のスターだ。ほんの数十分の独り芝居で、利用者たちをこれほど喜ばせるなんて……。

「セッ！　ごめんねー、勝手に上がり込んじゃった」

光沢のある濃いパープルのワンピースの裾《すそ》を翻し、ジュンがこっちに向かって歩いてくる。

「ごめんね」と口にしながらも悪びれたところはひとつもなく、教員にスカートの長さを注意されてペロリと舌を出す女子高生のようだ。自分の魅力を知り尽くした……というか、どうすれば人が喜ぶかを感知する才は時を経てさらに磨かれている。自分にはジュンのような才能はない。だから演劇の世界から降りたのだ。

「大丈夫。施設長は私だから」

前例がない、と憤っていたことなんてすっかり忘れていた。ジュンは危険な行為などなにひとつしていなかった。いまこの場にいる人たちを幸せな気持ちにしてくれただけ。それなのにあんなにきつく竹田を叱ったことが悔やまれる。後で謝りに行かなくては……。

「さすがだね。舞台装置もなにもないけど、ジュンの芝居に惹き込まれた。それにしても昔の演劇なのに、すらすらと台詞がよく出てくるね」

この前のパーティーとは違いジュンは薄化粧で、近くで見ると年相応の皺《しわ》や肌のくすみが見てとれた。自分と同じ五十半ばの女の姿。それでも壇上に立つと彼女自身が発光しているのか、宝石をまとったような輝きを放つから不思議だ。これこそがオーラ。その人間の持つエネルギー。ジュンの命の輝きなのだと思った。

「昔の作品だけど、『永遠の森』は六年前に一日限りで再上演したのよ。大城さんが大病して、その時にエールを送りたいから再上演しようってことになって。セツにも招待状送ったのよ、届かなかった?」

「そうなの? ごめん……。郵便物は夫が仕分けしてて、ただのDMと思ったのかもしれない」

退団後も公演のお知らせが届くことはあったけれど、封を開けたことは一度もない。お芝居を観に行く心の余裕などなかったし、正直なところ興味も失せていた。自分にはもう関係のない場所だと思っていたから。

「そうだセツ。今日は内祝いを持ってきたのよ。この前のパーティーであまり話せなかったから直接渡そうと思って、サプライズで職場まで来たの。迷惑かもとは思ったんだけど、ここなら確実に会えると思って」

レクリエーションの時間も終わり、職員たちが共用スペースに並べられた椅子を片付け始める。各フロアから集まってきていた利用者たちを、介護士がそれぞれの居室に誘導する準備も始まり、共用スペースは混雑を極めていた。でも夏のにわか雨を浴びた草花のように、利用者やスタッフたちの顔や体に生気が補充されている。

「ジュン、悪いんだけど、『永遠の森』のラストの台詞、もう一度言ってくれないかな」

本当はアンコール、と叫びたいくらいだった。でも控《ひか》えめにいちばん好きな台詞を最後に聞かせてほしいと頼む。

「ええ、もちろんいいわよ。じゃあもう一度ステージに上がるね」

ステージなどないのに、ジュンが再び共用スペースの中央に立つと、再び光が集まった。両手を翼のように広げた彼女が、少し顎を上げ、胸を反らせる。すうっと大きく息を吸い込むのがわかった。

節子は両目に力を込め、ジュンを見つめる。

森鷗外がドイツの作家クニッゲの文章を訳したというその台詞は、いまから二十四年前、節子のものだった。

「日の光を籍《か》りて照る大いなる月たらんよりは――」

ジュンは艶やかな声でラストの台詞を途中まで言うと、静止画のようにぴたりと呼吸を止めて節子に手招きしてくる。この先、ラストの決め台詞を節子に言わせるためだと気づき、笑って頷いた後、駆け足で前に出てジュンの隣に並んだ。それぞれの部屋に戻ろうとしていた利用者や、彼らを補助するスタッフたちが振り返って節子を見つめている。

「――自ら光を放つ、小さな灯火《ともしび》たれ!」

下腹に力を込めて放った声は、オペラ歌手のように美しく響き渡り、共用スペースの空気を震わせた。二十年以上演劇から離れていたとは思えない。われながら惚《ほ》れ惚《ぼ》れする。

思いがけず、スタッフたちから拍手が起こる。節子がそんな真似《まね》をしたことに驚いたのか、古瀬や溝内が手を叩きながら顔を見合わせている。

そうだった、と頭に電流のようなものが流れた。

思い出した。

節子が介護士になったのは、自分たち若い世代が希望を持ちたかったからだった。年を取って体が思うように動かなくなり、人の手助けが必要となって、それで施設に入ったとしてもそれは絶望ではない。施設での暮らしも悪くない。そう思ってくれる老人が増えたら、生きることが楽になるだろうと三十歳の自分は考えていた。

自ら光を放つ、小さな灯火たれ——。

大城が節子のために書いてくれたクニッゲの言葉の意味が四半世紀の時を経て、いまようやく胸に落ちた。

第六章　夏の終わり

八月もあと一週間で終わりだというのに、夏が去る気配はまるでなかった。ヘルメットを被ると息ができなくなるほど蒸《む》し、首筋から汗が流れ落ちる。だがこうやって原付バイクでの通勤も、今週いっぱいで終わりになる。清々するような、でもどこか後ろ髪を引かれる気持ちで星矢《せいや》は白く光る道路を走っていた。

「おはようございます」

更衣室のロッカーにリュックを置いた後、事務所に入っていく。これから朝の申し送りが始まるので、次々に人が駆け込んでくる。もう見慣れた光景だけれど、自分が一週間後にこの場所からいなくなると思えば貴重な時間にも感じられる。

「溝内《みぞうち》、おはようさん」

夜勤明けの堀江《ほりえ》が、欠伸《あくび》をかみ殺しながら近寄ってきた。脂《あぶら》っぽい体臭が、つんと鼻先をかすめる。昨晩も忙しかったのだろう。

「堀江さん、倉木《くらき》さんはどうでしたか?」

東側の窓から射し込む太陽が、堀江の横顔を照らしていた。それが眩《まぶ》しかったのか、堀江がブラインドを下ろしに窓際へと歩いていく。

「ああ、特に変わりはない。昨夜は葉山《はやま》先生が泊まってたから任せっぱなしだった」

葉山が当直をしていたと知り、そこまでしているのかと驚いた。「自分が責任を持って倉木さんを診《み》る」と口にしたのは、本心だったのか。

「はい、みなさん、おはようございます！　申し送りを始めましょうか」

ぼそぼそと堀江と話しているところに、目の前でパンと手を叩かれるように声が落ちる。福《ふく》見《み》の合図で長い一日がスタートした。


「熱も下がったようですし、問題はないですね。もしお腹がすいているならお茶ゼリー食べます？　そう……だったら飴《あめ》？　どれにします？　那智黒《なちぐろ》、いちごミルク、パインアメ……はいはい、パインアメですね」

倉木さんの部屋の前まで行くと、中から古瀬《ふるせ》の声が聞こえてきた。倉木さんはここまでエンジョイゼリーというゼリー状の栄養食を摂取してきたが、一週間ほど前から受け付けなくなっていた。葉山からは「食べられないなら無理強《じ》いはしない」という指示を受け、ゼリーを食べなくなってからの倉木さんは、一日に数粒の飴を舐めるだけになった。それでも意思の疎通《そつう》はでき、箕輪《みのわ》ジュンとのツーショット写真を携帯の待ち受けに設定してあげると、蕩《とろ》けるような笑顔で「ありがとう」と笑ってくれた。

「あ……」

足音をさせずに、葉山が倉木さんの居室から出てくる。入口付近で突っ立っていた星矢と正面からぶつかりそうになり、体を反《そ》らす。葉山が居室にいるとは思っていなかったので、立ち聞きをしていたばつの悪さに目線を下げる。

「おはようございます。今日はあなたが倉木さんの担当？」

当直明けなのに、葉山の顔に疲れは見えない。

「はい、おれです」

「よろしくお願いします」

それだけを口にすると、葉山が足早に星矢の横をすり抜けていく。二人で『CALM HOUSE』を訪れてから距離が縮まったかと思っていたがそれはただの思い込みで、相変わらずのよそよそしさだ。それを残念に感じている自分がいて、それがいちばん面倒くさい。

倉木さんのことはひとまず古瀬に任せ、星矢は隣の居室を覗きに行った。

「桐谷《きりたに》さん、おはようございます」

静けさに満ちた倉木さんの居室とは対照的に、テレビの大音量が鼓膜《こまく》を刺す。

「あら、おはよう。え……と、ミゾ……」

「溝内です。朝食の準備ができましたよ」

「そうそう、溝内くんよね。朝ご飯ね、ありがとう。朝イチ観てから食べに行くわ」

ベッドをギャッチアップしてテレビを観ていた桐谷さんが、すっきりとした瞳で笑いかけてくる。

「じゃあ食堂で待ってますね」

部屋を出ようとすると、サイドボードの上に置いてあった携帯が鳴ったので、「桐谷さん、電話ですよ」と星矢は手に取って渡した。

「ありがとう。娘かしら」

ディスプレイをちらりと見ると、電話番号らしき数字が並んでいた。そばで聞いているのも悪いと思い、星矢は素早い動作でベッドサイドから離れた。どちらにしてもそろそろ仕事に戻らなくてはいけないので、桐谷さんに向かって会釈《えしゃく》をして部屋を出る。

たぶん娘さんではないだろう。以前にも一度、娘さんからの電話に星矢が気づいたことがあるが、その時は名前がディスプレイに浮かんでいた。

「え……？　いま？　部屋にいるわよ。いえ、介護士さんと二人でよ」

廊下にまで聞こえてくる桐谷さんの声を聞きながら、この人は入職した日からずっと優しかったなと思う。なにもできない自分にいつも「ありがとう」と言ってくれた。施設にいる老人はなんの楽しみもない、という星矢の先入観を変えた人でもある。わずか五か月ほどのつき合いだったけれど、桐谷さんにはずいぶん助けられた。


今日の午前中は入浴介助がメインだった。水を使う援助はもれなく服が濡れてしまうので、Tシャツとハーフパンツに着替えて浴室に向かう。

「遅くなりました、すんません」

九時を少し回ってから浴室に入ると、頭に白いタオルを巻いた堀江が入浴機器の前ですでに待っていた。腰にコルセットを巻き付けているのだろう、黒色のTシャツが不自然に膨《ふく》れている。今日は九時から十二時の間に十八人の利用者の入浴介助をしなくてはならず、星矢と堀江は浴室内の作業をする中《なか》介助を担当していた。

「じゃあ、さっそく始めるべ。溝内、おまえ腰治ったの？」

「はい、しばらく安静にしてたら良くなりました。心配かけてすんません」

「そりゃよかった」

オッケーです、連れてきてください、と堀江がピッチに向かって声をかけると、しばらくして外介助《そと》担当の竹田《たけだ》と坂巻《さかまき》が扉を開けリクライニング車に乗せた浜本《はまもと》さんを浴室内に連れてきた。外介助は利用者を居室から脱衣所まで連れてきて、衣服の着脱を担う。

「浜本さん、おはようございます。体調はどうですか?」

堀江が浜本さんに声をかけながらそばに寄っていく。目は開けているものの、最近の浜本さんはほぼなにも話さない。そんな浜本さんの代わりに、「バイタルは問題ありませんし、サチュレーションも九八パーセントあるって古瀬さんから報告受けてます。呼吸も問題ないみたいで」と坂巻が返してくる。

星矢は堀江とともに浜本さんをリクライニング車から入浴機器のストレッチャーに移乗させ、手早く体を洗っていく。

シャワーから噴き出す温かい湯が体にかかると、浜本さんの口元が微《かす》かに動いた。言葉はないけれど、浜本さんの顔に快の感情が滲《にじ》む。

「浜本さん、気持ちいいですか?」

堀江を真似《まね》て、星矢も浜本さんに話しかける。介護士になりたての頃は無反応の人に声かけをするのが苦手だったのだが、いまは自然と会話できるようになった。

「溝内、背中洗うから体起こして」

「はい」

頭と背中を保持しながら、浜本さんを支える。

体と髪を手早く洗い終えると、ストレッチャーのまま浜本さんを浴槽に入れていく。できるだけ長く湯に浸けてあげたいので、その間に星矢は次の人を迎える準備を始める。

「いまさらですけど、三時間に十八人の入浴介助っていうのは妥当な人数なんですか?」

ほかほかに温まった浜本さんを送り出した後、浴室を掃除しながら堀江に訊《き》いてみた。一時間に六人が入浴するということは、一人に使える時間は十分程度だ。

「どうだろうな。もっと大人数をいっきに介助する施設もあれば、時間かけてゆっくりやるところもあるだろし。でもまあうちは、この人数が限界だろうな」

いまは利用者をリクライニング車からストレッチャーに移乗させれば、浴槽に浸けるところまでは機械がやってくれる。ただ寝たきりの人を移乗させるには相当な力が必要で、「高齢者といっても体重が軽い人ばかりじゃないからな」、と堀江が腰の古傷を押さえた。

「この入浴機器……」

「え?」

「機械じゃなくて人の手だけでやっていたら、入浴の介助って地獄でしょうね」

当たり前のように自分たちは入浴機器を使っているが、機械が普及する前は人の力だけですべてが行われていたのだろう。想像しただけで心が折れる。

「きついなんてもんじゃないいな。とはいえ、おれがこの業界に入った時はすでに機械浴だったけど。ただ入浴機器は高価だからなぁ。うちのも五百万かかってるって話だし。慎重に扱え、壊れたら終わりだって福見《ふくみ》さんがいつも鬼の形相《ぎょうそう》で言ってるだろ?」

「いやいや、壊れたら終わりだなんて言わないで、介護を楽にする機械、もっとバンバン導入してほしいですよ。マッスルスーツがあれば、堀江さんのガラスの腰も守れるのに」

森あかりにはストレッチャーで入る入浴機器しかないが、座位のまま湯船に浸かれる機械もあるらしい。だが高額な上に設置するスペースもないとのことで、簡単には導入できないと前に福見が嘆《なげ》いていた。

「無理言うな。金がないんだからしょうがないべ。ほれ、次の利用者さんが入ってくる。迎えに行くぞー」

本日二人目の入浴介助は、車椅子に乗った取手《とりで》さんだった。いつかの味噌汁《みそしる》事件以来嫌われてしまったのか、取手さんはあれから目を合わせてくれず、今日も不機嫌そうにそっぽを向いたままだ。


「溝内くん、いまちょっといい?」

午前の入浴介助が終わって浴室を出たところで、福見から呼び止められた。汗とシャワーの飛沫《しぶき》でTシャツがぐっしょり濡れ、早く着替えたいところだったが、「はい」と返す。退職に関する事務手続きのことかもしれない。

「いまから休憩?」

「そうです。……あの、やっぱ、ちょっと着替えだけしてきていいですか? だいぶ濡れてるんで」

「ああ、じゃあ着替えてきて。面談室で待ってます」

わずか四十分しかない休憩時間を削られるのは痛かったが、あと数日でこの場所を去るのだ。最後のお勤めだと諦め、星矢は男子更衣室まで走る。

「そこに座ってください」

五分もかけずに着替え、駆け足で面談室に行くと、福見が神妙な顔つきで待っていた。話が終わったら食べるつもりで持ってきたコンビニ弁当を、星矢は黙ってデスクの上に置く。

「浜本さんの話なんだけど……」

浜本さん、という名前を聞いて、自分の顔が歪《ゆが》むのがわかった。もういいかげんにしてくれよ、という拒絶反応。何度も繰り返し、訊かれるままに答えてきたじゃないか。いまさらなにを話せというのか。

「浜本さんの鼻カニューレのチューブが切断された件ですが、事実が確認できました」

「は？」

予想外の展開に、顔の筋肉が緩《ゆる》んだ。どんな表情を作ればいいかわからず、たぶんきっと間の抜けた表情をしているはずだ。事実が確認できた、とはどういうことだろう。

「もしかして犯人がわかったんですか？」

「まあ……そうね。犯人という言い方はどうかと思うけど」

「誰なんですか？」

これまで自分が疑われてきたのだ。早く教えてくれと、気がはやる。

「それは……」

自分で呼び出したくせに、福見は逡巡《しゅんじゅん》していた。

「教えてくださいよ。誰にも言いませんから」

苛立《いらだ》ちを隠すことなく星矢は詰め寄った。黙り込んだまま俯《うつむ》いていた福見が顔を上げ、覚悟を決めたかのように星矢を見つめてくる。そしてスッと短く息を吸った後、

「取手さんです」

と消え入りそうな声で告げた。

「へ……」

あまりにも意外な名前を耳にし、屁のようなぼやけた音が口から漏れ出る。

「浜本さんの鼻カニューレのチューブを切断したのは、取手さんです。取手さん本人から聞いたので間違いありません」

「え……でも、取手さんは手も足も不自由で……。おれ、いまも入浴介助してたんですけど、体に力が入らないから支えてて……え、どういうこと?」

「更衣室の前に設置されている防犯カメラにも、取手さんの姿が映っていました」

と福見が言いにくそうに口にする。取手は介護認定の際に虚偽《きょぎ》の申請をし、介護度を上げて入所していた。実際は歩行も可能で、車椅子に乗らなくても自力で移動できる……。文章を読み上げるようにそう話す福見の顔を、星矢は呆然《ぼうぜん》と見つめていた。

「なんのためにそんな嘘を……? それになんで取手さんが、浜本さんを……」

たしかに取手さんは瞬間湯沸かし器のようなところがあって、ちょっとしたことでキレる。ところかまわず怒鳴《どな》り散らすし、頭に血が昇った末に取り返しのつかない暴言を吐くこともある。一方、浜本さんは穏やかな人で、取手さんとトラブルがあったとは思えない。

「実はね、浜本さんがまだお元気な頃に、取手さんに頼んでいたらしいの」

「頼むって、なにをです？」

「いつか寝たきりになって、自分の意思を伝えることができなくなったら、その時は命を絶ってほしいって。本当は自分で『延命治療はしない』と言いたいけれど、実際そうなった時にはおそらく、まともに会話ができなくなっているだろうからって」

陰の気がこもった息を吐き出すと、福見が憑《つ》き物を払い落すかのように首を左右に振る。なぜうちの施設でこんなことが……。そんな心の声が聞こえてきそうだ。

「でも普通はそんな頼み、引き受けませんよね。もし発覚したら自分が犯罪者になるのに？」

自分だったら秒で断る。どうして他人のためにそんなリスクのあることをしなくてはいけないのか。

「取手さん、浜本さんには恩を感じてたらしいの」

「恩？」

「この施設で浜本さんだけ、本当のことを知っていたそうなの。取手さんがまだ入所したての頃、部屋で立ち上がってラジオ体操をしているところを浜本さんに見られたとかで。でも浜本さんはそのことを誰にも言わずに、むしろ取手さんの相談相手になってあげてたみたいでね。取手さん、浜本さんには心を許していたんでしょうね」

　森あかりは女性の利用者に比べると、圧倒的に男性利用者の数が少ない。しかも男性は物静かな人が多い。中でもひときわおとなしい浜本さんが、荒っぽいところがある取手さんと交流があったことが意外だった。見えていると思っていても、他人のことなんてわからない。

「浜本さんのご家族にはすでに謝罪して、許していただきました。先日、あなたが持ってきた浜本さんの言葉が書かれた卓上カレンダーがあったでしょう？　あの言葉を読まれたことで『このままこちらの施設に置いてもらいたい』と仰ってくださったの。溝内くんには本当に嫌な思いをさせてしまいました。本当に申し訳ありませんでした」

あなたがここを去る前にきちんと謝罪したくて、と福見が神妙な面持ちで頭を下げる。

「ああ……」

あれほど腹を立てていたくせに、文句を言ってやりたくてたまらなかったのに、それ以上の言葉が続かなかった。

チューブを切ったのは、自分かもしれない――。

仕事に追われ、心身ともに疲弊してそんなふうに思い悩んでいたこともあったのだ。自分にも危うい時間はあった。

「取手さんはどうなるんですか？　退所……ですか」

今日の福見はことさら顔色が悪かった。くぼんだ目の下にのっぺりとした影のようなくまが張り付いている。

「溝内くんは知らないでしょうが、こういうことはけっこうあるの。介護認定調査の時に、わざと呆けたふりをして介護度を上げる人なんてたくさんいるから。できるのにできないと言ってみたりね。お金が絡《から》むことだからみんな必死なの」

取手さんのことは、私の判断だけで決めることはできない。担当のケアマネージャーに相談してみるつもりだと、福見はいつものため息をついた。

いまから四十分間きっちり休憩してください。そう福見に言われたので、コンビニ弁当を近くの公園で食べることにした。施設から出たとたん蒸した空気が全身を包み、額から汗が滲んでくる。それでも外に出てきた解放感が、全身を包んだ。

施設から五分ほど歩いた場所にある公園には小ぶりの築山があり、その中央にトンネルが通っている。平日の昼間だからか気温が三十五度近くあるからか、遊んでいる子どもはひとりもおらず、公園には星矢しかいなかった。ちょうど木の陰になっている場所にベンチがあったので腰をかけ、のり弁のプラスチックの蓋《ふた》を外す。

誰もいなくてよかった……。

トンネルの穴を眺《なが》めながらしみじみ思う。小さい時はなにも考えずに遊んでいた公園が、いつの年齢からか立ち入るのを躊躇《ちゆうちよ》する場所になった。子どもが遊んでいる時間帯は特にそうだ。星矢のような大人の男が公園にいると、子どもを遊ばせる母親たちはあからさまに警戒の色を濃くする。なにもしていないのに、男が公園をぶらついているというだけで不審がられる。

いつもなら子どもたちがはしゃぎながら行き来しているだろうトンネルが、いまは役目を失いただの穴に見えた。ああした空間をがらんどう、というのだろうか。人の通らないトンネルはなんの役にも立っていない。仕事を辞めれば、おれもまた、がらんどうだ。

「ここ、座っていい？」

青のりがふりかけられた揚げチクワを箸《はし》でつまんだところで、上から声が落ちてきた。顔を上げるとなぜか葉山がいて、こっちを見ている。

「あ、え……と、どうぞどうぞ」

星矢が体を右へずらすと、葉山がベンチの左端に座った。二人の間に人一人ぶんの間隔《かんかく》が空く。

「いつもは人がいないのに、今日はいたから驚いた」

葉山がお茶のペットボトルのキャップを開けて、口をつけた。

「取手さんのことで、福見さんからなにか話あった?」

葉山の顔の左半分だけに日が当たっていた。目を細めて眩しそうにしているので、木陰に入れるようさらに右へとずれる。

「ああ、まあ……はい。十分ほど前に話しました」

「そう。このまま言わないつもりかと思ってた。大丈夫?」

「大丈夫って……なにがですか」

「怒ってるんじゃない? あなた、疑われてたから」

「ああ……。なんかいろいろ事情聞いてるうちに、怒りの感情も失せましたよ。なんていうか、なにに怒ればいいのかわからなくなって」

誰もいなかった公園に、大型犬を連れた中年の女性がやって来た。犬種に詳しくはないが、あれはたぶんラブラドールレトリーバー。芸人時代に先輩が飼っていた犬で、出張中の朝夕に散歩をさせるというアルバイトをしたことがある。

「そうだよね。なにに怒ればいいかわからないよね。うちには八十人の高齢者がいて、それぞれが違う人生を生きてきて、違う心を持っている。だから問題が起こらないわけがない。利用者もそこで働いている私たちも、問題を抱えたまま決められたことをやっている。日々の業務に忙殺されているうちに、元々問題があったことを忘れてしまって、うまくいかない原因を懸命に探している」

従来にはない考え方を持つトップが出てこない限り介護の現場は変わらないだろう、と葉山が淡々と話す。

「従来にはない考え方って?」

「たとえば、介護士の働きやすさを最優先にした施設を運営するとか? 給料面もふまえて」

「そんなの無理ですよ」

「そう? でも一般的に会社に大切にされてる従業員は、いい仕事するじゃない? 介護士にしても職場の環境が良くなれば、利用者にもプラスになると思うけど」

いまの介護現場は自由度が低い気がする。介護職に人とお金が集まるようになれば、現場は大きく変わるのに。葉山は独《ひと》り言のようにそう口にすると、「私、四歳下の弟がいるの」と突然話を変えた。

「その弟と、この夏に旅行したの」

「へえ……大人になった姉弟《きょうだい》が二人で旅行したりするんですね」

「うちはまあ、いろいろ事情があって。それでまあ、北海道の旭川市《あさひかわ》にある動物園に行ってきたの」

ゆっくり見ていたら一日では回りきれないほど大きくて立派な動物園だった、と葉山は微《かす》かな笑みを浮かべた。動物たちはのんびりと昼寝し、餌《えさ》を食べ、水中を泳いでいた。見物している客の前で糞《ふん》をするのもおかまいなし。この動物園で飼われている動物たちはなんて伸び伸びとしているんだろう。自分はそんなことを思いながら広い園内を歩いていたのだと、話は続く。

「弟と二人で園内を歩いていると、ある展示物に目が留まったの。その展示物は地元の医大で学ぶ医学生と動物園の職員が共同で作成したものでね。おもしろい企画だなと思って展示された写真と文章を目で追ってたんだけど、書かれている言葉に実感が伴ってた。私、忘れたくないなと思って携帯のカメラで撮ったの」

これなんだけど、と葉山はベンチに置いていた布製のバッグから携帯を取り出し、保存された写真の言葉を読み上げる。

治療延命の概念、価値観を持たない動物　決して他種を信じることのない野生の血。
私たちは、そんな命を預かっています。
でも預かったからには飼育下という環境の中でその動物らしく暮らし、
その動物らしく命を終わらせます。
命は大切と言いますが、
それはおそらく長く生きることではなく、
その動物らしく生きることなのだと思います。

「私は医師だから人が傷ついていたら治療をするし、瀕死《ひんし》の人が目の前にいれば救命する義務がある。でもこの最後の三行は、動物に限らず人間もまた同じだと思った。人間も動物も、命の最期に求めることは同じじような気がする」

弟もこの最後の三行をメモに書き留めていた、と葉山はぼそりと口にした。なんとなく含みのある物言いだったので、その弟がなにか深刻な病気でも患《わずら》っているのかとも思ったが、訊くことはしなかった。

「先生が福見さんと合わないのは、死生観の違いからですか」

福見を見ていると、誰の最期も均一だと考えているように感じる。体調を崩したら病院に送り、口から食べられなくなったら経鼻胃管や胃ろうを造設して栄養を流し込む。そこには家族の意向もあるのだろうが、言われるがまま従う。

「福見さんとは立場が違うから」

「先生は延命治療を避けようとするじゃないですか」

「必要のない延命においては」

「その、必要か必要じゃないかはどうやって決めるんですか」

「医療的に回復の見込みがなく、延命することで苦痛を与える場合は必要がないと判断してる。本人の意思を確認するのが理想だけど、そう簡単じゃないから難しい。だから結局のところ家族の判断になるのが現実だよね。家族のいない人は、さっきあなたが言ったように施設の方針で最期の在《あ》り方は均一になる」

星矢は母の顔を思い浮かべ、「おれは、自分の家族だったら、無理に生かすようなことはしたくないです」と首を横に振った。ここまで苦労して生きてきた母に、死の間際まで苦しい思いをさせたくない。

「みんな冷静な判断ができる間は、延命治療の苦痛や虚《むな》しさをわかってる。でもいざ目の前の家族がとなると、流れのままに管で繋いでしまう。その流れを見直す時期がきているんだと私は思う」

それにしても蟬《せみ》の鳴き声がすごい、と葉山が目を細めて遠くを見つめる。たしかにさっきからずっと、甲高《かんだか》い音のうねりが頭上から降ってくる。

「私、蟬の中ではヒグラシの鳴き声が一番好きなんだ。神楽鈴《かぐらすず》の音色に似てる」

ベンチに置いていたバッグを肩に掛け、葉山が立ち上がった。

「神楽鈴って、なんですか」

「神楽舞を舞う巫女《みこ》が手にしている鈴。神を呼ぶため、あるいは災いを祓《はら》うために、巫女たちは天に向かって祈りの鈴を鳴らすの。じゃあ、お先に」

「あ、ども……」

話したいことだけ告げてさっさと行ってしまうとは、と後ろ姿を目で追った。他の職員とはほとんど雑談をしないのに、どうして自分には話しかけてくるのか。理由を訊いてみたいと思っていた。でも本人を目の前にすると無口になって、これでも元芸人なのにおもしろいことのひとつも言えない。

「しゃーなし」

あと十分ほどで休憩時間が終わるので、星矢ものろのろと腰を浮かせる。公園には葉山と犬を連れた中年女性以外、結局誰も来なかった。次からもここで休憩しようと思い、ふと気づく。そうだ、おれは施設を辞めるんだった。

午後の予定を頭に思い浮かべながら施設に向かっていると、四点杖をつきながらよろよろと国道のほうへ歩いていく老人が目に留まった。超高齢化社会のこの国で杖を手にした老人なんて珍しくもないが、この人を見過ごすわけにはいかない。

「桐谷さんっ」

道路を隔《へだ》てた先にいる桐谷さんに声をかけたものの、星矢の声は届かない。桐谷さんがなにかにとり憑かれたような表情で歩き続けているので、認知症を発症したのかと心配になる。

「桐谷さんっ、待って」

道路を横切り、わずか数秒で桐谷さんの隣に並んだ。大声で自分の名を呼ばれたからか、星矢を見上げる桐谷さんの顔に怯《おび》えが滲む。

「ぼくです。介護士の溝内です。驚かせてすみません」

膝を折って目線を合わせると、桐谷さんが慌てて顔を伏せた。通りすがりの人が見れば、星矢が脅しているようにさえ見えるだろう蒼白の顔を、「どうしたんですか?」と覗き込む。

「なにかあったんですか?」

普段とはあまりに違う様子がさすがに気になり、しつこく訊《たず》ねた。桐谷さんが困ったように目を瞬《しばたた》かせたので、ああそうか、とようやく気づく。この人は施設を勝手に抜け出してきたのだ。だから、叱られるのではと怖がっているのだ。

「桐谷さん、大丈夫ですよ。たまには施設の外にも行きたいですよね。わかります」

――それぞれが違う人生を生きてきて、違う心を持っている。だから問題が起こらないわけがない。

さっきの葉山の言葉を頭に思い浮かべながら静かに告げると、強張《こわば》っていた桐谷さんの顔が少し緩《ゆる》んだ。星矢の顔をじっと見て、その目に涙を溜める。

「なにか……あったんですね」

桐谷さんのこんな弱々しい顔を目にするのは初めてで、言葉に詰まった。日盛りは過ぎたけれど、夏の日差しはまだまだ強く、桐谷さんの影は濃く黒々としていたが、その姿からいつもの覇気《はき》は消え去っている。

「私、行かなくちゃ……」

「行くって、どこへですか」

視線を下げれば、彼女の左手に小さなポーチが握《にぎ》られていた。見覚えのある、金色のチャックがついたエメラルドグリーンのポーチだ。年季が入っていて、表の生地は所々擦《す》り切れている。

「憲久……息子が来るんです。それで私、カードをあの子に渡してやらないと……。急がないと、あの子、またおかしなことを……」

「おかしなことってなんですか？」

「ごめんなさい、話してる時間はないの。急がないと……」

桐谷さんが杖をつき、また歩き始めた。よろよろと体を左右に揺らし、右足を引きずりながら懸命に前に進もうとしている。

「桐谷さんっ、落ち着いて。ちょっと待ってくださいってば」

桐谷さんの後について歩きながら、星矢は携帯を取り出した。事務所に電話をかけると古瀬が出たので、桐谷さんがひとりで外に出ていることを伝える。説明している途中で古瀬が焦《じ》れたのか「すぐ行く！」と電話が切れた。

「どちらに行かれるんですか？　おれもお供しますよ」

星矢がそう口にすると同時に、携帯の着信音が鳴った。施設からかとズボンのポケットに手を当てたが、音はエメラルドグリーンのポーチの中から聞こえてくる。

「桐谷さん、お電話ですよ」

星矢が言うと、桐谷さんは手にしていた四点杖をその場に立て、両手でポーチのチャックを開けた。まごつく桐谷さんに代わってポーチから携帯を取り出すと、ディスプレイに０５０から始まる番号が浮かんでいる。

「ああ、憲久……。いま向かってるからちょっと待ってて。お母さん、足が悪くて時間がかかっちゃって」

息を切らし、両肩を上下させながら桐谷さんが話している。星矢はいまのうちに古瀬が来てくれないかと、道の先に視線を向けた。

「角にあるコンビニね？　緑と青の看板の」

音量を大きく設定しているせいか、通話相手の声が響いていた。桐谷さんの言う通り電話の相手は息子のようだが、なんだ、この妙な胸騒ぎは……。

「桐谷さん、息子さんに会うこと、娘さんには伝えてあるんですか」

桐谷さんの家族は、いろいろと揉め事があったのではなかったか。息子とは一時距離を置いていたはずだけど……。再び前に進み始めた桐谷さんの後を、星矢はついて歩く。

「娘には話してないの。だって話す時間がないし、とにかく急なことで……」

さっきからやけに急いでいるのはどうしてだろう。勝手に施設を抜け出し、ひとりで待ち合わせの場所へ行くなんてことを普段の桐谷さんなら絶対にしない。

「息子さんになにかあったんですね」

星矢の問いかけに、桐谷さんの両肩がびくりと持ち上がり、歩みを止めた。それまでも亀《かめ》の歩みではあったが、足が完全に止まってしまう。

「桐谷さん、息子さんになにがあったか、教えていただけませ……」

言い終わらないうちに、桐谷さんの口から嗚咽《おえつ》が漏れた。うっ、うっ、と泣き出した桐谷さんに、星矢は「なにがあったんですか」と問い続ける。他の人には絶対に話さない、二人だけの秘密にしますから、と。

「……前からね、息子には自宅を売ってお金を作ってほしいって頼まれていたの。でもいま自宅には娘が住んでいるから、私、娘を追い出してまで売却するなんてことはできないって断って……」

途切れ途切れに語られる桐谷さんの話によると、息子が経営している飲食店が不景気のあおりを受け、廃業寸前なのだという。借金も相当な額で、自宅を売却した金で返済したいと言ってきたらしい。だが娘も独身で、非正規雇用なので将来が心配なのだ、と。

「息子が……もう死ぬしかないって言うの……」

桐谷さんの手が、星矢の腕をつかんでくる。この細い体にまだこんな力が残っていたのかと驚くほど、強く握られる。

「あの子、こんな状況で生きていてもしかたがないって……。だから私、いまから銀行のキャッシュカードを渡しに行こうと思って。とりあえず、いまあるだけの現金を渡してやらないと」

施設のすぐ近くにあるコンビニで待ち合わせをしている。さほど遠い場所でもないのに、なかなかたどり着けないことがもどかしくて情けない。あの子が変な気を起こす前にお金を渡してやりたいのに、足が悪くて思うように歩けないのだ、と早口で言いながら桐谷さんがまた前を向いた。

懸命に足を前に出そうとする桐谷さんを見ているうちに、星矢の中に虚しさと腹立たしさが同時に湧きあがってきた。桐谷さんの息子に対しての嫌悪感と軽蔑《けいべつ》でむかむかしてくる。年老いた母親をここまで動揺させるなんて、いい年した大人の男がやることか。娘も娘だ。実家に住み続けるのは勝手だが、母親に心配させんなよ。息子も娘も五十過ぎてるんだろ？　いつまでも親に心配させてないでちゃんとひとりで生きていけよ、と毒づきながら、でもその毒は星矢自身をも弱らせる。星矢にしても実家で暮らし、母親を頼って生きている。ちゃんとしてないのはおれも同じ。

だが苛立ちながらも、拭《ぬぐ》いきれない違和感が胸をざわつかせていた。大事なことを見落としているような感覚。これはいったいなんだろう……と自分自身に問いかけていると、

「溝内くんっ」

背後から大きな声で名前を呼ばれ、振り返った。古瀬がこっちに向かって走ってくる。

「溝内くん、どういうこと？　どうして桐谷さんが外に出てるの？　フロアの扉はロックしてあるのに……」

苦しそうに胸を押さえながら、古瀬が鬼気《きき》迫る表情で星矢を見てくる。

「非常口から出たのかも……。桐谷さん、息子さんと会う約束をしているそうです」

古瀬に気づくことなく桐谷さんが歩いていくので、星矢は後を追いながら答えた。

「息子？　どうして外で会うの？　施設に来てもらえばいいことでしょうっ」

「なんか事情があるみたいで」

母親というものは、いくつになっても母親のままなのだと思う。怖ろしいとすら感じるのは、八十を過ぎてなお、わが子に手を差し伸べようとする情の深さだ。

「ちゃんとわかるように説明してよ」

「実はおれもよくわかってないんです」

自分もいま桐谷さんを見かけたところで。どこかに行こうとしていたので後を追いかけてきたと星矢は話した。

「息子さん、すぐそこのコンビニで待ってるらしくて」

古瀬に事情を説明していたちょうどその時、ポーチの中の携帯が再び鳴った。今度は古瀬が桐谷さんのポーチを開けて、携帯を取り出した。その瞬間、

「この電話、息子からじゃない……」

古瀬が星矢の耳に口を寄せてきた。

「え？」

「桐谷さん、息子の電話番号は登録してんのよ。だからもし息子から電話がかかってきたら、名前が表示される。でもいまディスプレイに表示されてたのって、電話番号だった。０５０から始まるＩＰ電話の番号だった」

ああそうか、と腑《ふ》に落ちた。さっきから胸をざわつかせていた違和感の正体は、それだ。

「それに私……」

古瀬がいったん言葉を区切り、携帯で会話している桐谷さんに目を向ける。なにか大切なことを思い出そうとしているのが伝わってくる。

「なんですか？」

「私……息子から電話がかかってこないように、ブロックしたんだよ。いつだったかは思い出せないけど桐谷さんから携帯預かって、息子の番号を着信拒否に設定した。絶対に。間違いない」

桐谷さんっ、と古瀬が小さく叫んだ。

「……ええ、向かってるわよ。なに？　急用？　ヤビシタさん？　ああ、ヤブシタさんね。わかったわかった。え、暗証番号？　お父さんの誕生日よ。八月十日だからゼロ、ハチ、イチ、ゼロ。それであんたはどこ行くの？　……銀行の人と会う？　わかったわかった、ヤブシタさんに預けておくから」

どうやら息子に急用ができ、ヤブシタという人物にキャッシュカードを預けるように言われたようだった。

古瀬が星矢に目配せし、「引き返そう」と耳元で囁《ささや》く。

電話の相手は、桐谷さんの息子ではない。特殊詐欺《さぎ》の脅威が、施設で暮らす高齢者にまで及んでいることに驚く。

「桐谷さん、ひとまず施設に戻りましょうか」

古瀬が穏やかな声で、桐谷さんの背中に手を添えた。振り返った桐谷さんが、眉間《みけん》に皺《しわ》を寄せた険のある表情で星矢と古瀬を見返す。

「帰りませんよ。私、急いでるんです」

「わかります。桐谷さんが息子さんを心配されてること、わかりますよ」

「だったら邪魔しないでっ」

普段から職員に対して優しく丁寧な桐谷さんが、別人のような声で叫ぶ。息子は昔から手のかかる子だった。中学校でも高校でも不登校を繰り返し、高校を卒業して働くようになってからは精神を崩して心療内科に通っていたことも、自殺未遂を起こしたこともある。三十半ばで結婚して、ようやくまっとうな暮らしを送れるようになったのだ。いま助けてやらなければまた昔に戻ってしまう、と桐谷さんが涙目で訴える。

「古瀬さん、あなたも人の親ならわかるでしょう？　息子が『死にたい』って言うのよ。私、あの子に冷たかったわ。頼みを聞いてやらず、電話をとらなかったり……。これであの子になにかあったら私、死んでも死にきれない……」

足が悪くなければ、桐谷さんはきっと杖をかなぐり捨て駆け出していただろう。でもそれができないので、コツン、コツンと一歩ずつ前に進んでいく。

「桐谷さん、息子さんの代理の方に施設に来ていただきましょうよ。そのほうがゆっくりと話ができますから」

古瀬は動じず、落ち着いた口調で桐谷さんに話し続けた。息子は用事があって急きょ来れなくなった、だから代理の人に会わなくてはいけない、と桐谷さんはまた同じことを繰り返す。

「だったらよけいに施設へ来ていただきませんか？　息子さんの代理で来ていただくのですから、お茶をお出しして、きちんとお礼を申し上げないと。それに大事な銀行のカードを預けるのですから、その方の人となりも見ておかないといけません」

どうぞ施設の面談室を使ってください、と古瀬が桐谷さんを説き伏せる。

星矢がなにを言っても聞く耳を持たなかった桐谷さんが、古瀬の話には頷いているから不思議だ。やっぱりプロだなと感心する。どういう言い方をすれば桐谷さんの心が動くかを心得ている。

桐谷さんはしばらく考え込むように黙っていたが、「そうね、おもてなしは大事だわ」とこくりと頷く。

「そうですよ。ここまで来てくださったんですから。はい、さようならじゃ失礼です」

古瀬は自分の手を桐谷さんの背に添えたままゆっくりと反転させ、「いますぐ警察に通報して。福見さんにも事情を話して」と星矢に耳打ちしてから、来た道を引き返していった。

星矢が通報してからわずか十五分後、二名の私服の警察官が施設に現れた。福見が警察官に事情を説明し、

「他の利用者さんを不安にさせないよう、くれぐれも騒いだりしないでください」

と職員たちにも指示を出す。福見は桐谷さんの娘と息子にも連絡を入れていたが、仕事中なのかどちらとも繫がらなかったようだ。

警察官が施設に到着してから十分ほど経過した頃、桐谷さんの携帯が再度、着信音を響かせた。

「はい、桐谷です」

福見が桐谷さんのふりをして電話に出る。警察とは事前に打ち合わせをし、電話の主を施設におびき寄せようということになっていた。犯行現場を押さえれば、現行犯逮捕ができるという。

「もしもし、どちらさまですか？」

福見の声色はまさに八十代の女性そのもので、星矢や他の職員は驚きのあまり無言で目を合わせた。携帯はスピーカーに設定してあるので、相手の声はその場にいる全員に聞こえている。

『ヤブシタです。桐谷憲久さんの代理でお待ちしているのですが、まだいらっしゃらないのかと思って』

ヤブシタ――と名乗る声を耳にすると同時に、星矢の背中を冷たいものが滑《すべ》り落ちた。必死で声色を変えてはいるが、このおれにわからないわけがない。驚きのあまり緩んだ口元から、短く息が漏れる。

「申し訳ありません。コンビニに向かっている途中で足が痛くなってしまって、引き返したんですよ。お伝えするのが遅くなってすみません。息子に電話したんですけど、どうしてか繫がらなくて困っておりました」

福見の芝居は堂に入っていた。声は桐谷さんそっくりだし、話し方や息づかいも八十代の女性そのものだ。息子への心配を細部に滲ませた、息をのむほどの演技だった。上目遣いに警察官たちの様子を窺《うかが》うと、獲物を発見した猛禽類《もうきんるい》の表情で耳を澄ましている。

『ああ、そうだったんですね』

ヤブシタがあからさまに落胆の声を出す。単純な性格が丸わかりといった、ストレートに感情を乗せた声。星矢は左手を胸に当て、どくん、どくんと大きく脈打つ心臓を押さえる。

「大変心苦しいのですが、施設のほうへ出向いていただくことは難しいでしょうか」

福見が体を前に倒し、お辞儀をした。そんな演技をしても電話の相手には見えないのに、頭の先から足の先まで桐谷さんになりきっている。

『施設に？』

「はい。コンビニから南へ五分ほど歩いたところにある『森あかり』という施設です」

受話口の向こうで数秒の沈黙が流れ、その間事務所もしんと静まり渡る。警察官の目が鋭さを増し、星矢の心臓の音もさらに大きく響く。携帯を手に話を続ける福見も、事務所の白い壁も、事務机もなにもかもが、遠くに見える。

いますぐこの場から抜け出し、太尊《たいそん》に電話をかけようと思った。なにやってんだ、バカ。やめろ。いますぐ引き返せ、と怒鳴りつけてやりたかった。でもすぐにそれは無理だと気がつく。電話をかけたところで出るわけがない。

太尊はいま、桐谷さんになりすました福見と電話中なのだから……。

『……その近くまでなら』

断れ、来るな、と星矢は胸の内で願ったが、ヤブシタは渋々といった感じで提案を受け入れた。特殊詐欺グループの受け子としては、収穫なしには帰れないのか。

「施設で待っています」

『中には入りませんよ。そこまではできないんで』

警察官は施設の敷地内まで引き寄せるつもりでいたようだが、防犯カメラを警戒してか、ヤブシタは施設から数十メートル離れた場所で待つと言ってきた。

「おれに行かせてください」

ヤブシタとの待ち合わせ場所に誰を付き添わせるか。福見が警察官たちと話し合っているところに、星矢は割って入った。

「おれにやらせてください」

あまりに大きな声を出したせいか、周りにいた職員たちも星矢のほうを振り返る。

「そうですね、溝内くんでいいかと思います。警察官の方が介護士のふりをするよりは自然でしょうし」

福見が言うと、年配のほうの警察官が星矢をスキャンするように見つめてきた。

状況をいまひとつ把握できていない桐谷さんを伴って、星矢は施設の正面玄関を出て歩いていった。コツン、コツンという杖をつく音が耳の奥に響き、緊張が高まっていく。警察官たちはどこで待機しているのか、星矢がいる場所からは見えなかった。

ヤブシタは現れるだろうか――。

桐谷さんの歩調に合わせてゆっくりと進みながら、ヤブシタ――太尊のことを考える。

太尊、おまえはどうして真面目に働こうとしないんだ？　自分のやっていることが犯罪だとわかっているくせに、どうして？　老人を騙《だま》して、金を巻き上げて、そんなんでいいのかよ、と心の中で語りかける。

歩くリズムに合わせて、首にかけているカードホルダーが揺れた。ホルダーの中には星矢の身分証明書が入っている。普段は仕事の邪魔になるのでポロシャツの胸ポケットに入れているのだが、今日はわざと目立つように首からぶら下げている。

この身分証明書は、自分が森あかりの職員であることを示してくれる。でも一週間後には返却し、また背番号のない場所に戻る。

いまよりもっと若い頃、おれは自分の未来をどんなふうに考えていただろう。少なくとも二十九にもなって無職でいるとは思ってもいなかった。なんだかんだ言ってもそれなりに稼《かせ》いで、結婚もして、そこそこ幸せに生きている。そんなふうに人生を甘く見積もっていたような気がする。

太尊にしても、きっと同じだ。もっとましな人生を生きていると思っていたに違いない。

どうしておれたちは、こんなふうになったんだろうか。

夢がなかったわけでも、努力をしなかったわけでもないのに……。

来るな、逃げろ、と強く祈っていたのに太尊は、指定の場所で待っていた。

黒色のキャップを目深に被り、安っぽいナイロン地の黒リュックを背負っている。

この前、太尊と二人で家飲みをした夜、なんとなく嫌な予感がしていた。

引っ越し先の広々とした1LDKのアパートや、高価なパソコンや動画撮影用のカメラ、真新しい冷蔵庫、電子レンジ、コードレス掃除機……。こんなに急に生活水準が上がるものかと訝《いぶか》しかった。太尊が電話の相手を「社長」と呼んだ時、その媚《こび》を含んだ声色を聞いて、良からぬことに手を出しているんじゃないかと感じたのだ。

かなり酔ってはいたが、太尊が自分の携帯を触っていたことは憶えている。携帯には直前に桐谷さんから電話がかかっていた。星矢がトイレに行っている間に、桐谷さんの電話番号を控《ひか》えるくらいなんでもないことだ。

太尊は「社長」に、桐谷さんを次の獲物として差し出したのだろうか。おれのことは頭を過《よぎ》っただろうけれど、八月いっぱいで辞めると知っていたから……？

電柱にもたれかかったまま携帯をいじって俯いていた太尊が、杖の音に気づき顔を上げる。星矢と目が合った瞬間、その顔が情けなく歪んだ。でもすぐに能面のような無表情に戻る。

いまなら間に合う。

逃げろ、太尊――。

星矢は射抜くように太尊を見つめた。

太尊が体を反転させ、猛スピードで反対方向に向かって走り出す。

そのまま逃げろ、と星矢が胸の内で叫んだ瞬間、建物の陰に潜《ひそ》んでいた警察官二人が太尊の前に回り込み、行く手を遮《さえぎ》った。

「おまえ、ヤブシタだな？」

警察官の一人が、太尊に体を寄せて、住宅の壁に追い込んでいく。もう一人の警察官も隣に並び、二人で太尊に圧をかける。

「警察だ。ちょっと話を聞かせてもらうぞ」

警察官に挟まれるようにして連れ去られる太尊の背中を、星矢は見ていた。隣に立つ桐谷さんがぶるぶると体を揺らしたので肩を抱いてその体を支え、だが星矢も震えていた。

太尊は星矢を振り返り、一瞬だけ目を合わせた後、すぐにまた前を向いた。警察官が鋭い目つきで星矢を見据《みす》え、太尊に向かってなにか言葉を発していたが、頭を深く垂らしたままぶんぶんと首を横に振っていた。


今日は長い一日だった、と星矢はボールペンを持つ手を止めて、窓のほうに目を向けた。四時頃から降り始めた雨は、六時を過ぎたいまもまだ降り続けている。介護記録が思うように書けない……。書けないというより、すべての気力が失せていた。無二の親友が目の前で逮捕されたのに、仕事などできるわけがない。

おれは、どうすればよかったのか……。

「溝内くん、葉山先生を探してきて！　何度かピッチ鳴らしたんだけど出ないんだよ。倉木さんの血圧が急激に下がって、いま80切ったって伝えて！」

事務所の出入口で大声がした。振り返ると青ざめた顔をした古瀬が息を切らして立っている。

「わかりました」

星矢はすぐに立ち上がり、葉山の自室に向かって走った。

だが葉山の部屋には鍵がかかっていて、中にはいないようだった。医務室にも行ってみたが誰もおらず、一階から順に利用者の居室をひとつずつ回って探そうかと駆け出し、もしかしたら、と足を止める。

ああ見えて、葉山は利用者のことをよく考えている。

いま誰かの部屋にいるとしたら、あの人のところじゃないだろうか……。

「失礼します、葉山先生おられますか」

声のトーンを落として控えめに顔を覗かせると、ベッドに腰かける桐谷さんと目が合った。憔悴《しょうすい》した様子ではあったけれど、事件直後よりは落ち着きを取り戻している。

「はい。なに?」

やっぱりここだった、と葉山を見てほっと息をつく。

「いま古瀬さんが来て、倉木さんの血圧が……っと、様子を診てほしいと」

血圧の値を言いかけて、慌てて口をつぐむ。桐谷さんと倉木さんは仲良しなので動揺させてはいけない。

「わかりました。すぐに行きます」

葉山の手を握っていた桐谷さんがぱっと両手を離し、「先生、早く行ってあげて」と笑顔で頷く。

「じゃ桐谷さん、もし眠れなかったら睡眠剤を出すので言ってください」

葉山が笑みを残し、速い動作で部屋を出ていった。

「すんません、桐谷さん。ゆっくり休んでください」

星矢も部屋を出ようとした、その時。

「待って」

桐谷さんに呼び止められた。

「それ、ツルさんに全部持っていって。もう……飴しか食べられないって言ってたから……」

箪笥の上にあるガラスの瓶《びん》を、桐谷さんが指差す。

「……わかりました。渡しておきますね」

レモン、いちご、グレープにはちみつ……ガラスの瓶に詰まったカラフルな包み紙を目にすると、泣きそうになった。桐谷さんが優しいから、悲しくなった。


倉木さんの部屋に入ると、葉山と古瀬がてきぱきと立ち動いていた。

「先生、酸素吸入の準備しますか？」

古瀬の問いかけに、倉木さんの胸に聴診器を当てていた葉山が首を横に振る。倉木さんは下の顎を上下に動かし、懸命に酸素を取り込もうとしている。

「でも倉木さん、サチュレーションが八〇パーセントまで落ちています」

倉木さんの右手の人差し指にはパルスオキシメーターが取り付けられ、血中の酸素飽和度《ほうわ》を測定できるようにしてあった。その値が正常値をはるかに下回っている。正常値は一〇〇パーセントに近いので、もはや搬送しなくてはいけないレベルだ。

「酸素は不要です。古瀬さん、倉木さんのご家族に連絡を……ああ、倉木さんはおひとりでしたね。このまま静かに見守りましょう」

下顎《かがく》呼吸が始まると、酸素の取り込みが少なくなる。つまり二酸化炭素濃度が上がるのだが、そうなると脳からエンドルフィンという麻薬物質が出るため、本人の苦痛は軽減するのだと葉山が教えてくれる。むしろこの状態で酸素吸入をすると、エンドルフィンの分泌が抑制され、逆に本人を苦しませることになるから、と。

葉山の落ち着いた対応に、当たり前だがやっぱり医師なのだと思う。目に映るものだけを見てあたふたしている自分とは大違いだ。

「私がいますので、帰っていいですよ」

なにもできず部屋の隅《すみ》に立っていた星矢に、葉山が声をかけてくる。もう夜勤帯に入っているので、本当なら日勤の人間は帰っている時間だった。でも帰る気にはならない。介護記録も書きかけだし……。

「迷惑じゃなかったら、おれも……ここにいます」

「そう」

古瀬が微かに頷き、首を巡らせ部屋の中を眺める。そして白い箪笥の上に並べられた箕輪《みのわ》ジュンの写真に目を向けると、手に取って倉木さんの枕元に置いた。

「いい写真……」

葉山が手にしたのは、倉木さんと箕輪ジュンのツーショット写真だった。倉木さんが若かった頃のものではなく、ついこの前、施設で撮ったツーショット写真。箕輪ジュンが施設を訪ねてきて、余興をしてくれた日のものだ。光沢のある濃いパープルのワンピースを着た箕輪ジュンの隣で、頬《ほお》を紅《あか》く染めた少女のような倉木さんが笑っている。

「奇跡の一日でしたよ。まさか箕輪ジュンが福見さんの友達だなんて、誰が思います？　倉木さん、めっちゃはしゃいでて。あんな倉木さんを見たの、おれ初めてでした」

本当に、倉木さんは喜んでいた。大喜びだった。いや、嬉しくて涙を流すほど興奮していた。それまでは落ち着いた、おとなしい人だと思っていたので、そんな一面を持っていたのだとこっちが驚かされたくらいだ。

「倉木さんの人生は、いいものだったのだと思う。多くは知らないけど、倉木さんは人生を楽しんできた人に違いないと私は思う」

会社員として定年まで勤め上げ、誰に迷惑をかけることなくひとり暮らしを続けてきた。ひとり住まいが難しいと感じた時期に自ら役所に出向き、この施設を見つけた。ひとりの女性として尊敬できる、と葉山が倉木さんの手に触れる。辛いことも悲しいことも歯を食いしばって乗り越えてきた人だ、と。


「午後八時二十五分、ご臨終です」

とても静かに、蠟燭《ろうそく》の火が消えるかのように、倉木さんは八十五年の生涯を終えた。

葉山が枕元に置いてあった銀色のフレームの写真立てを手に持って、数秒見つめた後、

「倉木さん」

と呼びかける。

「最期までご立派でした」

倉木さんにそう声をかけた後、葉山が星矢と古瀬を振り返り、「おつかれさまでした」とお

辞儀をした。

古瀬も「先生、おつかれさまでした」と頭を下げたので、星矢もそれに倣《なら》う。

葉山が居室を出ていくと、古瀬がいまから死後の処置を始めると言うので星矢も手伝わせてほしいと告げた。施設で働き出して、初めての見送りだった。そしてもう二度と経験することはないかもしれない。

「倉木さんね、文房具を製造販売する会社で経理をしてたんだよ。箕輪ジュンのファンになったのはジュンが二十歳でデビューしてすぐで、『劇団ブライトプレイス』の公演はほとんど全部観に行ってたんだって」

二歳上に姉がいたのだが十年前に亡くなり、その時は落ち込んで食事が食べられなくなった。でもその時期に箕輪ジュンのファンクラブから舞台公演の案内が届き、観に行かなくてはと自分を奮《ふる》い立たせたのだという。

「……そうなんですか」

古瀬から聞く倉木さんの話は、どれも星矢の知らないものばかりだった。それなのになぜか若き日の倉木さんの潑溂《はつらつ》とした姿が、瞼の裏にくっきりと浮かぶ。

「箕輪ジュンの舞台を観てたなら、福見さんのことも知ってたんじゃないんですか？　福見さんも元女優だったんだから、施設で顔を合わせた時に気づかなかったのかな？」

「それは無理でしょうよ。倉木さんがうちに来た時、福見さんすでに五十代だもん。そんなの気づくわけないじゃん」

感染予防のためのマスクとガウン、手袋を装着した後、古瀬が倉木さんの髪を洗った。

「しばらく洗ってなかったから、さっぱりしたいって言ってたんだよ、倉木さん」

星矢はベッド上での洗髪などしたことがないので、古瀬に言われるがまま倉木さんの頭を持ち上げたり、支えたりしていく。介護士になって働くようになって、人の重みに驚かされた、命が消えた体はさらに重く感じた。

「倉木さん、自分がこんな状態になってまで施設にいられるのは葉山先生のおかげだっていつも言ってたんだよ」

「へえ……」

「倉木さんがゼリーを食べられなくなった時、福見さんが大騒ぎしたじゃない？　でも葉山先生が、『食べたくないなら、食べなくてもいい』って倉木さんにはっきり伝えに来てくれて。倉木さん、それはもう感謝してた」

わずか十五分ほどで髪を洗い終えると、古瀬は全身清拭《せいしき》に取り掛かった。星矢にはドライヤーで髪を乾かすよう指示を出し、自分は温タオルで全身を清めていく。亡くなった人なのにタオルを温めてくるところが古瀬らしいと思いながら、星矢は薄くなった白髪を指で梳《す》く。

倉木さんがいちばん気に入っていたという水色のブラウスと、腰のところがゴムになっているグレーのズボンを古瀬は手に取った。ここから先は葬儀会社に託すらしいが、施設を出る時は倉木さんらしい姿にしてあげたいのだと笑う。

「葉山先生って、前科があるんだって」

これ以上なく静かな空間に、雑味のある言葉が混じる。

「ゼンカ？　え……前科？」

「あぁでも不起訴だったから、前科はついてないのか」

「なんですかそれ。どういうことですか？」

「前に働いていた病院で、患者の呼吸器を外したんだって。それで殺人容疑で立件されたらしい。でも男性患者が延命治療を拒んでいたことも事実で、嫌疑不十分で不起訴になったそうだよ」

「本当なんですか？」

「福見さんから聞いたんだよね。実際にネットで調べたら、たしかに二年ちょっと前にそうした事件があったの。消極的安楽死って書かれてた」

へぇ、と力なく返すのが精一杯で、星矢はそれ以上はなにも言えなかった。そんな事件があったこと自体、知らなかった。そもそも新聞を読まないので、ネットニュースに上がってくる以外の出来事をまるで知らない。

「でもさ、私、この話を福見さんから聞いてもなにも変わらなかったんだよ」

「なにが変わらないんですか」

「嫌悪感とか不信感とか？　そういうのを葉山先生には抱《いだ》かなかったんだよね。あの人、初めの頃はなに考えてるのかわからない存在だったけど、倉木さんや浜本さんを一緒に看ているうちに、いつのまにか信用できるようになってた」

葉山先生には人の心と体の両方が見えている、と古瀬は話す。だから苦痛にしかならないような、相手の意に反する処置は決してしない。

「そうですね。おれも、いまこの話を聞いても、なんも変わらないなぁ。その報道が事実だったとして、葉山先生は患者の望みを叶えようとしたんだろうって思います。たとえば倉木さんへの最期の対応にしても、批判する人は必ずいますよ」

外から見ているだけではわからないことが、介護の世界には山ほどある。

「溝内くん、倉木さんの爪《つめ》切ってあげて」

「あ、はい」

倉木さんが最期まで穏やかな気持ちでいられたのは、その環境を作れたからだ。大学で習った尊厳死は頭にすっと入ってこなかったけれど、実は簡単なことなのかもしれない。その人が望むことをする。それだけでいい。水分の抜けきった倉木さんの手は紙のように軽い。この手を使って働いてきたのだ。懸命に生きてきたのだ。最期くらい、好きにさせてあげたらいいし、そうできて自分も満足だった。

「おお、上手。ネイリストになったら?」

手と足の指の爪を切り終えると、古瀬に褒《ほ》められた。保育園の頃から自分で爪を切っていたからかな、と嬉しくなる。

「そういえば倉木さん、溝内くんのことを『なにするにも丁寧だ』って褒めてたよ。どんな時でも気を張り巡らせてるのが伝わってくるって」

古瀬の言葉に、一瞬、喉《のど》が詰まった。そんなふうに感じてくれていたなんて知らなかった。下手でも丁寧に。それだけが、なにもできない自分ができる、最上の介護だと思っていたから。

「わかる人にはわかる。伝わる人には伝わってる。介護の仕事ってさ、相手が高齢者だから、お世話した人が世間に向かって高評価を発信してくれることがないじゃない？　だから部外者はいろいろマイナスなことを言うけれど、内々では自分たちよくやってるなって思うよね。やってて楽しいことだってあるし」

「そう……すね。楽しいこともありました」

日々地道に働いていても「いいね」だったり、五つ星だったり、そんな評価はもらえない。大きな収益が上がることも、スポットライトを浴びるような活躍をする場もない。縁《えん》の下の力持ち。でも人がどのように人生の終わりを迎えるのか――その姿を目の前で見せてもらえたこの五か月間は決して無駄ではなかったと思う。

九月一日、無職になった星矢は「ロッカーの私物を取りに来てください」と福見に言われ、施設にやって来た。私物と言っても着替えのTシャツとジャージのズボンが一枚ずつ置いてあるだけだ。わざわざ来なくても捨ててもらえばよかった、と重い足取りで更衣室に続く階段を上がっていく。

ロッカーは「溝内」という名札は外れていたが鍵は開いていて、思った通り量販店で買ったTシャツとズボンが丸めて置いてあった。衣類をビニール袋に突っ込むと、ロッカー内はすぐさま空っぽになる。他の職員への挨拶《あいさつ》は昨日のミーティングの時間に済ませていたので、この施設に来るのは本当にこれで最後。

施設の正面玄関を出たところで、星矢はぴたりと足を止めた。出勤してきた葉山が俯き加減に歩いてくる。昨日は休みだったのか姿が見えなかったから、もう会えないかと思っていた。

「おはようございます」

ぺこりと会釈し、挨拶を口にすると、

「今日が最後？　おつかれさま」

顔を上げた葉山が、口元に笑みを浮かべた。八月いっぱいで星矢が退職する話を憶えていたことにもだが、労いの言葉を差し出されたことにも驚いた。

「どうも。いろいろとお世話になりました」

「私はなんのお世話もしてない。それより桐谷さんの一件は、大丈夫だったの？　あの後いろいろ大変だったみたいだけど」

太尊が特殊詐欺に加担していたことで、実は星矢にも事情聴取の名目で警察官から連絡がきた。警察は、手引きをしたのは星矢ではないかとあからさまに疑ってきた。警察署で話を聴かれた時も、参考人として呼ばれたとは思えないほどの圧をかけてきた。

「警察には出向きました。おれが利用者の情報を特殊詐欺のグループに流してたんじゃないかってことになってて……。でも実際におれの携帯から桐谷さんの連絡先が漏れてしまったのは事実なんで……」

知り合いが起こした事件の参考人として警察から呼ばれている、もしかしたらしばらく帰れないかもしれない、と伝えると、母親はこの世の終わりのように嘆《なげ》き悲しんだ。結局、その日のうちに家に戻れたのだが、帰宅した時の母親の喜びようは尋常ではなかった。両手で口を塞《ふさ》ぎ嗚咽《おえつ》が漏れないように肩を震わせる姿を見て、この人に心配をかけるのはこれで最後にしようと誓った。

「あのヤブシタって人、あなたと一緒にお笑い活動してた人なの?」

「そうです。幼馴染《おさななじみ》で」

「あなたは関与してないんでしょう?」

「そんなことしませんよ。するわけない」

「そういえば福見さんも、警察にあなたのことを訊かれて怒ってた。溝内くんがそんなことをするわけがない、って」

「施設にも警察が来たんですか?」

「そう。あなたの勤務態度や人柄なんかを聴取してた。福見さん、溝内くんが情報を流すなんてありえない、彼の誠実な人柄はここにいるみんなが知っています、って言ってた」

福見が憤っていたと聞き、背中がじんと温まった気がした。背番号があったのだ。おれはここで背番号をつけて働いていたのだ、と。

「これからどうするの?」

「まだなんも考えてないです」

「そう」

「でもなんか探します」

「それは、いまの仕事じゃなくて?」

「う……ん、それはわからないです。ほんとにおれ、いまなにもわからないんで」

介護の仕事が好きかと訊かれたら、そんなに、と答える。でも嫌いかと訊かれても、それほどでもない、と返すだろう。食事を食べてもらう、入浴を手伝う、トイレに連れていく、オムツを交換する、どれも決して楽な作業ではないけれど、でも老人たちがほんのたまに見せる安らいだ表情にやりがいを感じることはある。

いよいよ施設で働くのもこれで最後という日に、桐谷さんは星矢にプレゼントをくれた。星矢の名前がローマ字で刻印されたキャメル色の名刺入れで、娘さんに頼んで準備してもらったと聞いた。最後の挨拶をするために訪室した時、「私のせいで嫌な思いをさせてしまってごめんなさいね」と桐谷さんは涙ぐんでいたけれど、一言も返せなかった。泣いてしまいそうで。なにもできない新人介護士に、桐谷さんはいつでも優しかった。

「おれたぶん、介護、嫌いじゃないです」

いろいろなことが変われば悪い仕事じゃない。職員の数が増えて、肉体的な負担が減って、給料が上がって、業界自体が変革していろいろなところに余裕ができれば、状況は変わる。介護するほうもされるほうも、辛いという感情が軽減されるだろう。ただその変革が難しい。

「そうだね。介護保険制度は修正が必要なところだらけだね。それなのに修正も改善も、容易ではない。現場はもうずっと前から声を上げているのに、汲み取ってもらえない」

「ですね。こんなに大変なのに……」

「尊厳死を可能にするのは、その環境を作る人たちでしょう？　だったら介護者の尊厳をまず守らなくてはいけない。現場で働く人たちを支えることがいまいちばんすべきことで……」

「その鍵はロボット介護にある」

「そう」

葉山と笑みを交わしながら、どうしてもっと前にこういう話をしなかったのかと少し残念に思った。相手が医師とはいえ、同じ施設で働く同世代の人間としていろんな話をすればよかった。

「じゃあおれ、もう行きます」

でもそんなふうに思えるのは、自分がここを去るからだ。仕事が手一杯で心に余裕がない時は、なにかを考えることも人と話すことも億劫《おっくう》になる。

「おつかれさま」

微笑《ほほえ》む葉山の顔を、星矢はもう一度、真正面から見つめた。もうこれで会うのは最後かもしれない。

「あの、ひとつ訊いていいですか」

もう行く、と言ったのに、まだ話していたい自分がいる。いつからか芽生《めば》えた厄介《やっかい》な感情は、行き場を持たないまま胸の内でくすぶり続けている。

「なに？」

「おれの自惚《うぬぼ》れかもしれませんけど、葉山先生、おれのこと気にかけてくれてたように思うんです。その理由っていうか、なんか、あったんですかね」

近所の公園の樹木にいるのだろうか。どこからか夏の終わりに鳴く蟬の声が聞こえてきて、秋が近づいていることを伝えてくる。

「……弟と同じ年だから、かな」

「へ？」

「私の弟とあなたが、同じ年齢なのよね」

「それだけ？」

「そう。弟もいま、新しいことに挑戦してるの。だから二人とも頑張ってほしいと思ってた」

なんの含みもないあっさりとした返しに、笑ってしまった。弟と同じ年。自分とだけ距離が近いように感じていたが、そんな理由だったのか。変に期待しなくてよかった。いやすでに期待していたかもだ。

「二十代最後の年に、なにをしているか。それって、けっこう重要だと思う」

これからどう生きるのか。あなたも弟も、そろそろ覚悟を決めなくてはいけない時期だ、と葉山は思い切りのいい、彼女らしい口調で告げた。山積みされた介護の問題から私たち世代は逃げ切れない。だから自分たちのために、社会を変えなくてはいけない。どうせ良くならないって絶望するより、未来を好転させるために努力することのほうを自分は選びたい、と。

「じゃあまた」

葉山が踵《きびす》を返し、正面玄関に向かっていく。

ノートパソコンでも入っているのか、重そうなバッグを肩にかけ、コツコツと足音をさせて遠ざかる彼女の後ろ姿を、星矢はその場に立って見送っていた。

妙に澄《す》み渡る頭の中で、蟬たちが命の鈴を鳴らし続けていた。

五年後

廊下を歩きながら窓の外を眺《なが》めると、空にオレンジ色が滲《にじ》んでいるのが見えた。日が暮れるのがずいぶん早くなったと小さく驚いた後、明日から十月なのだと思い出す。夕焼けを背景にした送電線が音符の五線のように見え、携帯のカメラで写真を撮った。とてつもないスピードで流れていく時間を、刻んだ先から薄れていく記憶をなんとか手元に留めたくて、このところ携帯のデータに写真ばかりが増えていく。

「葉山《はやま》先生、どうぞ中へ」

窓に向かって写真撮影をしているところに、すぐそばのドアが開き日高《ひだか》が顔を覗かせた。

「すみません、遅くなって」

仕事用の顔を作り、彩子《あやこ》は日高に向かって会釈《えしゃく》をする。

今日は月に一度、『CALM HOUSE』で定期的に行われている介護ロボット研究開発会議に参加することになっていた。最近は忙しくてZoomで参加することがほとんどなのだが、今回は最新の自動排泄《はいせつ》処理装置に対する意見交換をするということで、実物を見てみたいと思ったのだ。父を自宅で介護していた時、排泄に関する悩みは尽きず、介護する側もされる側もずいぶん苦しんだ。オムツ交換をできるだけ少なくしようと遠慮したことで、父が慢性の便秘になったこともある。

「お、彩ちゃん。やっと来たか」

日高に促されて会議室に入ると、幸人《ゆきと》の姿があった。

「なによ、来てたの？　みなさんの邪魔してないでしょうね」

大学卒業と同時に家を出た幸人は、いまは都内にある大学の大学院に進んで介護ロボットの開発をしている。その関係なのか、あるいはただの個人的な興味なのか、いまも頻繁《ひんぱん》に日高のもとを訪ねているようだった。会議には日高以外に都内の大学でロボット研究をしている院生と、介護ロボットを製造販売している企業の男性社員が出席していた。三十代くらいのその社員は彩子に名刺を渡し、園田《そのだ》と名乗った。

「これがうちと大学で共同開発した、最新機能を搭載した自動排泄処理装置です」

改善点などあれば意見がほしい、と日高が彩子に機能を説明してくれる。排泄介助は手間と時間のかかる援助なので、ここが自立できれば介護は大きく変化するはずだと、声を弾ませる。

「すみません、おれに装着させてもらえませんか？」

幸人が日高に向かって手を挙げた。

「どうぞ。些細《ささい》なことでもいいから、率直な感想を聞かせてほしい」

日高に促されるまま幸人が靴を脱ぎ、部屋の中央に置かれたベッドに横たわる。できるだけ実際に近い着け心地を試したいからと幸人がズボンを脱ぐと、そばにいた園田が慣れた手つきでオムツ型のカバーを装着した。

「この装置はこのように、ベッドに横たわった状態で排泄物の吸引をするものです。排泄が終わると肌を洗浄し、乾燥まで行います。洗浄、乾燥の機能があるので、肌は常に除湿され、清潔に保てるというわけなんです」

オムツの中の排泄物の臭いをセンサーで察知する機械もあるが、それだとオムツ交換の手間は省けない。だがこの装置だとオムツ交換の必要はなく、吸引した排泄物を処理するだけですむのだと日高が説明する。

「カバーの着け心地は悪くないです。下着の上からで直接肌に着けたわけじゃないですけど、このまま寝返りを打ったり上下に動くこともできますし」

幸人が感想を口にしながら、ベッドの上で体位を変えていく。どういう構造になっているのかはわからないが、さほど違和感なく肌にフィットしているようだ。

「排泄物は、どうやって処理するんですか」

彩子はベッドの前に立つ園田に訊いた。まだ二十代、三十代の四人が介護について真剣に話し合っている姿が頼もしく、こうやって未来は少しずつ変わっていくのだと確信できる。

「便や尿はレシーバーと呼ばれる、この掃除機のホースのような管で機械の本体に送られるんです。だからこうやって本体の蓋《ふた》をパカッと開けると……」

日高が本体の蓋を開け、収納されている容器を取り出した。取り出した容器はトイレに持っていって、中身だけ捨てるのだという。

「その、掃除機のホースのような管、動くのに邪魔じゃないですか」

オムツ型のカバーから繋がっている管を、彩子は指差した。排泄物が詰まらないためだろうが、管の直径はけっこう大きい。

「たしかにホースはそこそこ太いのですが、実際にこの装置を使用されるのは寝たきりの方なので、ご自分で動かれることはほぼないんです」

CALM HOUSEではいま二台が稼働し、介護士たちからは高評価だと日高が自信ありげに頷いた。

「ただ製品としては高評価なんですが、一般の施設でデモンストレーションしても反応がいまいちなんです。それでどうすればいいのかと、今日は葉山先生にご意見をお聞きしたいのです」

園田が生真面目《きまじめ》な顔を彩子に向けてくる。本体は五十万から八十万ほどと高額だが、レンタルの費用は月額二万円程度に設定している。手が届かないというほどではないのだけれど、と。

「施設への導入も試みつつ、在宅介護、さらに在宅医療を受けている人たちに対象を広げたらどうですか？　たとえばこの装置に、視線入力機能をつけてみたり」

そうですね、と口にして考え込んでいた彩子の代わりに、ベッド上に横たわっていた幸人が体を起こし、園田に向き合う。

「といいますと？」

「ご存知かと思いますが、たとえばOptiKeyというソフトを使えば、キーボードやマウスを手で操作しなくても目線だけで文字の入力ができます。この排泄装置にもそうした目線入力機能を加えて、利用者の目線だけでも操作できるようにしたらどうでしょう。そうしたら近くに介助者がいない時でも、装置を動かすことができますし」

「介助者がいないとは?」

「在宅療養している人の中には、日中は家族がいなくて自分ひとりが家にいるというケースもあるじゃないですか。たとえばALSという病気があるんですが、その疾患《しっかん》だと頭はしっかりしているけれど体が動かせない。でも目線で操作できれば、排泄は自立できますよね。もちろん本体の容器に溜まった排泄物をトイレに流してもらうのは、誰かに手伝ってもらわないとだめでしょうけど」

「なるほど、視線入力か……。体が動かせなくても自立したい、できるだけ介助者の手を煩《わずら》わせたくないと願う人は、たしかにいますよね。でもそうなると製造コストが上がるっていう問題点が出てくるな……」

幸人と園田たちが熱心に意見を出し合っている中、彩子はそっと部屋を出た。

四人のために、なにか飲みものを買ってこようと思ったのだ。近くにコンビニがあるので、おにぎりやパンなどの軽食も調達できるだろう。

いつのまにか日が沈み、窓の外には薄暮の景色が広がっている。ビルの窓にも灯《あか》りが点き始め、本格的な夜の訪れを感じさせた。

彩子が特別養護老人ホームの配置医として働き始めて、今年で六年目。相変わらず毎日の業務は多いし、福見《ふくみ》や古瀬《ふるせ》、介護士たちも余裕なく働いている。これほど懸命に仕事と向き合っているのに介護現場の労働環境は厳しくなる一方で、一日も早く改善しないと、いま踏ん張っている職員たちもどうなるかわからない。

努力は正しい方向に向かっていなければ、報われない——。

昔、なにかの本に書かれていたこの言葉を、彩子はいまになって思い返すことが増えた。

少し前までは、福見のように自分たちより二十、三十ほど上の世代を、山積みされた介護の問題から逃げ切れる人たちだと考えていたが、いまはそうは思わない。彼らの体が思うように動かなくなった時、介護をしてくれる人たちがどれほど残っているか。いたとしても、いまのような介護の質が保てるだろうか。否《いな》、だと彩子は思っている。誰もが長く生きれば介護される側になるというのに、いまの日本は介護問題から目を背《そむ》けている人が多すぎる。自分自身が直面した時に悔いて嘆《なげ》いても、もう遅い。そのことを多くの人がわかっていない。

小さな風が、廊下を歩く自分のすぐ横を流れていく。

風だと思っていたら、すぐ前を電動立ち乗り二輪車に乗った男性の背中が見えた。施設の制服の紺色のポロシャツを着ているので、CALM HOUSEで働く介護士だろう。

この施設はいつも風が吹いている。新しい風が吹いている。この風がもっと遠くまで吹き渡れば、日本の介護は変わるだろうと彩子はいつも考えている。

よくわからないけど、寂《さび》しい――。

自分がまだ小学生だった頃、父にそう伝えたことがある。どんな状況で、なぜそんなことを口にしたのかは忘れてしまったのだが、その時は父と二人きりだったのを憶《おぼ》えている。

理由はよくわからないけど、寂しい。

その頃は父もまだ健康で、母と弟と家族四人、ごく普通に楽しく暮らしていた。それなのに得体の知れない空虚感が彩子を襲った。

人間は生まれた瞬間に、死ぬことが決まるんだ。小さな子ども以外はみんな、自分がいつか消えてなくなることを知っている。だから寂しいという感情は、生きている限りどうやったって消えることはないんだよ。

その時父は、たしかそんなことを彩子に言った。一字一句を憶えているわけではないけれど、「寂しいという感情は、生きている限りどうやったって消えることはない」と教えてくれた。そして父は言ったのだ。

だから人は、希望を探して生きるんだ。

施設で働いていると、ここで暮らす老人たちはさぞ寂しいだろうと思うことがある。家族や住み慣れた家を離れ、たったひとりで施設で暮らすのは心細いだろうな、と。

何年か前に、利用者のひとりが彩子に、「自分たちは、暗くて深い森の中を歩いている」と吐露したことがある。暗くて深い森の中、と聞いてその通りだと感じた。ここでの暮らしに希望を持つことは難しい。

でもその利用者は施設で働く職員のことを、森から見える灯りだとも言っていた。あかりという明るい言葉の響きに、自分が言われたわけでもないのに安堵《あんど》した。老人たちの灯りとなる介護士たちが疲れ果てて消えてしまわないように、自分にできることをしなくてはと思った。

「葉山先生？　葉山先生ですよね」

いちばん近いコンビニでホットコーヒーとチョコレート菓子も買って、施設に戻ろうと歩いている途中、自分の名前を呼ばれていることに気づいた。考えごとをしていたので、全然気づかなかった。

「なんで無視するんですか。さっきから何度も呼んでるのに」

振り向いた先で見覚えのある男性がこっちを見ていた。紺色のポロシャツにチノパン姿で自転車に跨《また》がっている。

「溝内《みぞうち》くん?」

会わなくなってもうずいぶんと時間が経っていたのにすぐ名前が出てきたことに、自分でも驚いた。溝内星矢《せいや》。漫画の主人公のような名前だと、いつも思っていた。

「お久しぶりです」

「あ、お久しぶり……。なにしているの?」

以前に比べると少し背が高くなったような。いや、この年齢で伸びるわけない。全体的に痩《や》せて引き締まったのかもしれない。

「おれ、働き始めたんですよ」

「コンビニで?」

「いやいや、CALM HOUSEですよ。『森あかり』辞めてから二つ……いや三つほど職変わって、でもやっぱまた介護士やろうかと思って」

この十月からCALM HOUSEに正職員として採用され、いまはスマート介護士の資格を取るための勉強をしていると言う。「またいろいろお世話になります」と頭を下げる溝内の顔に、五年前にはなかった覚悟のようなものが浮かんでいた。いまいくつになったのかと思い、弟と同じ年だったことを思い出す。三十四歳になって、なにかを決めたのだろう。

いま日本で働く介護士の約七割が、勤務して三年以内に退職する。正社員になれても、仕事の厳しさに退職する介護士が後を絶たない。でもこうして溝内のように戻ってくる人もいる。

いったん嫌になって辞めたとしても、また、こうやって……。

突然の再会に胸を衝《つ》かれて黙っていると、

「じゃ、おれ夜勤なんで」

溝内が自転車に跨ったまま反転した。以前は原付バイクで通勤していたのに、と遠ざかっていく背中を見ていた。みんな立ち止まってはいない。自分の前から去っただけで、また別の場所でこうしてちゃんと生きている。それぞれの役割を担《にな》っている。

そのまま行ってしまったと思っていた溝内が、どうしてか自転車を反転させ、こちらに近づいてきた。何事かと目を凝らしていると、

「これよかったら観てください」

と上着のポケットからキャメル色の名刺入れを取り出し、中から一枚引き抜く。

「おれいま、YouTubeでコントやってるんです、『ラビパニちゃんねる』って検索してもらえたら出てきます。介護あるあるのネタとかもあって、けっこう再生数伸びてるんですよ」

「またお笑い芸人をやってるの?」

たしか相方の幼馴染《おさななじみ》は、桐谷《きりたに》さんが被害にあった特殊詐欺《さぎ》事件で捕まったのではなかったか。事件の後すぐに溝内が退職してしまったので、逮捕されてからの情報は途絶《とだ》えてしまっている。

「お笑い芸人というよりYouTuberですね。相方が一年八か月の実刑受けて刑務所入って。そんで出所してきてから二人で始めたんです」

彩子がなにを考えているのかを見透かしたのか、溝内がその後の話を教えてくれる。桐谷さ

んの事件は未遂に終わったが、他にも数件の犯行に加担していたため、実刑を免れることができなかった、と。

「まあそんなとこです。ブラックなネタもありますけど、ぎりぎりのところで一線は越えてないし、人を傷つける内容じゃないんで、もしよかったら観てください。それでもってチャンネル登録してください」

「わかりました。『森あかり』のスタッフにも宣伝しておきます」

「よろしくです」

ゆっくりと遠ざかっていく背中を見送った後、彩子はその場に立ったまま、バッグから携帯を取り出した。ラビパニちゃんねると検索し、動画が見つかると三角印の再生ボタンを人差し指の先でそっと撫《な》でる。

携帯の小さな画面から、明るい笑い声が響いてきた。

本書は書き下ろし作品です。

〈著者略歴〉

藤岡陽子（ふじおか　ようこ）

1971年京都府生まれ。同志社大学文学部卒。新聞社勤務を経て、タンザニア・ダルエスサラーム大学に留学。慈恵看護専門学校卒業。2009年『いつまでも白い羽根』でデビュー。2023年『リラの花咲くけものみち』にて第7回未来屋小説大賞を、2024年には同作にて第45回吉川英治文学新人賞を受賞。

ほかの著書に『手のひらの音符』『晴れたらいいね』『おしょりん』『満天のゴール』『この世界で君に逢いたい』『きのうのオレンジ』『空にピース』など多数。

森にあかりが灯るとき

2024年10月1日　第1版第1刷発行

著者　藤岡陽子
発行者　永田貴之
発行所　株式会社ＰＨＰ研究所

東京本部　〒135-8137　江東区豊洲5-6-52
文化事業部　☎03-3520-9620（編集）
普及部　☎03-3520-9630（販売）
京都本部　〒601-8411　京都市南区西九条北ノ内町11

PHP INTERFACE　https://www.php.co.jp/

組版　株式会社PHPエディターズ・グループ
印刷所　株式会社精興社
製本所　株式会社大進堂

ISBN978-4-569-85781-7

PHP文庫

第6回京都本大賞受賞作

異邦人《いりびと》

原田マハ 著

京都の移ろう四季を背景に、若き画家の才能をめぐる人々の「業」を描いた著者新境地のアート小説にして衝撃作。待望の文庫化！